目次

豊臣探偵奇譚

主 要 登 場 人 物

豊臣秀保……………………………大和豊臣家の当主
平城日魅火…………………………平城散座の座頭
神戸亜夜火…………………………平城散座の芸人
島右近………………………………秀保の近臣
ヤスケ………………………………平城散座から秀保のもとへ来た男
杉丸…………………………………秀保の小姓
藤堂高虎……………………………大和豊臣家の筆頭家老
島左近………………………………石田三成に仕える武将
岡戸堅物……………………………秀吉が秀保に付けた家臣
銅卿…………………………………闇乗院の院主
堀秀治………………………………越前北ノ庄城主
天草織部……………………………芸人一座の座頭
平戸音順……………………………豪商
五右衛門……………………………織部一座にかつていた者
峯吉…………………………………杉丸の幼馴染み
吹雪怒庵……………………………夢幻城主

ハヤカワ文庫 JA
〈JA1486〉

豊臣探偵奇譚

獅子宮敏彦

早川書房
8666

序

豊臣秀保

天正七年（一五七九）、秀吉の姉とも（後の瑞龍院）と弥助（後の三好吉房）の間に生まれ、長兄に秀次、次兄に秀勝がいる。

秀吉の弟である大和大納言秀長の養子となり、その死により十三歳で百万石余の所領を継いだ。その後、中納言に任じられ、大和中納言と呼ばれたが、文禄四年（一五九五）四月十六日に死去。享年十七。

病死とされているが、異説がある。吉野十津川での療養中、小姓が、突然、秀保に抱き付き、二人は崖下の川へ転落して死んだというのだ。一緒に落ちたのは小姓ではなく、侍臣の一人だったともいう。いずれにせよ、尋常ではない最期である。

秀保は暴君だったとされ、日頃の虐待に耐えかねて小姓もしくは侍臣が怨みを晴らしたといわれているが、暴君説は兄秀次の殺生関白説話に似せた後世の創作である可能性が高く、同時代の史料で秀保の人柄を窺わせるものは僅かしかない。

たとえば文禄二年正月の秀吉書状で、秀保が唐入り（秀吉による大陸出兵）のための肥前名護屋から陣を抜け、実父弥助の見舞いに行っていたことがわかる。

文禄三年二月の吉野の花見では、このような歌を詠んでいる。

あめつちの　恵みも深き　君が代は　花もいく春　みよし野の山

目の前の情景を豊臣の世への賛歌に擬えた素直な歌に思える。こうしたことから戦が苦手で、穏やかな性格の少年を想像するのは牽強付会に過ぎるであろうか。

これは、そのような豊臣の貴公子が不可思議な事件に巻き込まれ、十七歳で十津川へ落ちていくまでを描いた物語である。

第一話　来たれ、魔空大師（まくうだいし）

一

　天正十九年（一五九一）一月。

　豊臣秀保は、秀長の死により大和豊臣家の当主となったが、政務の場に出ることはほとんどなかった。治世の実務は、藤堂高虎（とうどうたかとら）を筆頭家老とする秀長時代からの重臣が取り仕切り、十三歳の少年に出る幕などあるわけがない。

　しかし、秀保は、それを気にしてはいなかった。

　秀吉が中国征伐を任されるほどの出世を遂げてから生まれた秀保は、兄たちと違って下積み時代を知らず、ぬくぬくと甘やかされて育った。本能寺で信長が討たれた時は四歳。敵が攻めてくるというので、母や祖母、秀吉の妻たちと城を逃げ出した経験はあるが、それさえもみなで野遊びに出かけたような記憶にしかなっていない。武技の鍛錬もやったことがなく、書物を読んだり双六やカルタなどの遊びに興じる方を好んだ。

だから、秀保は、居城である郡山城の御殿で、秀吉から付けられた家臣や侍女たちを相手に、好きなことばかりをして過ごしていた。むしろそうしている方がよかった。

実は、秀長には信長の重臣であった丹羽家から迎えた仙丸という養子がすでにいて、秀吉が強引に秀保へ代えてしまったという経緯があった。そのため、仙丸は高虎の養子となり、家中には仙丸への同情が根強く残っていたのだ。まわりの目が冷ややかに感じられ、秀保は、それから逃れようと、引き籠ってしまうのである。

しかし、こうした現状に不満を抱く者もいる。

すっかり暖かい気候になった三月のこと——。

岡戸監物が人払いをした部屋で、

「若殿。このまま重臣どもの好き放題にさせては、若殿をご養子になさった関白殿下（秀吉）に対し、まことに申し訳ないばかりか、若殿のご威信にもかかわります。ここは一つ、若殿に領主たる力量がおありだということを示さねばなりません」

と、けしかけてきた。

監物は、もともと猿楽師であったが、その才覚を秀吉に認められ家臣に取り立てられた。それで、今回、大和へ行く秀保の近臣筆頭に任じられたのである。

「力量を示すといっても何をするのだ」

「若殿には大和のことで予てよりご懸念がおありだった筈」

書物をよく読む秀保は、歴史好きである。その秀保が大和のことで気に掛かっていたのは、奈良の大仏であった。

大仏は、二十四年前の戦乱で焼損していた。しかし、豊臣家は大仏再建に尽力しようとはしなかった。秀長は、郡山を振興させるため奈良への抑圧策をとり、郡山城の石垣には石仏が使われている。そのため、奈良との関係が悪化していた。一方、秀吉は、京に方広寺を建て、そこに新たな大仏を造ろうとしていた。新興の豊臣家は、いまだ古い権威がはびこる奈良を快く思っていなかったのである。

秀保には、そういう政治の機微がまだわからなかった。ただ大仏が放置されていることを、歴史好きの少年として残念に思っていた。

「若殿、大仏を再建なされませ。さすれば、みな若殿を立派なご領主と崇めます」

監物が、さらにけしかける。

「再建など余にできるわけがなかろう」

「そのようなことはありません。郡山城の金蔵には莫大な金銀が残っております」

監物が探らせたところでは、金が五万数千枚、銀に至っては数えきれないほどの量が残されているという。

「されど重臣たちが使わせてはくれまい」

「されば彼らが逆らえぬほどの力をお持ちになればよろしいのです。奈良にはそれがあります。それがし、それに関わる者と話をつけてまいりました。この者と手を組めば、最早、若殿には誰も逆らえなくなります」

そういえば、監物がこのところ一人でどこかへ出かけていたことを、秀保は思い出す。

「その力とはなんだ」

と、秀保は聞いた。

すると、

「もしや魔空大師のことではござるまいな」

そう声が掛かった。

人払いをした部屋だが、二人の他にもう一人いたのだ。

島右近(しまうこん)。

大和の地侍で、同族に島左近(しまさこん)という猛者(もさ)がおり、右近左近と並び称されるほどの武名が他国にまで轟いていた。ところが、左近は先年大和を出奔し、その際、右近も心底(しんてい)を疑われて謹慎になったという。そうした人物を重臣側が秀保の近臣として付けてきたのである。

厄介者を押し付けてきたと、監物は見ていた。右近は、その狷介（けんかい）な性格から家中でも孤立しているという。実際、この時も監物の人払いを自分は秀保の側（そば）にいるのがつとめと意に介すことなく居座り続けているのだ。しかし、重臣側が付けたとあれば、監物も疎略にはできない。

三十代の右近は、単なる荒武者ではない思慮深げな容貌をしているのだが、こうした性格のため、秀保も扱い難く感じて、余り話をしたことがなかった。それでも、魔空大師という妖（あや）しげな呼称に興味を惹かれ、

「魔空大師とはなんだ。弘法（こうぼう）大師や伝教（でんぎょう）大師とは違うのであろう」

と、思わず聞いていた。

それがあのように恐ろしいものとは、この時は思いもしなかったのである。

二

数日後、秀保は、島右近と岡戸監物を連れただけのお忍び姿で奈良へ向かっていた。重臣たちには別の場所へ寺参りに行くと称し、秀吉が付けた家臣団を引き連れて城を出ると、

途中で三人だけ抜け出してきたのである。

監物にすれば、右近に付いてきてほしくはなかったに違いない。しかし、右近は、ここでも当然とばかりに引き下がらなかった。

秀保は、仲のよくない二人を伴っていることが気詰まりではあったが、奈良行きを素直に喜んでもいた。奈良を訪れるのは初めてなのである。重苦しい城を出ることができた解放感に浸り、正体を隠してのお忍びにわくわくしている。

三人は旅の武士を装い、笠で顔を隠していた。但し、秀保が子供であることは隠しようがなかった。同年代の少年よりも身体が小さく華奢（きゃしゃ）なのである。

奈良へ入り、まずやって来たのは、頭塔（ずとう）であった。それが魔空大師ゆかりの遺物だと聞き、案内してもらったのだ。

そこは興福寺の南に位置し、表通りからは外れた寂しいところであった。しかし、足を踏み入れると、

「うわあ！」

と、悲鳴を上げながら、何人もの男たちが逃げてきた。従者を連れた旅の商人といった感じの一行で、彼らの背後へ目をやると、不穏な連中が立ちふさがっていた。

薙刀（なぎなた）を持った僧兵である。

信長や秀吉が叡山や本願寺、紀州根来(ねごろ)などと戦い、寺社の武装集団は軒並み姿を消していた。

(なのにまだ僧兵がいるのか)

さすが奈良だとは思わない。なんと時代遅れなと、秀保は呆れた。

たむろする僧兵は五人。頑健な身体を誇示して、ごろつきのように秀保たちを威嚇してくる。

「うぬらも旅の者か」

「さっきの者どもと同じく魔空大師の噂を聞き、頭塔を見にきたか」

「我らは頭塔を守護する者。ここは神聖な場所じゃ。見たくば金を出せ」

僧兵たちは、結構な額を言ってきて、

「出さぬというのであれば我らが仏罰を食らわしてやるぞ」

と、薙刀を振りまわしてみせる。

秀保は、震え上がっていた。

「若殿が寄り道などなさるから面倒に巻き込まれるのです。拙者(せっしゃ)の言う通りになされば、このような狼藉(ろうぜき)を受けることなく、後でゆっくりと見ることができます。引き返しましょう」

と、監物も腰が引けている。

知恵と弁舌でのし上がったため、腕には自信がないのである。

右近は、特に反応を示さず、じっとしているだけだ。

秀保も引き返すしかないと思ったが、その時、

「仏罰を食らうのは、そちらの方ですよ」

と、涼やかな声が掛かった。

振り返ると、三人の男女がいた。女が二人に男が一人。二人の女は年上の方でも、まだ十代に見えた。少女といっていい。何者なのかはわからなかった。三人とも、おかしな格好をしているのだ。

女の方は、頭にキラキラと光る飾りを付け、ゆったりとした袖の上衣（うわぎ）に袖なし羽織をまとい、下には長い裳（も）をはいている。肩から両袖には細長い布を垂らしていて、どれも鮮やかな彩色が施されていた。華麗な装束である。どこかで見たことがあると、秀保は思った。

これに対し、男は、ごく普通の侍の格好をしているが、顔には頭巾（ずきん）をかぶっていた。それればかりか、手袋をして指先まで覆い、頭巾から覗く二つの目以外は、全く肌が出ていない。

声を出したのは、年上の方の少女であった。

「我らに仏罰だと——」

僧兵が睨み付けてきても、

「あなた方は何かしら口実をもうけては人々から金を脅し取り、酒と女にうつつを抜かしているそうではありませんか。それが僧衣をまとった者のすることとですか。よって、あなた方にこそ仏罰が下ると申し上げたのです。頭塔は金をとるような代物ではありません。これはただの古き遺物。されば、さっさとここから立ち退きなさい」

怯む様子もなく、毅然とした声を上げている。

「うぬらはこのところ興福寺の中で芸を披露している一座の者だな」

「卑しい芸人一座でありながら我らに挨拶もなく、許しも得ておらぬそうではないか」

「その思い上がりにこそ罰を下さねばならん」

僧兵は、相手が少女なので完全に侮っていたが、やはり怯まない。

「あの場所は、わたくしどもが以前より披露勝手の免状をいただいているところでございます」

年下の方も、

「あんたたち、平城散座を知らないの。それでよく奈良にいるわね」

そう憤然と言い返している。

「うるさい！」

僧兵はいきり立った。

「そのようなものなど知らん。それに前はどうであろうと、今は我らの許しなく何事もできんのだ」

「我らは闇乗院の御院主様に従う者。御院主様は魔空大師を呼ぶことができる当代随一の術者なれば、この奈良で逆らえる者など誰もおらん」

「だから女！　その身体に無礼の報いをしっかりと思い知らせてやる」

僧兵は、秀保たちを押し退け、少女たちの方へ向かった。すると、少女たちの前に、ぬうっと頭巾の男が出てくる。僧兵よりも大きかった。藤堂高虎は六尺（一メートル八〇以上）を超える大男だが、それに優るとも劣らない。

しかも、

「乱暴、ヨクナイ」

と、なにやらおかしな喋り方をしている。

僧兵たちも、得体の知れなさに怯みを見せたが、すぐさま威勢を取り戻し、

「なんだ、お前は――！」

と、一人が手を伸ばし、頭巾を剝ぎ取った。

すると、彼らの間から驚愕の叫びが迸（ほとばし）った。秀保も仰天していた。

男の顔が黒いのである。

「ば、ば、化け物！」

僧兵たちは、すっかり脅えている。

しかも、大男は、手に太い木の棒を持っていて、それを膝に当て、苦もなくへし折ってみせた。

「ドウシテモ乱暴ヤメナイトイウナラ、シカタナイ」

男の身体は、衣装を通しても隆々（りゅうりゅう）とした筋肉の盛り上がりがわかり、腕も丸太のようであった。そんな男が、へし折ってささくれ立った棒の先を向けると、僧兵たちは泡を食ったように逃げ去っていく。

秀保は、ホッと息をつき、年上の少女が頭を下げてきた。

「非礼の段はお詫び申し上げます。わたくしどもは興福寺の中で散楽（さんがく）芸を披露させていただいております平城散座の者にて、未熟者ではございますが、私は座頭（ざがしら）の平城日魅火（ひみか）と申します。そして、これなるは神戸亜夜火（かんべあやか）」

と、もう一人の少女も紹介する。

「いや、そなたたちのおかげで助かった。礼を言わせてもらう」

秀保は、正直な気持ちを口にしたのだが、

「なんなの、子供のくせに偉そうな――」

と、亜夜火が噛み付き、これに監物がいきり立った。

「貴様の方こそ芸人風情のくせしてなんたる無礼な物言いか。それにこの化け物はなんだ」

大男は、すでに頭巾をかぶっていたが、監物は、脅えを露にしながら必死に虚勢を張っている。

「この者は化け物ではありません」

と、日魅火が穏やかに言った。

「遠い異国から伴天連によって連れて来られた者で、ヤスケと申します」

「ハイ。ワタシ人間デス」

と、大男も応じる。

「あんなに黒いのが人であるものか」

監物は信じられないようであったが、秀保は、そう思わなかった。

僧兵たちよりも遥かに人間らしく感じられたのだ。あの黒い顔には優しさと温かさがあったと思う。実際、彼は僧兵の悪い行いを正そうとした。つまりそういう心があるのだ。

だから、

「いや。人だと思う」

ここでも正直な気持ちを口にする。

「伴天連を見ていればわかるであろう。異国には我らと色の違う者がいるのだ。されば黒い色もあるのだろう。なにしろ、ここは平城京があったところ。平城京にも色の違う異国人が大勢いたというではないか。大仏の開眼供養で導師をした菩提僊那という僧も天竺（インド）のお人なのだぞ」

「ぼ、ぼだい？」

監物は知らないようである。

しかし、右近は知っているらしく、

「天竺に生まれて唐で修業し、遣唐使の帰り船で来朝されたお人でした。よくご存知です」

と言ってきて、

「大和へ来るとわかって、大和の歴史について書物を読み、話も聞いたから――」

と、秀保は答える。

そんな秀保に、日魅火は澄んだ眼差しを向けていた。

日魅火は美しかった。清楚で可憐で、それでいて悪漢どもに怯まない強さを持っている。

秀保の心はざわめいた。じっと見つめられていると、顔が赤らむのを覚え、笠でこちらの顔は見えないというのに、目を逸らせてしまう。

「みな様は頭塔をご覧になろうと、ここへまいられたのですか」

と、聞かれた時は、

「そ、そうだ」

と、言葉までつかえてしまい。ますます顔が火照(ほて)った。

日魅火の凜とした口調は変わらない。

「さきほども申しましたように、頭塔は魔空大師ゆかりの神聖なものなどではなく、奈良の単なる古き遺物でしかありません。そして、我ら平城散座も平城京の御世(みよ)に始まるものにて同じく奈良の古き遺物。されど、この後、いつもの場所で拙(つたな)い芸を披露させていただきます。よろしければ奈良へ来たみやげ話のつもりでご覧になって下さりませ」

そう言って、立ち去る気配がしてから、秀保は、ようやく顔を上げた。色鮮やかな装束の後ろ姿が見えている。

それを見つめながら、秀保は、

「天平(てんぴょう)装束!」

と思い出した。

大和の歴史を調べていた時、絵巻物で見たことがあったのだ。二人の少女が着ていたのは、平城京の時代の装束だったのである。

三

「これが頭塔か。おかしな形をしている」

秀保は、それをしげしげと見ていた。

確かに奇妙な石の構造物であった。

全体が正方形をしていて、その正方形が小さくなりながら、七段に積み上げられている。基壇部の一辺は十六間余(約三〇メートル)で、高さは五間余(約一〇メートル)といったところか。各段の四方に石仏が置かれている。

秀保の好奇心は、いやが上にも増した。

ここは玄昉(げんぼう)の首を葬っているところだと、右近が教えてくれた。

玄昉は、秀保も知っている。平城京の時代に権勢を振るった僧であった。大仏を建立し

た聖武天皇の母藤原宮子は、聖武を産んで以来、三十年以上も引き籠りのような状況にあったが、玄昉は、

法師一看

つまり一度診ただけで治癒させ、宮子の絶大な信頼を得たという。妖僧・怪僧といっていい人物である。しかし、それだけに敵も多く、栄華は長く続かずに九州へ左遷され死んでしまう。

「して、九州で死んだ玄昉の首がなにゆえここにある」

これに答えたのは、岡戸監物であった。

「玄昉の死は病とされておりますが、実はとんでもない話が伝わっているのです」

その日、玄昉は、太宰府にあった観世音寺で落慶供養を行っていた。すると、空が俄かに曇って雷鳴が轟き、その空から魔物の声が聞こえたかと思うと、巨大な手が下りてきて、玄昉を空中へ連れ去った。そして、後日、首がこの場所へ落ちてきたというのである。この時、空からは笑い声も聞こえたらしい。首以外も他の場所に落ちてきて、胴塚、肘塚、眉目塚なるものが残っているそうだ。玄昉の身体はバラバラにされていたのである。

「これが魔空大師の仕業だとされております」

菩提僊那を知らなかったのに、このことについては詳しかった。

「実はそれがしが以前いた芸人衆の間では魔空大師が信じられていたのです。この国の芸人衆は平城京で演じられていた芸の流れを汲んでおります。それゆえ、その時代に見聞きしたことが伝えられているようです」

「そのような魔物が本当にいるのか」

秀保は、右近を見たが、笠の中の右近は、むっつりと押し黙っている。

「右近殿は信じたくないのですよ。いかに武勇を誇る右近殿といえども、そのような魔物がいては太刀打ちできませんからな。頭塔や他の塚も残っているのが何よりの証（あかし）。奈良の者たちも信じておりますぞ」

監物の言葉は、自信に満ちていた。

書物をよく読む秀保は、こうした奇譚も好きであった。空から巨大な手が下りてくる光景を想像すると、やはりわくわくしてくるのだ。しかし、今はそれよりも気になることがあった。

「さっきの平城散座と申したか。あれも平城京に始まる一座だと申していたな。しかも、この後、興福寺の中で芸を披露するそうだから、どのようなものか見てみようではないか」

「また寄り道なさるのですか」

監物は、うんざりした表情を見せたが、秀保は、かまうことなく歩き出していく。

平城日魅火にまた会いたいと思ったのである。

四

信長や秀吉が登場するまで、興福寺は、大和の実質的な国主として君臨し、広大な寺域を有していた。その中から音曲が聞こえ、秀保は、それに導かれるかのようにしてやって来た。

そこは、なだらかな斜面に囲まれた広場であった。斜面に大勢の人が座り、その下で行われている芸を見ている。

一座の規模は十人ほどと小さく、笛や鉦(かね)、太鼓で音曲が奏でられ、その前で二人の少女が芸を披露していた。さっきの少女たち——平城日魅火と神戸亜夜火である。

秀保たちも、笠をかぶったまま斜面に腰を下ろして、芸を見た。秀保が見たことのない芸であった。

一人ずつ大きな玉の上に乗って、その玉を転がし、二人は別々に周囲をぐるりとまわっていた。しかも、ただ玉を転がしているだけではなく、掌に入るくらいの小さな毬(まり)のようなものを手に持ち、それを次々と宙に放り投げては次々と受け止め、また放り投げるということを繰り返しているのである。そうしながら手の毬は決して落とさず、足元の玉から落ちることもない。

放り投げる毬の数は、亜夜火が四つで、日魅火は倍の八つも持っていた。日魅火の毬も玉も青を基調にした紋様に彩られ、亜夜火の方は赤を基調としている。

「あの毬を投げる芸はなんだろう」

秀保が、何気なく呟くと、

「あれは弄丸(ろうがん)(現代のジャグリング)といってな。正倉院(しょうそういん)秘蔵の弓にも描かれておる由緒ある芸なのじゃよ、小僧殿」

隣にいた茶人風の老人が教えてくれた。田舎武士の子倅(こせがれ)が奈良見物に来たとでも思われているようだ。

二人の少女は、さっきと同じ格好をしていた。上衣の上に背子(はいし)を羽織り、裙(くん)と呼ばれる長い裳をはいている。肩から両袖に巻き付いている細長い布は、比礼(ひれ)と呼ばれるものだ。

比礼も、日魅火のものは青、亜夜火の方は赤い色に染められている。

二人は、玉乗りと弄丸をしながら、比礼も宙に舞わせていた。それが優雅な踊りをしているかのようで、しかも、ここは奈良であるから、鹿があちこちにいて、二人のところへ寄ってきたりもするが、それにも慌てることなく玉を転がし、うまく逃れていた。頭の飾りが陽光に煌(きら)めく。

日魅火が秀保の近くへ来た時、その顔がこっちを向いて、にこりと微笑んだ。

秀保は、どきっとする。

やがて、少女たちは、秀保の正面で止まると、互いに向き合い、自分が持っている毬を投げ合った。赤と青の毬が空中で華麗に交差する。数が合わないので、日魅火の方は余ってしまう四つを今まで通り宙に放り投げ、それでいて亜夜火とも投げ合い、どちらの毬も決して落とさない。日魅火の技量が上なのは明らかであった。

秀保は、彼女の美しさと、その芸の見事さにすっかり見惚れている。

双方の毬がそれぞれに戻ると、ヤスケが籠(かご)を持って、二人のところへやって来た。ヤスケも、さっきと同じ目以外を隠した格好をしている。二人は自分の毬を一つずつ籠に入れていき、全ての毬を入れ終えると、玉の上からもスッと降りて手をつなぎ、客たちに一礼をする。

音曲も止まり、客からは拍手と歓声が湧き起こっていた。

「平城のひめみこ様！」

と、叫んでいる声も聞こえる。

秀保も、思わず手を叩いていたが、その時、向こう側の斜面から悲鳴が上がった。

秀保は、そちらへ目をやり、顔が強張ってしまう。また僧兵が姿を現わしていたのである。しかも、さっきより数が多く、四、五十人はいるようだ。

僧兵たちは、客がいるのもかまわずに斜面を荒々しく下った。人々は災難を恐れて逃げ散っていく。僧兵たちは、奈良では崇められている鹿さえも平然と蹴散らして、日魅火のところへ行き、

「さっきは舐めたことをしてくれたそうだな」

と威嚇した。

「あいつだ。あいつが黒い顔の化け物だ」

と、ヤスケを指差している者もいて、あの中にさっきの五人もいるらしい。

「我らを蔑ろにするばかりか、神聖なる境内に異国の化け物を連れて来るとは、芸人風情のくせに増長慢も甚だし。男は成敗し、女は我らの慰みものとしていたぶってやる」

しかし、ここでも日魅火は恐れなかった。

「あの者は人ですと、さきほども申し上げました。それに仏の寺が異国の人間を嫌う道理などありません。仏の教えそのものが天竺からもたらされた異国のものではありませんか」

と、冷静に諭している。

「なんだとお！」

「あくまでも愚弄するか！」

僧兵たちは、もう我慢がならないとばかりに、今にも襲い掛かりそうになった。

そこへ客たちの中から、

「ひめみこ様に無礼を働くなんて、それでも奈良の僧兵か」

「そんなことをすれば仏罰はそっちに下るぞ」

と、非難の声が上がり、

「そうだ、そうだ」

と、応じる声がそこここで沸き起こる。

「ええい、どいつもこいつも痴れ者揃いめが――」

「かまわん。逆らうヤツにはみな仏罰を下してやれ！」

僧兵たちは、客の方へも刃を向けた。

秀保は、やはり怖かった。それでも、少女があれほど頑張っているのだ。自分は何もしなくていいのかと恥ずかしくなる。だから僧兵の刃に辺りが静まり返った瞬間——。

秀保は、思わず立ち上がり、

「やめよ!」

と叫んでいた。

別にその瞬間を狙ったわけではない。無我夢中の咄嗟(とっさ)の行動であったが、声変わりをする前の少年の甲高い声は、よく響き渡った。誰もがこっちを見ている。それも訝(いぶか)しげな視線だ。そうであろう。声変わりもまだなら、身体も小さい。なんだあんな子供がと、怪しみ、蔑んでいる視線だと、秀保には痛いほどわかる。

しかし、日魅火を見ると、やはり彼女の澄んだ眼差しがこっちを向いていた。それで勇気が出た。

「おやめなされませ。ここは一旦退散いたしましょう」

と、監物が袖を引っ張ってきたのだが、秀保は、覚悟を決めた。

だから監物の手を振り払い、右近の反応も見ず、秀保は、斜面を下りていく。

僧兵たちの近くまで来ると、

「お、お前たち、刃をおさめよ。神聖なる寺域で、狼藉はならん」

秀保は、必死に声を絞り出した。

「はあ」

僧兵は、子供の言いように嘲(あざけ)りの色を露骨に浮かべる。

「小僧。何を偉そうに言うておる」

「ここは子供の出るところではない」

「うぬは頭塔のところにもいたな。いったい何者だ」

秀保は、笠の紐を外しながら、

「余は、余は――」

と言った。

「余だと？」

「何様のつもりだ」

僧兵たちは、ますます笑っている。

秀保は、笠を取り、顔をさらして、

「余は、秀保である」

と、また必死に声を絞り出した。

すると、

「ここにおられるは、大納言秀長卿の跡をお継ぎあそばされた参議(さんぎ)権中将(ごんのちゅうじょう)豊臣秀保様であられるぞ」

秀保とは比較にならない勇ましい声が響き渡った。

見ると、右近が付いてきているではないか。笠を取り、戦場で鍛えた声を張り上げたのである。右近の後ろには監物もいたが、こっちは笠をかぶったままで首の辺りを掻き、渋々という感じが露骨に出ている。

辺りがまた静寂に包まれた。しかし、そこからぽつぽつと声が聞こえ、

「あれが豊臣家の御曹司か」

「十三と聞いていたが、もっと子供のようではないか」

「そんな子供で百万石が治められるのか」

客たちがそう囁き合っていて、秀保は、顔が赤くなってくるのを意識する。

僧兵も、

「豊臣の小僧とは好都合だ。我らの恐ろしさを見せてやる」

「我らには魔空大師がついているのだ。相手が豊臣であろうと何ほどのことやある」

と、畏(おそ)れ入る様子を見せずに薙刀を構えた。

「ひいっ」

秀保が竦んでいると、右近が立ちはだかって太刀を抜く。

「我は島右近。主に無礼を働くとあれば許すわけにはいかん」

右近の名を聞いて、僧兵も怯みを見せた。それでも多数を恃んで、すぐ余裕を取り戻す。

「いかに右近左近の右近でも、たった一人で我らの相手ができるものか」

右近にも動揺はない。

「そう思うのなら掛かってくるがよかろう」

秀保は、自分がきっかけを作りながら、口も利けない有様になっていると、

「者ども、やめんか！」

新しい声が響き渡った。

斜面の上に僧侶がいた。高位の僧が着る立派な袈裟をまとっているが、それが漆黒の闇をまとったような濃い黒に染まっている。その背後から現われた僧兵も、やはり黒一色。

「闇乗院の鴉法師だ」

脅えた声が、客の中から上がった。

黒の一団は、人々が恐れて開けた斜面を悠々と下り、秀保たちのところまでやって来た。こちらの僧兵は二十人。しかし、数では劣っていても、先からいた僧兵たちは明らかに震え上がっていた。

だから黒袈裟の僧が、

「お前たち、豊臣家の若殿に手出しはならん。とく立ち去れ」

そう命じると、

「ははあ」

と平伏し、慌てた様子で逃げ去っていく。

それから僧は、秀保のところへ来て丁寧に頭を下げた。

「ご無礼つかまつりました。あの者どもは物事をわきまえぬ無知なる下賤の輩(やから)。充分に言い聞かせますゆえ、非礼の段は何卒お許し下され。拙僧は闇乗院の院主にて銅卿(どうきょう)と申します。これなるは我が直々(じきじき)の配下にて、奈良では闇乗院の鴉法師と呼ばれております。無知なる者ではござらぬゆえ、ご安心下され」

穏やかで分別のありそうな物言いをして、細身の身体は背も高く、その顔立ちは端整であった。まるで仏像のようだと、秀保は思ったものである。しかも、まだ若い。

秀保は、秀長が健在の頃、興福寺から持ってこさせたと、仏像を見せられたことがある。少年のごとき顔立ちをした阿修羅像であった。それに似ている。

一方、配下の鴉法師は、どれもこれも同じ時に見た仁王像のようであった。彼らは秀保に頭を下げるでもなく、ただ突っ立っていた。真っ黒な姿は、闇夜の悪霊のごとき不気味さを漂わせている。

銅卿は、日魅火の方へも行き、

「ひめみこ様にも非礼の段、お詫び申し上げます。あの者どもは本当にひめみこ様のことを知らないのです。よく言うて聞かせます」

と、阿修羅像の顔に爽やかな笑みまで浮かべたが、日魅火は、

「昨年も同じようなことを言われていましたね。どこまで信用してよろしいのやら――」

と、皮肉めいた言葉を返し、秀保の側へやって来た。

「やはり郡山の若殿様でございましたか」

間近で相対し、秀保はどきどきしていた。なにしろ日魅火は、あれだけの芸を披露しながら、汗もかかず息も乱さずに清楚な美貌を煌めかせていたのである。

「し、知って、いたのか」

言葉もつかえてしまった。情けないと恥じ入ったが、日魅火の眼差しは優しかった。

「頭塔のところで、お付きの方が若殿と呼んでおられたのを耳にいたしました。此度（こたび）はお助けいただき、まことにありがとうございます」

「いや、助けたのは余ではない。この銅卿が来たからこそ、ヤツらは退散したのだ。余は非力だ。何もできん」

「そのようなことはありません。若殿様が勇気を出して下されたからこそ、我らは助かったのです。あのお声がなくば、わたくしどもは銅卿殿が現われる前に斬り掛かられていたでしょう」

そこへ、ヤスケもやって来て、

「ワカトノサマ勇気アル。ワタシモ、オ礼イイマス」

と、頭を下げた。

そう言われると、秀保も嬉しい。

しかし、残る一人は、

「亜夜火もお礼を申し上げなさい」

と、日魅火に促されても、

「どうしてこいつに礼を言うの。斬り掛かられていても、あたしたちならあれぐらいの連中、なんでもないでしょう」

ぷいと秀保から顔を背けている。

亜夜火は、額に汗を光らせ、肩で息もしていた。

その向こうでは、銅卿と笠を取った監物が親しげに話をしていた。

「こんなところにいたのか。なかなか来ないのでどうしたのかと思ったぞ」

「若殿が見たいとおっしゃられたのでな」

これを、秀保は聞き咎めた。

「監物はこの者と見知りであったのか」

「銅卿はもともと傀儡(くぐつ)まわしの倅で、拙者は猿楽師の時に彼ら父子と知り合い、父親が死んで彼が興福寺に引き取られた後も、時折会っておりました。拙者が手を組むよう申したは、この者のことです」

「闇乗院とはなんだ」

これには、

「興福寺の裏塔頭(うらたっちゅう)でござる」

右近が、さっきの大音声(だいおんじょう)とは一転、陰鬱な声で答えた。

興福寺には数多くの塔頭があり、中でも大乗院(だいじょういん)と一乗院(いちじょういん)は別当(べっとう)を出す門跡(もんぜき)寺院として権勢を誇っているが、闇乗院は、その名の通り闇に埋もれた存在であったらしい。興福寺が実質的な国主として君臨する中で、表には出せない汚れ仕事を担ってきたからだという。

秀保は、表情を曇らせたが、

「ははは」

銅卿は、快活に笑った。

「汚れ仕事などは南北朝の御世まで。今の閻乗院は少なくなった僧兵を束ね、奈良を守ることにつとめております。大納言様のおかげで興福寺は表がすっかり力をなくし、裏が出てこざるを得なくなりました」

奈良への抑圧策で、興福寺も疲弊したことを指しているのであろう。

「ただ私は閻乗院に入ってからというもの、厳しい修業に明け暮れ、いささかの術を心得ております」

「して、この者と手を組むとはどういうことか」

秀保は、監物の方を向いた。

「銅卿に教えてもらうまで知らなかったのですが、魔空大師というのは閻乗院に代々伝わる秘術だったのです。それをこの者は会得しております。さればこの者と組むことで若殿が魔空大師を使えるようになれば、家中で逆らう者などいなくなりますぞ。逆らえば空へ連れ去られて身体を切り裂かれるのですから――。大仏再建のために金蔵を開いてくれましょう」

「そんなやり方で――」

「この世で人を従わせるには強い力が必要なのです。関白殿下も強大な武力を手にして天下をとられたではありませんか。それとも若殿には大仏を再建させる別のやり方があると言われるのですか」

それには言葉に詰まってしまう秀保である。

「若殿は今の大仏を見たことがおありですか」

と、銅卿が聞いてくる。

「いや、ない」

奈良を治める領主だというのに恥ずかしいことだと、秀保は、顔が赤らむのを覚えた。

「実はこれなる平城散座は年に一度大仏ゆかりの日に東大寺で芸を奉納することを慣わしにしています。今が四月に近いことから、今年は開眼供養の日に因(ちな)んで奉納するつもりなのでしょう。今年はこれに拙僧も出向く所存。されば若殿様もご列席下さいませんか。大仏再建をお考えなら、今どのようになっているかを知っておかれるべきでありましょう。但し平城散座の奉納は奈良の秘事ゆえ、今日のようにお忍びでお越し下されまし」

「重臣どもには今日と同じく他の用件で出かけることにすればよろしいのです。手筈は拙者が整えます」

と、監物も請け負う。

右近は、憮然とした顔で押し黙っていた。監物のやりようを快く思っていないのだ。秀保も、感心しなかったが、大仏は一度見ておくべきであろうと思った。

だから承知した。いや、それよりも日魅火にまた会いたかったのだといった方が正しいかもしれない。

「されば若殿と拙僧の参加、そちらはかまいませんね」

銅卿の念押しに、

「一介の芸人風情が豊家(ほうけ)の若殿様と闍乗院院主様の参加をどうして拒めましょうか」

と、日魅火も承知していた。

「奉納はいつになさる？　開眼供養が行われた四月の九日か」

「それについては我らに伝わるよき日和(ひより)というものがありますので、私の方からおってお知らせいたします」

日魅火は、どこまでも毅然としている。

「ではそれを待つとしよう。若殿、お待ち申し上げております。おい、監物」

監物は、立ち去ろうとした銅卿に促され、

「まことに申し訳なきことながら、拙者、銅卿殿と少し話したきことがありますので、しばし右近殿と一緒にいて下され。奈良には見るところがいろいろとございますれば、右近殿に案内してもらえばよろしいかと存じます」

と言ってきた。

なにやらコソコソ動いている監物にも辟易(へきえき)するが、右近と二人になるのは気詰まりだと思っていたら、日魅火が、

「されば私が若殿様に珍しきものをご覧にいれましょう」

と言ってくれた。

秀保は、すぐさま承知したのである。

五

秀保と右近が連れて行かれたのは、正倉院近くの屋敷であった。といっても、空き屋敷なのか、人がいる様子はなく、部屋の中でしばらく待たされる。

その時、秀保は、

「さっきは余のあとに付いてきてくれて、ありがとう」

名乗りを上げた時のことで礼を言ったが、右近は、気難しげな顔で、

「主をお守りするのは家臣として当然のこと。そのようなことをいちいち仰せになる必要はありません」

と、逆に注意された。

やはり気詰まりだなと思っているところへ、日魅火と亜夜火、ヤスケの三人が入ってきた。

二人の少女は、細長い箱を恭しげに捧げ持ち、頭巾も手袋も取ったヤスケは、平たくて四角い箱を普通に持っている。

そして、細長い箱が秀保の前に置かれ、日魅火が、慎重な手付きでそれを開けた。中には弓が一張（ひとはり）ずつ入っていた。戦（いくさ）で使う弓ではなさそうである。

「これは玉を弾く遊びに使う弾弓（だんきゅう）というものでございます」

と、日魅火は説明した。

「正倉院に納められているものにて、私が奈良へ戻ってきた時には、そこから出していただき、このように拝見させてもらっております」

日魅火は、淡々と話していたが、秀保は、仰天していた。

正倉院は東大寺の管理下にあるが、聖武天皇遺愛の御物（ぎょぶつ）を納め、勅命以外では開けることができない宝物庫なのである。

「そなたのために勅封の正倉院が開くというのか」

滅多に感情を見せない右近も、目を見張っている。

しかし、日魅火は、落ち着いていた。

「驚かれるほどのことではありません。勅封とは申せ、正倉院を開けさせた者は今までにもいました」

「確かに藤原道長や足利義満などがいて、信長様も正倉院を開けさせている。されど、いずれも時の権力者ではないか。そうか、聞いたことがあるぞ。奈良には平城京におわした女帝の末裔だという者がいて、今でも崇められていると――。そなた、ひめみこ様と呼ばれていたな」

すると、亜夜火が、我がことのように自慢してくる。

「そうよ。平城散座の座頭は代々女帝の血を引く女がつとめることになっているの」

しかし、日魅火には、誇る素振りなど微塵もない。

「本当に血を引いているかどうかなどわかりません。ただの言い伝えでございます。されど私のことを大事に思って下さる方がいるのは事実で、そのご厚意により開けてもらっております。それがちょうどこの日でようございました。若殿様も是非ご覧下さい」

そう言って、日魅火は、弾弓の細長い木の部分を示した。

「ここに絵が描かれておりましょう」

確かに描かれている。墨一色の人の絵であった。しかし、弓の幅は一寸ほどしかないので、かなり小さい。

「これは『墨絵弾弓図（すみえのだんきゅうず）』と申しまして、ここに平城京で行われていた散楽芸が描かれています。つまり、これが我ら平城散座の祖先。散座とは散楽一座のことです。されど、これでは小さ過ぎてよくわかりません」

日魅火は、ヤスケから四角い箱を受け取り、それも開けた。中には紙が入っていて、広げると、そこにも墨一色の絵が描かれている。

「これは私の何代か前の座頭がわかりやすいように大きく模写させたものでございます」

大勢の人間が描かれていた。九十名以上はいるらしいのである。それが、一寸ほどの幅しかない二張の弾弓にびっしりと描かれているというのだ。

秀保は、興味津々に目を凝らした。

さまざまな人間が描かれていた。観客らしき者もいれば、踊っている者、琵琶（びわ）と思われる楽器を演奏している者などがいて、散楽を披露している芸人も描かれている。

六つの小さな毬のようなものを、宙に投げている男がいた。日魅火たちがやっていた芸と同じだ。秀保の隣にいた老人が言っていたのは、この絵のことに違いない。

他には、大男の上に人間が何人も乗っているところや、大男が頭の上に竿（さお）を載せ、その竿を昇り降りしている者、竿の上で何か芸をしている者などが描かれている。竿は随分と高いようで、下から棒を伸ばし、竿を支えている様子まで描かれている。

「菩提僊那様が導師をなさった開眼供養においても、私たちの祖先がこうした散楽を披露させていただきました」

「開眼供養では唐（中国）や高麗（朝鮮）、林邑（ベトナム）などの芸が披露されたのであったな」

「わたくしどもが大仏様に芸を奉納してきたのは、その縁ゆえでございます。この絵にも異国の者が大勢描かれ、我ら平城散座の祖先も多くは異国の者でございました」

「平城京には本当に異国の者がたくさんいたのだな。有名な鑑真和上に同行した弟子の中にも碧眼の胡人がいたと聞く。彼らはたまたま名前が残っているだけで、そのまわりには名もなき異国人がもっといたのであろう」

「さようにございます。若殿様は本当によくご存知でいらっしゃる。しっかりと学ばれたのですね」

日魅火が、にっこりと微笑んでくれた。

秀保の心がまたざわめく。本当のことをいえば、ただ好きなことをしていただけだ。

「されど右近も物知りだ。魔空大師や頭塔のこと、それに闇乗院のことまで知っていた」

「右近様は武勇ばかりでなく、大和の地をいろいろと歩き、大和の歴史にお詳しいと聞いております。亡き大納言様もそれを大いに買われて、側近くに召されていたとか――」

「そうだったのか」

しかし、右近は反応を示さない。

秀保は、また気詰まりになって、『墨絵弾弓図』に目を戻した。

「この絵は楽しげだな」

そのように見える。踊っている者も琵琶を弾いている者も、身体が躍動しているのだ。

秀保の脳裏には、墨一色の絵に色が付き、肌や目や髪の色が違うさまざまな異国人と日本人が芸を披露し合い、それをやはり異国人と日本人の観客が笑い合いながら見ている、そういう光景が浮かんだ。

「ここではヤスケのように顔を隠すことなどなかったのであろう。それはよいことだと思う」

「そうおっしゃっていただけると嬉しゅうございます。若殿様はとてもお優しく、広い視野をお持ちです」

そう言われると、こちらも嬉しくなる。

「それにしても平城京の御世から続く散楽一座があるとはたいしたものだ。されど興福寺にいたのは十人ぐらいだったな。しかも、芸を披露していたのはそなたたち二人だけ。長い歳月の間でそれだけになってしまったのか」

秀保は、見たままを口にしただけであったのだが、亜夜火が憤然と言い返してきた。

「日魅火姉様(ねえさま)になんてことを言うの。姉様はこの国にいる散楽芸人の頭(かしら)でもあるのよ。姉様がひと声掛ければ、国中の散楽芸人が集まってくるわ」

険しい目で、秀保を睨み付けている。

「それに、あんた知ってる？　平城京で披露された芸がもととなって、今に続く猿楽、田(でん)楽(がく)、狂言に、曲舞(くせまい)、傀儡まわしなどが生まれていったの。つまり平城散座はこの国の芸人衆の大本(おおもと)みたいなもので、芸人衆の中にも姉様を崇めている人が大勢いるわ。できて数年にしかならない豊臣家とは重みが違うのよ」

この舌鋒には、右近も、

「女子(おなご)といえども主への無礼な物言い、聞き捨てにするわけにはいかぬぞ」

と、怒りを滲ませた声で咎めた。

しかし、亜夜火にこたえた様子はなく、

「だったら斬りなさいよ」

と、開き直っている。

「俺は武人だ。女は斬らぬ」

「あらそう。面倒な人なのね」

「申し訳ございません」

と、代わりに日魅火が謝った。

「亜夜火は織田家の血を引く者でして、それゆえ関白殿下のお身内にはつい言葉がきつくなってしまうのです」

「織田？」

「亡き信孝(のぶたか)様の娘です」

信孝は信長の息子である。本能寺の後、柴田勝家(しばたかついえ)と組んで秀吉と戦い、敗れて切腹となった。

「そうか。信孝様は伊勢の神戸家の養子となっていたから、それで神戸を名乗っているのだな」

と、右近も思い当たったようである。

「されど信孝様の姫といえば、信孝様の母御と共に人質として秀吉様に差し出され――」

「信孝様が兵を挙げた時に二人とも磔(はりつけ)になっております。亜夜火はその姫の妹です」

信孝の家族で生き残ったのは、彼女だけであったらしい。それで路頭に迷っていたところを、日魅火の先代に拾われ、日魅火と姉妹のように育てられたという。

「家族を殺されたことで豊臣家を怨んでいるのか」

右近が凄んでも、やはり亜夜火は怯むことなく、さらにきつい目を秀保に向けてくる。

「当たり前でしょ。秀吉はあたしから家族を奪ったばかりか、織田家の天下も横取りした」

秀保は、衝撃を受けた。

秀吉は卑賤の身を信長に取り立てられ、大名にまで立身したのである。その大恩がありながら信長が死ぬと織田家の上に立ち、天下統一を成し遂げた。秀保も、そのおかげで百万石の主となれたのだ。

「あっ、いや、それは――」

だから秀保は、言葉に詰まってしまう。

しかし、日魅火は、優しい声を掛けてくれた。

「若殿様、気になさることはありません。栄枯盛衰は世の倣い。それが乱世なら、なおのこと。戦に敗れて滅ぼされ、路頭に迷うこととなった若君や姫君は、亜夜火だけではないのです」

そして、亜夜火に対しては、穏やかさの中に厳しさを見せる。

「あなたも聞き分けのないことを言うものではありません。それに、あなたの家族が亡くなったことで、若殿様にどのような責(せき)があるというのです。若殿様はあなたと同い年。その時はまだ五歳ではありませんか」

「それはそうなのですが――」

諄々(じゅんじゅん)と諭され、亜夜火の声は消え入りそうになっていた。

秀保は、亜夜火が同い年だということに驚いていた。年上だと思っていたのである。なにしろ秀保の身体は、二人の少女よりも小さい。

それで日魅火に聞いてみた。

「そなたはいくつなのだ」

「十六でございます」

やはり実際以上に大人っぽく見える。

「なるほど、こちらが織田家の姫だというのであれば、そのヤスケも、もしかして織田家ゆかりの者か」

右近は、何かに気付いたようであった。

「確か信長様は伴天連より献上された黒奴(くろやっこ)を側近くに召し抱えておられた筈。本能寺の後は行方知れずになったと聞いているが――」

「その通りです。悲しいことですが、ヤスケさんを見て、人と思ってくれる者はほとんどいません」

本能寺の時も、明智光秀の軍勢に捕えられたヤスケは、光秀から人ではなく動物と見なされ、罰するまでもないと放逐されたのだという。

「それで行く当てもなく、やはり路頭に迷っていたところを、私の先代に拾われたのです」

「ハイ。ワタシ日魅火サンノモトデ、ヨクシテモラッテイマス」

ヤスケは、笑っていた。

いい笑顔だと思う。このようなヤスケをどうして人間ではないなどと言えるのであろうか。秀保には、わからない。

日魅火は、弾弓を箱にしまい、

「平城散座の座頭がこれを見るのは最後にいたしたいと存じます」

と言ってきた。

「どうしてだ」

「さきほども申しましたように、平城散座は奈良の古き遺物でございます。今は豊臣という新しい家が天下を治めている時代です。奈良も古き衣を捨て、新しい世に相応しく変わっていかなければなりません。それゆえわたくしどもは大仏様に芸を奉納するのもこれを最後にして奈良から離れ、諸国をめぐるただの散楽一座として生きていこうと思っております。

「そうか。これが時の流れというもの」

「残念にも思うが、ならば此度の奉納はしっかりと見せてもらおう。それでそなたは頭塔も単なる古き遺物と申していたな」

「はい。闍乗院も魔空大師も奈良からいなくなるべきと思っております。そうなれば豊臣家と奈良との間柄も変わることでございましょう」

「いなくなるということは、やはり魔空大師は本当にいるのか」

「それはいずれおわかりになるかと――」

六

日魅火が知らせてきた日にちは、四月九日ではなく、二日であった。

しかも、奉納は夜に行われるということで、泊まり込みの寺社詣でに行くと称し城を出た。

そして、今回は右近と監物だけではなく、監物の手勢が二十人加わり、夜も更け人通りもなくなった奈良へとやって来たのである。

東大寺には、すでに人々が集まっていた。平城散座の者たちと、闇乗院銅卿の他に東大寺の関係者や奈良の八郷名主（はちごうなぬし）も参加していた。八郷名主とは何かと右近に聞けば、奈良の町衆の中核を成す八つの郷の代表者だと教えてくれる。

彼らは、国主の秀保に一応丁重な挨拶をしたものの、冷ややかな感じがしてならなかった。ここにも秀長時代の影響があるらしい。一方、銅卿に対しては無視を決め込んでいる。

陰暦二日はまだ月が小さく、そのうえ、この日は午後からの曇り空が夜になっても続いたため、辺りは漆黒の闇に包まれていた。そこにさして多くはない篝火（かがりび）が燃やされているだけなので、まわりの様子も闇に滲む幻影のようにしか見えない。

復興が進んでいない東大寺では、焼け落ちた大仏殿も仮普請（かりぶしん）のものしか建っていないということで、秀保は、その大仏殿を見にいった。
仮の大仏殿も、闇に滲んではっきりと形も見定められなかったが、一応もとの大仏殿と同じような形をしているらしい。しかし、粗末な造りではあったようで、強風でも来れば倒壊しかねないのだという。

秀保は、大仏殿の中にも入った。

ここも明かりはなく、監物の手勢が松明（たいまつ）を持ってきた。

大仏は頭部が焼け落ちていたのだが、これも木枠に銅板を張り付けただけという仮のものが、胴体の上に載せられていた。

秀保は、その傷ましい姿に胸がふさがり、やはり再建しなければと、強く思う。

大仏殿を出ると、秀保は、境内の一画に設けられている席へと案内された。大仏殿の正面中央と向き合っているのではなく、秀保の側から見て左へ寄ったところに位置している。平城散座以外の参加者は全員そこへ座り、秀保は一番前の席。隣には銅卿がいて、その後ろに右近と監物が控えていた。

秀保の前には、舞台が用意されていた。舞台も大仏殿の左に寄っていて、そこに天平装束の日魅火が立った。亜夜火は、ヤスケと共に上がり口の下に控えていて、音曲の者たちは脇の方にいる。

日魅火は、まずこちらへ一礼して、大仏殿の方を向き、やはり一礼。音曲が響き出すと、亜夜火から小さな毬を受け取り、それを宙へ投げ始めた。最初は、二つ。それから、三つ四つ五つ六つと、数を増やして、弄丸を披露する。

玉の上には乗っていないから、『墨絵弾弓図』に描かれていたのと同じ形だ。しかも、ただ宙へ投げているだけでなく、まるで舞っているかのような動きを見せて、両の袖から伸びた青い比礼も生き物のように躍動している。

秀保には、その比礼が飛翔せんとする二匹の龍のごとくに映り、またうっとりと見惚れていた。

しかし――。

不意に音曲が止まった。

日魅火も動きを止めて席の後方へ目をやり、そこから騒がしい音がするので、秀保も振り返る。

顔を覆面で隠した黒装束の一団が乱入していた。その数、三、四十はいようか。

その一団から、

「お楽しみのところを申し訳ないが、ここに郡山の小僧がいるだろう」

「あれだ、あそこにいるぞ」

「ほう、聞いてた通り小さくて弱そうじゃないか。これなら簡単だ。命をもらうぜ」

と、野卑な声が聞こえてきた。

「何奴(なにやつ)！　若殿に無礼を働くならば容赦はせんぞ」

監物が勇ましく応じ、太刀を抜いて秀保を背後にかばった。

「このような雑魚(ざこ)ども、拙僧の手の者にお任せ下され」

銅卿が、そう不敵に言い放つと、境内の左右に向かって口笛を吹いた。そこは回廊である。明かりがほとんど届いていないのでわかり難かったが、何かが湧き出してきた。それが左右からこちらへ向かってきて、闇乗院の鴉法師たちだとわかる。

彼らは無言のまま、黒い疾風となって賊の方へ突っ込んでいった。そして、薙刀を振るい、あれよあれよという間に相手を倒してしまう。鴉法師の数は、この前と同じ二十人。三、四十人の相手に数では劣っているにも拘らず、彼らは全員無事で、相手は全滅である。

秀保は、間近で見る初めての殺し合いに竦み上がっていた。絵で見たり話で聞く合戦譚には心躍ったりもするが、現実は全く違っていた。ただただ恐ろしいだけである。しかも、彼らは秀保の命をもらうと言っていたではないか。

「配下の者がおらぬと思っていたら、潜ませていたのか」

賊が侵入してきても、どっしりと座ったまま動かなかった右近が、銅卿に質していた。

「万が一の用心として回廊の壁に潜ませておりました。闇に紛れる色の布をかぶらせておいたのですよ。忍びがよく使う手です。そうしておいてよかったでしょう」

端整な阿修羅像の顔に、爽やかな笑みが浮かぶ。

「若殿、きゃつらが何者か確かめてきます」

監物が、賊の死体の方へ寄っていき、一人の死体の傍らに屈み込んで懐をまさぐると、そこから書状が出てきた。それを広げてひと通り読み、慌てた様子で秀保のところへ戻ってくる。

「これは一大事ですぞ。曲者どもは高虎たちに雇われて、若殿のお命を狙ったようです」

秀保も、書状を受け取った。

仙丸に跡を継がせるべく秀保を亡き者にせよ、見事仕留めた場合は多大な恩賞を与えると書かれていて、高虎以下重臣たちの署名と花押（かおう）まである。

「若殿。この書状を持って関白殿下のもとへまいりましょう。殿下にことの次第を申し上げ、高虎一党を成敗してもらうのです」

と、監物が詰め寄る。

すると、右近も傍らに寄ってきた。

「お待ち下され。刺客の任を帯びた者がこのような書状を懐に入れておくなど、おかしくはありませんか」

しかし、監物は、猛然と言い返す。

「何を言うか。おぬしこそ若殿を守ろうともせず、その不忠を殿下に報告しておいてやる」

「いつもなら逃げることを勧めるおぬしが、これみよがしに若殿を守ろうとしたのがいかにも怪しい。それを見て、それがしが出るまでもないと思ってのこと。加勢があるとわかっていたからこそ、あのように勇ましく振る舞えたのであろう」

「なんだと」

右近の指摘を受けて、秀保も、おかしなことに気付いた。

「監物。そなたが屈み込んだ死体から書状が出てくるとはたいした慧眼ではないか。どうしてわかった?」

「それはあの者が一味の頭だったからではありませんか」

「だから、それがなにゆえわかったのかと聞いているのだ。彼らはみな黒装束で顔まで隠し、余は誰が誰だか区別がつかなかった。しかも、その後は乱戦になって、誰がどこに倒れたのかもはっきりしない。なのにそなたは迷わずあの者の懐を探っていた」

「そ、それは――」

監物は、明らかに狼狽している。

そこへ、

「若殿様こそ、ご慧眼にございます」

秀保を讃えたのは、舞台から下りてきた日魅火であった。

「銅卿と監物殿は手を組み、今宵の場を利用して若殿様を襲わせ、それを重臣方の仕業に見せ掛けようとしたのでございます。そして、彼らを成敗させ、自分たちで百万石を牛耳ろうと謀った。されば書状は偽物。監物殿自身が持っていた書状をあたかも賊の懐から見つけたように装ったのです」

「猿楽芸人の出にしてはいい手付きだったけど、この国の散楽芸人を束ねる日魅火姉様の目はごまかせないわよ」

と、亜夜火も加勢する。

「鴉法師を潜ませたのも、最初から姿を見せていれば賊が臆すると見たゆえ。大仏再建も若殿様を連れ出す口実に過ぎません。若殿様の大仏への思いを利用したのです」

「今のが見せ掛け？　それではあの曲者たちは――」

「金で釣られ、こうなるとも知らずに利用されたのでしょう」

「なんと哀れな」

ろくでもない連中だったのであろうが、利用された挙げ句に殺されたのかと思うと、秀保の心に憐憫の情が湧いてくる。

「闇乗院はこれまでの闇仕事でたくさんの金を貯めておりました。そして、大乗院や一乗院など表の塔頭が亡き大納言様の抑圧策で手元不如意となり、闇乗院を頼らざるを得なくなって、銅卿は表に出てきたのでございます。しかも、闇乗院の金で表の塔頭を操るばかりか、あこぎな商人と手を組んで奈良の町衆へも法外な利息で金を貸し、返済ができなければ鴉法師を使って強引に取り立て、楯突けば殺すという非道を行っております。配下の僧兵たちもこれに倣って人々から金をむしり取り、銅卿一党は奈良の嫌われ者になっているのです」

日魅火の言葉に、

「その通りです」

と、名主たちも賛同している。

しかも、亜夜火が、

「それなのに豊臣家の奈良代官はこの連中をほったらかしなのよ」

と付け加え、これにも彼らは頷いていた。

「そうなのか」

秀保は、右近へ問い掛けたが、右近は、むっつりとしたままだ。

「ことが失敗したとなれば、次は彼ら自身で若殿様をさらおうとしてきます。ここにいては危のうございます。こちらへ――」

日魅火は、秀保の手を取り、舞台の上に連れて行った。

「させるか！」

それを追って、銅卿も舞台に上がってくる。

付いてこようとした鴉法師の前には、舞台の下で亜夜火とヤスケが立ちはだかっている。しかし、二人は何の武器も持っていない。それは、日魅火も同じだ。

「監物、こうなっては平城のひめみこの言う通りだ」

銅卿が、舞台の上から呼び掛けた。端整な顔が醜く歪み、下劣な本性が表に出てきたかのようである。

「俺たちで小僧をかっさらい、高虎どもを脅してやろう。主をさらわれたことが関白の耳に入ればヤツらもただではすむまいから、ことを荒立てずに我らの言うことを呑むしかない。それで百万石は思うがままぞ。もし聞かずば俺が魔空大師を出して、小僧を空へ連れ去り、バラバラに切り裂くぞと言ってやれ」

「そうだな。ならば右近はここで片付けよう」

「監物！」

と、秀保も呼ばわった。

「どうしてこのようなことをするのだ」

「どうしてだと――」

監物の顔も醜く歪んでいた。

「そんなこと決まっているではないか。俺も偉くなりたいのよ。秀吉はどこの馬の骨かもわからぬ卑しい身から関白にまでなった。ならば俺も百万石を意のままにするくらいはいいだろう。なにしろ今の領主は何をしたわけでもなく、たいした器量もないのに秀吉の身内というだけで偉くなった、ただの小僧ではないか。だが、俺は違う。俺は、お前なんかより才があり、努力もした。だからこそ秀吉に取り立てられた。今は生まれがどうであろうと、才覚のある者が上にいける世の中なのだ。偉くなろうとして何が悪い！」

銅卿も、嘲笑を浮かべていた。

「俺も芸人で終わるつもりなどなかった。だから闍乗院へ売られた時、そこで坊主どもの稚児（ちご）になり、のし上がった。今度は百万石をせしめ、いずれは天下も意のままにしてやる」

そう言って、秀保と日魅火にじりっと一歩迫る。

「さあ、小僧を渡せ」

秀保は、まだ日魅火に手を握られていた。握られたままでじりっと一歩下がり、

「渡さぬというなら、ここで魔空大師を呼ぶぞ」

と、銅卿がさらに一歩。それに合わせて、秀保と日魅火もまた一歩。

「お前も芸人一座の者なら、玄昉の話が嘘ではないと知っているであろう」

「ええ、ようく知っております。確かに玄昉は空へ連れ去られ、身体を引き裂かれて落ち

てきました」

日魅火の物言いは落ち着いている。

監物は、もう天下をとったかのようにはしゃいでいた。

「ならば我らに刃向かえる者はいない」

それでも、日魅火の態度は変わらない。

「さあ、そううまくいくでしょうか。闇乗院に魔空大師の術など伝わってはいません。伝わっていればとっくの昔に出して、みなをひれ伏せさせていたでしょう。魔空大師を呼べるなどとは銅卿の出任せ。そう言ってまわりが自分に従うように仕向けているのです。さればあなたも騙されている」

「そんな馬鹿な。だったら玄昉のことはどうなる」

うろたえる監物を無視して、日魅火は、銅卿を険しい目で睨み付けた。

「さあ呼べるものなら呼んでみなさい」

銅卿の顔は引きつっていた。

「呼べるわけがありませんね。所詮あなたはその程度の小者。新しい世に闇乗院など無用。あなたは消え去るのみ――」

「言わせておけば小娘のくせに生意気な――。お前に俺が消せると思っているのか」

「消せます。なぜなら私があれを呼べるから――」

日魅火は、片手を上げ、夜空へ向けて、

「来たれ、魔空大師！」

と叫んだ。

その直後、なんと表現していいのか、気味の悪い笑い声が聞こえて、日魅火につられて空を見ていた秀保も、

「うわっ！」

と、驚きの声を上げていた。

何かが空から下りてきたのだ。闇の中から、それはサッと下りてくると、銅卿に覆いかぶさった。最初はなんだかわからなかったが――。

（手だ！）

とわかる。大きな手が銅卿を摑んだのである。そして、

「ぎゃあああ！」

悲鳴とも絶叫ともつかぬ声と共に、巨大な手は銅卿を摑んだまま上がっていく。

秀保は、恐怖の余り腰が抜けそうになった。実際、

「亜夜火、若殿様をお願い！」

日魅火に手を離されると、舞台の床にへたり込んでしまった。目も空から離れ、地上に戻る。

日魅火は、舞台から飛び降り、

「えー！　あたしがこいつを守るのですか」

文句を言いながらも、亜夜火が舞台へ上がってくる。

亜夜火は、秀保の姿を見て、

「なんて情けない」

と呆れていた。

「監物が言った通り、あんた、本当に何もしないでぬくぬくと育ってきたのね。それでよく百万石の領主だと威張れるもんだわ」

言い返すこともできない秀保は、目を逸らし、日魅火を追った。

日魅火は、鴉法師たちの中に飛び込み、舞っていた。華麗な動きで身体をまわしていたのだ。そして、その度に肩から両袖に巻き付けた青い比礼が伸びて一緒にまわり、先端が鴉法師の顔や首に当たると、そこから血が噴いて悲鳴が上がり、バタバタと倒れている。

さっきはあれだけ怖かったのに、日魅火の動きにはすっかり見惚れてしまった。しかも、ヤスケが加勢して、丸太のような腕で鴉法師たちを殴り付けていた。どうやら彼らも空へ連れ去られた銅卿に注意を奪われ、隙ができていたらしい。

そうした中で、鴉法師の一人が舞台へ上がってきた。

「小僧！　こうなってはお前も生かしておかぬ」

薙刀を秀保に突きつけてくる。

秀保は、また恐怖がぶり返した。すると、

「姉様に言われたから渋々だけど、あたしが守ってやるわよ」

と言って、亜夜火が挑んでいく。

亜夜火も、やはりくるりと舞い、赤い比礼が伸びて、先端が敵の顔に当たると、相手はそこを押さえた。押さえた手の間から血も流れている。しかし、相手は倒れなかった。むしろ、ますますいきり立ち、

「許さん！」

と、亜夜火が、二の矢として繰り出した比礼を薙刀で払い、

「くそっ！　あたしはまだまだか」

と、悔しがる亜夜火に迫ってくる。

鴉法師は、薙刀を振り上げたが、それでも亜夜火は逃げない。

秀保は、なんとかしなければと思いながらも腰を抜かしたままだ。それに立ち上がるこ

とができたとしても、秀保に鴉法師と戦える技量などない。刀を抜いたことさえないのだ。

そうしているうちに薙刀が振り下ろされ、亜夜火がやられると思った時――。

薙刀が止まった。

いつの間にか右近が舞台に上がってきて、太刀で防いだのである。そのまま薙刀を振り払うと、返しの一刀で鴉法師の頭から一気に斬り下げ、血を振りまきながら相手は倒れた。

まわりも静かになっていた。乱闘の音がやみ、呻き声だけが聞こえている。

右近に起こしてもらった秀保は、辺りを見まわした。

鴉法師たちが全員倒されていた。動かない者もいれば、のたうちながら声を上げている者もいる。

平城日魅火が、その中に立っていた。

「若殿様。ご無事でなにより」

と、声を掛けてくれる。

返り血を浴びている姿が篝火に浮かび上がり、戦い終えた天女であるかのごとく凄絶に美しいものとして、秀保の目に映る。しかし、彼女がどうやって相手を倒したのか全くわからない。

「どう、凄いでしょう」

亜夜火が、自分のやったことのように自慢し、

「比礼の端にこんなのがあるのよ」

と、そこを見せてきた。

比礼の先端に刃がくっついていた。縫い込んであるのか、貼り付けているのかはわからない。とにかくくっ付いているのだ。

「これが平城散座に伝わる比礼返し。姉様の腕なら、これくらいの相手、なんでもないわ。あたしは芸も比礼返しもまだまだだけど、一杯稽古して、もっともっとうまくなってやる。これしきのことで腰を抜かしたあんたとは違うのよ」

最後は、きつい言葉を忘れない。

日魅火のもとへは、東大寺の関係者や八郷名主たちが集まっていた。

「魔空大師を呼べるのは平城のひめみこ様でありましたか」

「闇乗院が呼べるというのはおかしいと思っていたのです」

「どうか魔空大師で奈良をお守り下さりませ」

「ありがたや、ありがたや」

と、讃え、崇め、拝み出している。

それで、秀保は、銅卿のことが気になり、空を見上げた。

何もなかった。月も星も見えない漆黒の夜空が広がっているだけである。

しかし、秀保は、はっきりと見た。大きな手が下りてきて、銅卿を摑み、空へ連れ去ったのだ。怪しげな声まで聞こえた。あれが魔物の声であったのか。

秀保は、あの時の光景を思い出し、身体が震えるのを抑えることができなかった。

一方、仲間を失った監物も、予想外の出来事で放心状態に陥っていたようだ。それからようやく我に返り、

「なんだとぉ。お前が魔空大師を呼ぶだと――」

日魅火を睨み付けていた。

言い返したのは、亜夜火である。

「あんた、元は猿楽師で魔空大師を信じていたんでしょ。それはね、魔空大師は閣乗院ではなく、この国の芸人衆の大本である平城散座の座頭が使う秘術だったからよ。だから芸人たちの間に魔空大師はいるという話が残ったというわけ。わかった？」

「くそっ、くそっ、くそっ！」

監物は、駄々っ子のように、地団駄を踏んでいた。

「俺の夢を、望みを、滅茶苦茶にしやがって――。若殿！　魔空大師などという魔物をのさばらしておいては豊臣家のためになりませんぞ。この小娘をひっ捕らえ、奈良中を引き

まわして打ち首になされませ」

さっきまで魔空大師を賛美していたのが別人であったかと思うほど掌を返している。

しかし、日魅火は、平静を保ち、

「今宵はこれにて失礼させていただきます。ご縁があれば、またお会いすることがあるやもしれません」

と、秀保に言った。

「私は確かに魔空大師を呼びましたが、あれは魔物でも奈良の守護者でもありません。ただの古き遺物に他ならず。されば若殿様、魔空大師とは本当は何なのか、それを明らかになされませ。そうすれば、あれを期待する者も恐れる者もいなくなります。さきほど監物殿の不手際を見抜かれた若殿様ならば、きっとできましょう。そのためにヤスケさんを残しておきますので、どうかお心を強く持たれますように——。若殿様にもできることがある筈でございます」

日魅火は、亜夜火と一座の者を促し走り出した。

「おのれ、逃がさんぞ!」

監物が手勢を引き連れて、あとを追った。

秀保も夢中で駆け出し、右近とヤスケも付いてくる。

日魅火たちは、仮普請の大仏殿に向かっていた。その中へ駆け込み、監物勢が入り、秀保たちも続く。真っ暗なので、監物が松明を持ってこさせた。

しかし――。

日魅火たちの姿は、どこにもなかった。

「消えただと、信じられん。どこだ、どこへ行った」

と、監物は喚き、

「ええい、このうえは我らだけでお前をさらい、高虎たちを従わせてやる。これしかもう我らの生きる道はない。者ども小僧を捕らえよ！」

と命じて、二十人の手勢が太刀を秀保へ向けた。

「ワカトノサマ、ワタシガ守ル」

ヤスケが、秀保の前に立ちはだかり、

「監物、往生際が悪いぞ。もう諦めよ」

と、右近がさらに前へ出て諭す。

今夜は何度も刃を向けられ、秀保は、心が折れそうであった。

すると、その時――。

大仏殿の外から大きな音が聞こえた。一人や二人ではない、もっと大勢の人間が駆けてくる音だ。

右近が、秀保の方へ振り返る。

「あれは我が家の者どもです。重臣方にも内緒で領地からこっそりと呼び寄せ、それで少し時が掛かってしまいました」

武者たちが中へ雪崩（なだ）れ込んできた。数も監物の手勢より多い。

秀保は、ようやく安堵することができた。しかし、それが限界でもあった。

意識がスウッと遠のいていったのである。

七

目覚めた時、秀保は、郡山城の寝所に戻っていた。

秀保は、そのまましばらく床についた。すると、秀保の周囲がいつの間にかがらりと変わった。島右近以外は、知らない面々になっていたのだ。

右近に聞くと、秀保をさらおうとした岡戸監物と闇乗院銅卿の企みは秀吉に報告され、監物とその手勢、それに生きていた鴉法師たちは処刑されたという。そして、監物と一緒に大和へ来た馴染みの近習や侍女たちも全て追い出され、秀保の周囲は重臣側が送り込んだ者たちで固められてしまったのである。

小姓も杉丸という秀保と同い年の少年になっていた。小姓といえば、しかるべき家の子できちんとした躾と教育を受けた前髪立ちの利発な美少年という印象を持ってしまうが、杉丸は、山深い吉野の生まれだそうで、朴訥な顔をした、秀保と同じくらい小柄で華奢な少年であった。

しかも、不器用なのだ。食事を運べば膳を落としかけるし、茶碗を持ってきてもらっても中身がしばしばこぼれる。双六やカルタの知識もなかった。また厄介者を押し付けてきたと、秀保は思ってしまう。

重臣たちは一度だけ見舞いに来た。高虎は一応気遣いの言葉を口にして、それ以降はどっしりと構えていたが、他の重臣からは勝手に奈良へ行ったことで嫌味を言われ、床についている姿に嘲りの目を遠慮なく向けてきた。大和へ来る前の甘やかされていた時には経験しなかったことである。

だから重臣たちが帰ると、秀保は、涙が出るのを抑えることができなかった。泣くとは情けない、これではますます馬鹿にされると理屈ではわかっていてもどうにもならない。

「しっかりして下さい、若殿様」

不器用な杉丸にまで言われてしまった。

二人きりになった時、右近も、

「もう泣くのはおやめなされませ」

と、咎めるように言ってきた。

どうせ右近も嘲笑っているのであろう。秀保は、もうほうっておいてくれといわんばかりに反対側を向き蒲団で顔を覆っていたら、

「あの女芸人のことでござるが――」

と続ける。

日魅火のことだと思うと、涙が止まった。

秀保は、蒲団から顔も出して、右近の方へ向き直る。

「実は東大寺の一件の後、銅卿の死体が空から降ってきまして――」

魔空大師が空へ連れ去ってから三日後のことであったという。前夜、奈良代官所に投げ文があり、明日の夜明け頃、興福寺東金堂(とうこんどう)のところへ来られたし、銅卿を引き渡すと書かれていたため、代官と手勢がそこへ赴いた。その日は曇り空で靄(もや)が掛かり、明け方になっても日は射さなかった。それでも待っていると、突然、頭上から笑い声が聞こえ、顔を上げると、バラバラになった銅卿の死体が空から降ってきたそうである。首だけでなく他の

身体も一緒に落ちてきたということで、一緒ということを除けば玄昉の時と同じになったわけである。

しかも、このことで魔空大師を呼んだ日魅火の人気が奈良で沸騰しているらしい。なにしろ嫌われ者だった銅卿と鴉法師が一掃され、配下の僧兵たちも恐れをなして逃げてしまったのだ。そのうえ、魔空大師がいれば恐いものなし。豊臣なにするものぞという気運まで盛り上がっているという。

「それゆえ重臣方は魔物を操る妖しの者として日魅火を成敗しようと考えておられます」

「なんということだ」

秀保は、蒲団を払って身体を起こした。

「日魅火は銅卿の悪だくみから余を助けてくれたのだ。しかも、監物とその手勢には何もしなかった。豊臣家に刃向ったわけではない。右近はそのことを言ってくれなかったのか」

「申し上げましたが、重臣方にはどうでもいいことのようでござる。むしろ重臣方は奈良が暴発するのを待ち、それを機に兵を出すことを考えておられます。古き奈良を潰すことが豊臣家の方針ですから。銅卿一味を野放しにしていたのもそのため。それがしが領地の兵をこっそり呼び寄せたのも、重臣方に一報すればこれ幸いと東大寺を取り囲み、銅卿と監物ばかりか僧や名主たちまで一網打尽としていたに違いないからです。そうなれば奈良との戦になるは必定（ひつじょう）。それがしも奈良がこれ以上戦火にさらされ、大仏のごとき姿になるのを見とうはござらぬ」

大和の歴史に詳しいという右近は、古いものにも愛着があるのだろう。

秀保も、何もかもが大仏のような姿になることなど望んでいない。

「とにかくこのままでは奈良が暴発することになりましょう。といって魔空大師がいる限り、どちらも引くことはありますまい」

「日魅火たちはあれからどうなっている」

「行方知れずでござる。それがしや監物の話を聞いて、代官所の者が大仏殿を調べましたが、出入り口は我らが通った正面だけ。他に抜け出せるところがなかったので、これもみなが不思議がり、日魅火は妖術師だという話に尾鰭（おひれ）を付けております」

「そのことか。監物とその手勢たちは大和へ来たばかりゆえ、わからぬとしても無理はないが、大納言様のもとで何年も大和を治めていた者たちでさえそうだとは——。有名な場所なのに意外と知らないものなのだな」

「もしや若殿にはわかっておられるので——」

「目覚めてから、あの時のことを思い返して気付いた。大仏のことも書物で読み、人の話も聞いていたから――」

「それでおわかりとは、日魅火が言った通り若殿はご慧眼であられる」

「慧眼などではない。右近もわかっているのではないか」

「郡山へ戻ってから気付きました」

「高虎たちに言ってはくれなかったのか」

「あれがわかったとて、魔空大師がわからねば日魅火は妖術師のままでござる。それに東大寺や名主の者たちなら、あの場で気付いていた筈。なのに何も言っておらぬのですから、彼らも日魅火を逃がしたとして捕まってしまいます」

「――」

「今はまだ魔空大師のことまで関白殿下のお耳に届いていないようでござるが、もし殿下の知るところとなれば、日魅火は国中で追われ、最早逃れる術はないかと――」

「なんとかできぬか」

「あの女芸人を助けたいと仰せで――」

秀保は、あの時握られていた日魅火の手の感触を思い出していた。なんて温かくて柔らかかったのだろうと思う。そして、あの強さ。自分より年上とはいえ、十六の女の子でもあれだけのことをやった。それに比べ、蒲団の中で泣き明かしていた自分のなんと不甲斐ないことか。自分も強くなりたい、いや、ならなければと思う。

自分にもできることがある。日魅火に、そう言われたではないか。

だから、秀保は、しっかりと頷いた。

「さればあの者が申していた通り、魔空大師が魔物ではないということを明らかにする他はないと存じます。そうとわかれば、重臣方も奈良の者たちも矛をおさめることでしょう。されど人を空へ連れ去り、空から死体を降らせるなど、どうやればできるのか」

秀保にもわからなかった。それでも日魅火を助けたい、奈良との戦も避けたい。どうすればいいだろうかと悩み、そこでハッと思い出した。

「そうだ、ヤスケはどうした？」

「あのままほうっておいては行き場がなかろうと、それがしの屋敷にこっそりと留め置いております。顔を出すわけにはいきませんので、戦で大火傷をしたことにして、喉もやられたので言葉も話せぬというように装わせてござる」

右近は、ばつが悪そうに顔を背けながら言った。

秀保は、右近がいろいろと気を遣ってくれていることに驚かされていた。それと同時に根はこういう人物なのではないかと思う。取っ付き難いのは人との付き合い方が下手なせいではないのか。

「ヤスケを城へ呼ぶのは無理であろう。されば余の方から出向こう」

秀保は、起き上がれるようになると、体力を回復させるためという名目で、実際はそれも兼ねてのことであったが、城を出て城下にある右近の屋敷へ行った。

そこでヤスケに魔空大師のことを聞いた。日魅火がわざわざ残していったからには何かを知っていると思ったのだ。しかし、ヤスケは何も知らなかった。ただ秀保に『墨絵弾弓図』を見せた後の日魅火が、誰かとしきりに会っているのを目撃していた。何を話しているかはわからなかったものの、相手の様子は日魅火をとても敬っていたという。

「されば日魅火はなにゆえそなたを残したのであろう」

「ソレハ、アノ話ダトオモイマス。ワタシ、アレト似タヨウナモノヲ、前ニ見タコトガアルノデス」

「魔空大師に似たものだと――」

詳しく聞くと、ヤスケが話したのは、次のようなことであった。

ヤスケは、秀保が想像もつかない遠い遠い異国の地に生まれたそうだ。そこには、ヤスケと同じ肌の人間がたくさんいて、穏やかに暮らしていたらしい。しかし、そこへ南蛮人が押し寄せ、町や村を襲ったばかりか、多くの人間を奴隷として連れ去った。ヤスケは、その中にいて、日本へ来る途中、彼らの言うインドに滞在していたという。

その時のことである。

男が道端で不思議なことをしていた。笛を吹くと、男の前で蛇がとぐろを巻くように束ねられていた縄が、生き物のごとくスルスルと空へ舞い上がり、先端が見えないほどの高みにまで達して止まったという。この時の空は夕暮れ時で薄暗く、曇っていたらしい。男の側にいた少年がピンと伸びた縄を上がって、これも消えてしまい、男が呼んでもなかなか下りてこないため、今度は男が上がっていった。

そして、見えない空から怒声が聞こえてきたかと思うと、バラバラになった少年が落ちてきた。その後、男も下りてきて、それに大きな袋をかぶせて取り払うと、少年の身体がつながり、生き返っていたそうである。

「なんとも不思議なことだが、確かによく似ているではないか」

と、秀保も思った。

「して、それも妖術なのか」

「ホトンドノヒト、ソウオモッテイマシタ。デモ、ワタシ、アルヒトカラ聞キマシタ。アレハ昔カラツタワル見世物デ仕掛ケガアルノダト――」

「あるのか！　どういう仕掛けだ」

「ソレハ教エテクレマセンデシタ。デモ、ワタシ、ヒトツ、ワカリマシタ。バラバラニナッテ落チテキタ少年ハ人形デス。ソレガ袋ヲカブセタトキ、本物トイレカワッタ」

「なるほど。それなら身体が元通りになって生き返るのもわかる」

「アト、アノ見世物ハ、ドコデモデキルワケデハナイソウデス。高イ木カ建物ノアルトコロデシカ、デキナイソウデス」

秀保は、何かに思い当たる。それで、

「右近。銅卿の死体が落ちてきた場所を見られないだろうか」

と聞いた。

「興福寺には懇意にしている僧がおりますので、できないことはござらぬ」

「されど重臣たちが行かせてくれぬであろうな」

彼らからは、もう奈良へは行かないよう釘を刺されていたのである。

「ダメか」

残念に思っていると、

「それがしがなんとかいたしましょう」

右近が請け負った。

それで秀保は、三度目の奈良へ行くことができた。右近の屋敷を訪れ、そこで商人の荷物に隠れて出ていき、途中からは右近と二人になり、興福寺へやって来たのである。

興福寺では右近が懇意にしているという僧から、東金堂へ案内してもらった。そして、東金堂の近くには予想通りのものがあり、秀保は、それを見上げた。

五重塔がそびえていたのである。

「若殿は塔の上から死体を落としたと考えておられるのですか。確かにそれなら空から落ちてきたように見せることもできましょうが——」

しかし、これには僧が異を唱えた。

「その時は代官所の方々の他に、拙僧を含め何人かの僧も現場に居合わせましたが、死体は塔から離れたあの辺りに——」

と、東南方向へ二十歩ほど歩いたところへ連れて行く。

「しかも、あの時は上から笑い声が聞こえたので、拙僧たちは咄嗟に塔を見上げました。そこには誰もいませんでした。それでどこだどこだと空を見まわしている時に落ちてきたのですが、死体は相輪（そうりん）の頂（いただき）よりも、さらに高いところから落ちてきました」

相輪とは、塔の屋根から空へ向かって伸びている金属製の棒状のものである。

「その日は曇り空で靄も出ていたということだが——」

「はい。それでも塔の屋根や相輪の姿がまだ薄っすらと見えておりました」

塔からの落下説をあっさりと否定され、秀保は途方に暮れた。それでも周囲を見渡し、あるものが目に入った。

興福寺の東は春日山へと続く昇りになり、山麓には春日社が建っている。その社殿が木々の間に垣間見えたのである。

秀保は、それを見上げているうちにハッと閃くものがあった。

八

秀保が四度目の奈良入りを果たしたのは、六月になってからのことであった。

奈良の情勢は不穏の度を増し、土一揆の噂さえ聞こえている。その中での奈良入りは、これまでのお忍びとは違い、藤堂高虎以下の重臣も引き連れて、堂々と隊伍を組んでのものとなった。東大寺に入ると、そこにはこの前もいた寺の関係者や八郷名主以外にも、他の有力寺社の高僧や宮司までもが居並んでいた。しかも、寺の外には門をぴたりと閉ざしているにも拘らず、奈良の人々がひしめき合うようにして集まっていたのである。

よく晴れた昼間なので、この日は仮普請の大仏殿をしっかりと見ることができた。境内にはこの前と同じ位置に舞台が設けられ、そこにほぼ等身大の藁人形が一体置かれている。

秀保は、舞台の前の床几(しょうぎ)に座った。大仏殿に背を向け、家臣や奈良の者たちと向き合う形になっている。傍らにいるのは島右近だけ。

「魔空大師の正体を見せて下さるということでしたな」

と、高虎が言ってくる。

ヤスケにも劣らぬ大男であるから、その威圧感は並大抵のものではない。他の重臣たちにも本当にそのようなことができるのかという猜疑(さいぎ)の色がありありと出ている。

秀保は、緊張で胸が押し潰されそうになっていた。なかなか言葉が出てこない。陰暦の六月といえば夏の最中であるから汗が滴り落ちてきて、自分から言い出したこととはいえ、逃げてしまいたい気持ちになってくる。その様子を見て、重臣たちにこれはだめだという色が濃くなり、それが背後の家臣たちにも広がっていく。そうなると、ますます言葉が出ない。右近は、むっつりと押し黙ったままだ。

自分を励ましてくれる者などいなかった。

孤独感に苛(さいな)まれていると、一人の僧が席を立ち、秀保のところへ近付いてきた。あの夜にもいた東大寺の高僧である。

「さきほどこれを若殿様へ渡してほしいと頼まれまして――」

と、細長い紙の箱を取り出し、席へと戻っていく。

開けてみると、青い布が入っていた。比礼の切れ端だと気付く。

慌てて箱の蓋を閉め、まわりに目をやった。しかし、境内にそれらしい人影はない。それでも彼女なら、こちらからはわからないようなところで見ているのではないかと思う。

秀保の中に勇気が芽生えた。箱を握り締め、

「い、いかにも、魔空大師の、正体を見せよう」

なんとか声が出る。そして、床几から立ち上がり、

「その前に、まずは、平城散座の者たちが、大仏殿の中から、どうやって消えたのか、ということから話そう」

と、説明を始めた。

勇気がだんだんと膨らんでくるのを感じる。

「あれには、何の不思議もない。大仏がどうやって造られたかを知れば、簡単にわかる」

大仏の造り方を物凄く大雑把にいえば、木の支柱を組んで、そのまわりに土や粘土などで二重の型を造り、型の間に銅を流し込み、型を外して、銅の表面に鍍金(ときん)などを施すのである。つまり大仏の内部は木の支柱しかなく、それ以外は空洞になっているのだ。

「勿論、普通の場合であれば、中へ入っていくことはできぬ。されど今の大仏は頭が焼け落ち、仮のものが取り付けられているだけ」

木に銅板を張り付けているだけである。

「その銅板を前もって開けられるようにしておけば出入りができる。そして、中へ入った後で出入り口を閉めれば、大仏の中がどうなっているかわからない者、あるいは今の頭がどのようなものかわからぬ者に対し、消えたように見せ掛けることができるであろう」

家臣たちの間に、どよめきのようなものが沸き起こった。

「余の言葉が信じられぬのであれば、この後、自分の目で確かめるがよい」

「大仏の中に入れるとは――」

重臣の中からは信じられないという声が上がり、

「ということであれば、あの場にいた東大寺や名主の者たちはそのことに気付いた筈でござるな。それでいながらこれまで我らには何も言わなかった。我らを愚弄したということでござるか」

と、高虎が威嚇するように言った。

「そ、そうとはいえぬ」

秀保は、必死に抵抗した。

「あの後、代官所の者が中を調べたのであろう。それでもわからなかった。彼らも我らが大仏のことを知らないとは思いもしなかったのではないか。それゆえ本当に隠れる場所がなかったのだと信じた。責められるべきは大和を治める身でありながら、大仏のことがわからなかった我らの方にあると思うのだが、どうか」

「なるほど、ものは言いようでござるな」

高虎は、あっさり矛をおさめたが、

「それで魔空大師はいかに――」

と、目を猛禽のように鋭くすがめて迫ってくる。

秀保は、ともすれば萎えそうになる気持ちと必死に戦いながら、

「あれにはいろいろな仕掛けがあった」

と、背後の大仏殿を指差した。

屋根の上だ。そこに人がいる。忍びのような黒装束の者が五人。二重になった屋根の上の方にいて、こちらから見て右端のところに膝をついていた。その足元には、鴟尾がある。

鴟尾とは、瓦屋根の両端に付けられる飾りのことだ。もともとの大仏殿にもあったが、仮普請のものにも付けられていた。蛇が首をもたげたような、内側に曲がった角のような形をしていて、その鴟尾からは縄がこちらへ向かって伸びている。鴟尾に縄が括り付けられているのである。黒い縄だ。

秀保は、それを指し示した。

縄は屋根の右端から左方向へ斜めに伸び、大仏殿の左側へ寄っている舞台の上にまで来ると、そこから下へ向かって縄が垂らされていた。別の縄を括り付けて、下へ垂らしてあるのだ。縄の先端は藁人形の上にまで来ている。

一方、屋根から伸びた縄は舞台の上を通り、その先に櫓が建てられていた。縄は、その櫓の天辺近くに括り付けられている。そこが大仏殿とほぼ同じ高さになっているのだ。

「勿論、あの夜にこのような櫓などなかった。縄はそのままどんどん伸ばされて、興福寺の五重塔の相輪に括り付けられていたのだ」

大仏殿と興福寺五重塔も、同じくらいの高さであった。だから大仏殿の屋根から塔まで、ほぼ水平に縄を伸ばすことができたのである。

ただ興福寺は、東大寺の南西にあるため、斜めに伸ばさざるを得なかった。舞台が左側に寄っていたのは、そのためである。興福寺と東大寺の距離は、およそ四半里（約一キロ）ほどだ。それだけの長さの縄を張っていたことになる。

しかし、秀保の家臣たちでは、そのようなことができなかったため、櫓を建てたのである。

「あの夜、余がやって来た時にはもうそこまでの仕掛けがなされていた」

そして、日魅火は、銅卿から秀保を引き離そうとして舞台の上に行き、そこへ銅卿をおびき寄せた。

「そうしておいて、魔空大師が現われる」

秀保の合図で、黒装束たちが屋根の向こう側から大きな手を出してきた。まわりから、おおっという声が上がったが、勿論、本物ではない。造り物の大きな手袋である。そして、五人のうちの三人がその中へ入り、しばらく待ってから大きな手袋は縄に取り付いて動き出した。

袋の中には紐があって、三人はまずそれを自分の身体に括り付け、袋から離れないようにして、二人が前を向いて五本の指のうちの二本に入り、一人は掌の部分で後ろ向きになって進んでいるのだ。残りの二人はやはり縄を伝い、袋の後をついていった。五人とも大和豊臣家が召し抱えている忍びであった。彼らも櫓も、右近が間に入って重臣たちに交渉してくれたのである。大きな手袋は、右近が郡山城下の職人に手配して作らせたものだ。

その手袋は随分と危なっかしい動きで、ゆっくりと前に進んでいった。そして、舞台の上にたどり着くと、今度はそこから下へ垂らしてある縄に取り付き、指が下に向く形で手が下りてくる。

これもなんとか藁人形の真上まで達し、すると、袋の中から笑い声のようなものが聞こえて、二本の指が藁人形を摑んだ。

それから大きな手袋は上に上がっていく。逆向きで掌の部分に入っていた一人が上を向いているので、彼が縄を手繰るのと同時に、手袋の後から付いてきていた二人が下へ縄を垂らしている分岐のところにいて、縄を引っ張り上げているのだ。

これはかなり難渋して、下りていく時に比べると倍の時間がかかったが、それでも藁人形を持ったまま分岐のところにまで達する。

「成功した」

秀保は、感無量であった。

まわりからは、さっきよりもさらに大きなどよめきが起こっていた。大仏の中を暴いた時には冷静だった奈良の者たちも、これには驚愕していたのだ。

「もう藁人形を落としてもよいぞ」

秀保は、上に声を掛け、人形が落ちてきて、巨大な手袋が大仏殿の屋根に戻っていく。

「つまりあの時の東大寺には散楽芸人が集まっていた。そして、彼らは今と同じように黒装束をまとっていた」

と、秀保は続ける。

「二日の夜は月が小さい。しかも、曇り空で辺りは暗く、下で篝火を燃やしていたとはいえ、大仏殿の形もはっきりとはわからなかったほどだ。だからその屋根に黒装束の者がいて、そこから舞台の方へ黒い縄が張られていたとしても下にいた我らには見えなかった」

なにしろ日魅火の芸が始まると、みんなはそれを見ていたし、途中で賊が乱入する騒ぎがあり、その後は銅卿たちと睨み合うことになった。空を見上げる暇などなかったといっていい。その間に巨大な手の袋に入った者と、それを援助する者が舞台の上にまで移動し、そこから縄を垂らしておいたのであろう。

その夜が曇り空であったことも偶然ではない筈だ。そういう日をわざわざ選んだに違いないのである。古くから続く平城散座には、空の読み方が伝わっているのであろう。屋外で芸をするには、天候を見極めることが大切である。

「あの夜に見た巨大な手の大きさは今のものよりも大きく、造りももっと精巧であったと思う。暗いとはいえ本物の手のように見えた」

それに比べたら、さっきの手袋はどう見ても造り物であった。それは仕方がない。

「そして、あの時は本物の人間を摑んだのだから、手の中には今よりも多くの人間が入っていた筈だ。指に三人、掌に二人の計五人はいたのではないかと思っている。それだけの人数を引き上げるのだから、上にも三、四人いたかもしれないし、何か異状があった時のため屋根にも控えていたであろう。いずれにせよ、彼らは散楽芸人だった。修練を積んでいるから、そういうことが今やった忍びの者よりうまくできたに違いない」

実際、巨大な手が下りてきて上がっていく速さは、今とは比べ物にならなかった。日魅火が声を掛け、散楽芸人が集まってきたのだ。ヤスケが見たという日魅火が誰かに会っていた光景は、そういうことだったのである。

「魔物の声は手の中にいた誰かが上げたのであろう。また手に掴まれた銅卿に暴れられたりしたら、連れ去るのもたいへんになるから、銅卿は掴まれると同時に殺されていたのだと思う。そして、銅卿が空へ連れ去られると、日魅火がすぐさま鴉法師の中へ飛び込み、それで斬り合いになった。誰もがずっと上を見ているわけにはいかず、手がどこまで上がったか、銅卿がどうなったかはわからなくなった。こうして銅卿は屋根の上まで運ばれ、日魅火たちが大仏殿の中で消え、我らも東大寺を出ていってから、彼らは縄を切り、回収して去っていったのだ。大仏の中に隠れた日魅火たちも、その時一緒に出ていったのであろう」

秀保は、ヤスケから聞いたインドの話の他に『墨絵弾弓図』からも着想を得て、これを思い付いた。あの絵には、竿を昇り降りする散楽芸人が描かれていた。だから、巨大な手の中に入って縄を昇り降りすることもできたのではないかと考えたのだ。

「そして、彼らは、後日、銅卿の死体を興福寺で空から落とした」

「されば、あの時も興福寺と東大寺の間に縄が掛けられていたと仰せでござるか」

と、高虎が聞いた。

「いや、それでは方向が違う」

銅卿の死体が落ちてきたのは、五重塔から東南寄りのところ。もし東大寺との間に縄を通していれば、北東にならなければいけない。

「あの時は興福寺の五重塔から春日の社殿に縄を掛けていたのだ」

興福寺と春日山の麓に建つ春日社には高低差がある。五重塔と同じくらいの高さの土地に、社殿が建っているらしい。双方の距離は、東大寺と興福寺より四半里の半分ほど長いそうである（約一キロ半）。

「切断した死体を、これも袋に——勿論、この時はごく普通の袋だが——それに入れて、やはり散楽芸人が塔から死体を落とす場所まで縄を伝っていった。そこで笑い声を上げ、死体を落としたのだ。この時も曇りで靄が出ていたから、それに溶け込む色をしていれば人も縄も見え難い。これもそういう日を選んで、あの朝に落としたのだ」

「されど死体が落ちてきたのは塔の相輪よりもさらに高い位置だったようですな。相輪の上までどうやって上がるのでござるか」

と、また高虎が聞く。

猛禽のような目を向け、秀保がどこまでわかっているのか確かめようとしている感じだ。

勇気が出てきた秀保も、緊張がぶり返すのを覚え、思わず汗を拭った。

「そ、相輪よりも高い竿を用意していたのだ。塔の屋根には他にも人がいて、その者が手で竿を支えていた。その竿もやはりまわりに溶け込む色をしていて、竿の先に春日の社殿と結ぶ縄が括り付けてあった。そして、死体を落とすと、下の者たちがそれに気を取られ騒いでいた隙に、落とした者は塔へ戻り、縄も切って塔から立ち去ったのだ。竿を相輪に括り付けておくより、この方が早く逃げられるであろう。勿論、竿とこちら側の縄も回収し、もう一方の縄も社殿の方から引っ張って回収する」

「されど死体が落ちてくる前に塔の上を見た時、そこに人の姿はなかったと、誰もが証言しておりますぞ」

「そ、それは、竿を支えていた者もまわりに溶け込む色の布を頭からすっぽりとかぶっていたからだ。忍びの者が壁や天井と同じ色の布をかぶって身を隠すのと同じやり方だ」

東大寺で鴉法師たちが隠れていたのとも同じやり方である。それで下の者たちにはわからなかった。一方、春日の社殿は興福寺の塔より高いところにあるため、こちらは竿を使う必要がなかったであろう。

秀保は、この仕掛けも『墨絵弾弓図』から思い付いた。頭に高い竿を載せていた芸人と、その竿を下で支える様子が描かれていた。

「これでわかったであろう」

秀保は、居並ぶ者たちを見渡しながら言った。

「今見た通り、魔空大師は魔物ではなかった。修練を積んだ散楽芸人が大勢携わり、魔空大師という散楽芸をやっていたのだ。されば平城日魅火も妖術師ではなく、魔空大師が奈良を守ってくれるということもない。そうであるからには、最早、日魅火を捜し出す必要もなく、奈良の者たちも古き考えを捨て、みなで新しい奈良を造っていくのがよいとは思わぬか」

家臣も奈良の者たちも、困惑の体（てい）で顔を見交わし合っている。

「すぐには答えられぬであろうが、是非とも考えてほしい。関白殿下が天下を統一なされて、戦のない世になった。されば諍（いさか）い合うよりは仲良くした方がよかろう。佐渡守（さどのかみ）（高虎のこと）はどう思う？」

秀保は、心臓が飛び出しそうになるほどの緊張に耐えながら、高虎を見た。

「なるほど、理はございますな。考えさせていただきましょう」

とにもかくにも高虎が頷き、他の重臣たちも渋々という感じで押し黙っている。

秀保は、ぐったりと床几に座り込み、そこへ、さっきの高僧がまたやって来た。

「よいお話でしたな。されば、そのお礼に少しお付き合い下さいませんか。伊勢守様にも今ご了解をとってきました」

そして、秀保の耳元に口を寄せ、こう呟いたのである。

「その箱の渡し主(ぬし)がお待ちにございます」

九

秀保が案内されたのは、『墨絵弾弓図』を見せられた正倉院近くの空き屋敷であった。

右近だけが付いてきて、屋敷に着くと僧はどこかへ行ってしまい、二人でこの前と同じ部屋へ行く。

そこには、日魅火と亜夜火、ヤスケの三人がいた。日魅火と亜夜火は、いつもの天平装束。ヤスケは、頭巾も手袋も取っている。

「お疲れのところを申し訳ありません。まずはこれをお飲み下さい」

日魅火が、前に置かれた茶碗を差し出してきた。

よく冷えた水が入っていた。飲むと、実においしい。生き返った心地がする。

「これは閼伽井屋(あかいや)にある若狭井(わかさい)から汲んできたものでございます」

「そ、それは――」

　秀保は、思わず噎せた。

　奈良に春を呼ぶ東大寺二月堂の修二会では、閼伽井屋の中にある若狭井という井戸から水を取り、仏前に供えるのである。神聖な水ではないか。

「驚かせてしまい、申し訳ございません」

　日魅火が進み出て、背中をさすってくれた。

　秀保は、ますますうろたえたが、スウッとおさまっていく。

「もう大丈夫だ」

　と、手を離してもらう。

「今日は本当によき話しぶりでございました」

　日魅火が褒めてくれ、

「ハイ、トテモゴ立派デシタヨ」

　と、ヤスケも笑いかけた。

　そう言われると、やはり嬉しくなる。

　しかし、

「全然立派じゃないわ。家臣相手にあんなにオドオドして、もっとしゃんとできないの」

亜夜火だけは、辛辣な言葉を浴びせてくる。

相変わらず険しい視線に、秀保は、たじろぐのだが、

「亜夜火」

日魅火が、やんわりとたしなめた。

「若殿様があれだけうまくおさめて下さったのですよ。おかげで奈良が戦火に見舞われることはなくなり、私たちも助けられました。若殿様、まことにありがとうございます。さあ亜夜火もお礼を言いなさい」

「えぇー。でも姉様」

「あなたは若殿様に魔空大師の仕掛けなどわかる筈がないと言っていたでしょ。でも若殿様は見事に見破られた。あなたの負けです」

「うぅー」

重ねて諭され、

「ありがとう、ござ、います」

と、渋々頭を下げている。

「いや、礼を言うのはこっちだ。銅卿と監物の企みから余を守ってくれたし、魔空大師の仕掛けがわかったのも、そなたがヤスケを残してくれたからだ」

「いえ、ヤスケさんの話を聞いて誰もが見破れるわけではありません。若殿様だからこそです。自信をお持ち下さい」

そう言うと、日魅火は、手をついてきた。

「されど若殿様を恐ろしい目に遭わせてしまいました。あの後、何日も臥せっておられたと聞いております。私は銅卿と監物殿の企みに気付いていながら黙っていたのでございます。しかも、銅卿を舞台へおびき寄せる道具に若殿様を使いました。その罰はいかようにも受ける所存」

「い、いや、余は気にしておらぬ。余が弱いだけなのだ」

「若殿様はお優しい方なのですね」

日魅火が、秀保をじっと見つめていた。

秀保の胸が、また高鳴ってくる。

そこへ、

「イイトコロヲ申シ訳ナイノデスガ――」

と、ヤスケが割り込んできた。

「ワタシガインドデ見タノモ、魔空大師ト同ジヤリ方ダッタノデショウカ」

「そのことか」

別の話題ができて、秀保は、むしろホッとしている。

「断言はできないが、一応の筋は通る。あれも二つの高いものの間に縄を渡し、そこに仲間がいたのだ。それも夕暮れ時の曇り空のせいで見えなかった。そして、下で笛が吹かれると、上の仲間が下の縄を引っ張り上げた。縄には目に見え難い細い糸のようなものが結ばれ、上の仲間のところへ届いていたのだ。それで縄が上に達すると、横に渡した縄に結び付け、子供と妖術師が上がって、そこから人形も落とした。そう考えればできるのではないだろうか」

「ナルホド、デキソウデスネ」

「ヤスケさんが見た散楽と魔空大師の術は根が同じだと、わたくしどもには伝わっております」

と、日魅火も賛同する。

平城京時代の平城散座には異国人が多かったという。だから異国の芸の知識が伝わっていたとしてもおかしくはないのだ。

「では玄昉の時も同じようにやったのか」

今度は、右近が聞いてくる。

これにも秀保が答えた。

「観世音寺にも塔があったのだろう?」

「五重塔がありました」

「それ以外に、たぶん高い木か高い場所があったのだと思う。その間に縄を渡していたのだ。しかも、その時、空が曇って雷鳴が轟いたというから、やはり暗くて見えなかった。それで造り物の巨大な手が下りてきて玄昉をさらい、後日、奈良で身体を落とした。縄を渡して落としたのもあろうし、軽いものなら高い場所から放り投げるだけでよかったのではないか」

「そのように伝わっております」

日魅火が、また頷いてくれる。

「されどそなたたちの祖先だった散楽芸人たちはなにゆえ玄昉を殺したのだ」

「祖先の多くは日本へ来る前、唐におりました。そして、玄昉も遣唐使となって唐へ留学しており、そうした者たちと懇意にしていました。それで彼らが日本へ行くことができるようにしてもらう代わりに、異国の珍しい薬などを玄昉に与えたのです」

藤原宮子を法師一看で治したのは、そういうもののおかげであるらしい。

「なにゆえ日本へ来ようとしていたのだ。唐の方がずっと華やかであったろうに――」

「確かに唐の都長安(ちょうあん)は栄え、異国の者であっても才あれば高い地位に取り立てられていました。されど唐は余りにも強大過ぎて、暮らしていくには息苦しいところも少なくなかったのです。それに対し、日本は国も小さく、唐に倣った国造りを進めているところでした。祖先たちはその若々しい日本へ行って自分たちの理想郷を造ろうと考えたのです」

「――――」

「玄昉も最初はそれに手を貸してくれていました。されど、もらった薬で権力を手にすると自分の欲望だけを追い求め、祖先たちを切り捨てたのです。それで九州へ追いやられた玄昉を仏罰が下ったかのように装い、殺したのでございます」

「――――」

「とはいえ、私たちの祖先は夢を忘れたわけではありません。玄昉の死から六年後に大仏様の開眼供養が行われました。平城京の為政者たちは、長安の都を造った唐のように自分たちの国が強くなることを願っていたのでしょう。されど大仏様は為政者たちのものだけではありません。大仏様を造るに当たっては、民の力が大きくものをいっています」

大仏建立に膨大な数の民が動員されたことを、秀保は知っている。行基（ぎょうき）という僧に率いられた民間の土木技術集団が力を発揮したことも――。

「民は民で自分たちにとってよい国になることを大仏様に願い、その建立に力を尽くし、開眼を祝ったのです。祖先たちもそうした思いで芸を披露いたしました」

「そなたたちの祖先は何を願ったのだ」

「長安のようにさまざまな色の人間が暮らしていけること、それでいて長安ほど強大ではなく、もっと緩やかにみなが相和して暮らしていくことができる世の中でございます。目や髪や肌の色の違い、生まれた場所や、生まれた家の違い、王侯貴族であっても、農民や職人、芸人であっても、また貴族から芸人になろうと、百姓から貴族になろうと、どのような違いも関わりなく、みなが相和していける国——それがわたくしどもの理想郷でございます」

それはいい世の中だと、秀保も思う。

「余も乱世でなければ百姓をしていたであろう。贅沢な暮らしも偉そうな口の利き方もできなかったに違いないが、百姓の余は今の余と別人だったかというと、そんなことはない。身分が違ったところで、同じ人間なのだ。小者上がりの関白殿下が天下を治めておられる今なら、そうした世の中ができるのではないだろうか」

「そんなこと、主家を蔑ろにした秀吉にできると本当に思っているの？」

亜夜火は、不信感を露にしていたが、

「大仏開眼から八百年が経ってもなおできていないのです。若殿様も焦らず、ゆっくりとお考え下さりませ」

と、日魅火はやはり優しい。それで、

「されどヤスケが顔を隠さず、堂々と歩けるようにはしたいものだ」

そう言ったところ、日魅火が、

「ヤスケさんのことなのですが、ヤスケさんは芸人一座にいるよりもお武家様に仕えている方が性に合っているようです。本人もそれを望んでいます。わたくしどもは各地で芸を披露しておりますので、そこでいろいろと評判を聞き、ヤスケさんにとってよき主となって下さる方はいないものかと捜していたのですが、いまだこれはという方が見つかりません。されど若殿様はヤスケさんを託すのにとてもよいお方だと思いました。如何でございましょう。ヤスケさんをお側に召し抱えていただけないでしょうか」

と頼んできた。

「ワタシモ、ワカトノサマ大好キ。イッショウケンメイ仕エマス」

ヤスケも、頑強な身体に似合わない可愛らしい目を爛々と輝かせている。

秀保は、自分で言っておきながら、大いに戸惑った。

「余に仕えたいというのか。されど余は信長公とは違う。あの方の足元にも及ばぬ軟弱者だ」

「そのようなことはありません。さきほどおやりになったことが若殿様がお弱くないことを示しております。なにより若殿様はヤスケさんを人として認めて下さいました。それこそ信長様と同じであることのなによりの証」

右近を見ると、右近は仏頂面を濃くして腕を組んでいる。

秀吉は、伴天連追放令を出しているのである。秀吉は、信長ほど異国人に寛容ではない。しかし、ヤスケの一途な目を見ているうちに、願いをかなえてあげたくなった。向こうから自分に仕えたいと言われたことなど初めてなのだ。

「なんとかしよう」

と、秀保は言った。

「殿下には内密にしておけばいい。一人ぐらい余の希望で近臣に召し抱えてもかまわないだろう」

「アリガトウゴザイマス」

ヤスケは、顔を綻ばせていたが、

「なにしろヤスケという名は余の父上と同じだ。無碍にはできぬ」

それを聞くと、一転して困惑している。

「オ父上サマト同ジ名前トハ畏レ多イ。ドウシマショウ」

「よい。信長様から与えられた名前なのであろう。大事にせよ。それにヤスケという名の者など、この国にはたくさんいる」

秀保は、大仏のこともなんとかしたいと思った。

「大仏にそうした願いが込められていたとすれば、やはり再建したいものだ。されど、これには殿下のお許しを得る必要がある。殿下が再建を認めて下されば、金蔵の金もそれに使える。そうだ。秀次兄を巻き込もう。兄上はこういうことにきっと関心を持って下さる」

秀次は、領主となった近江八幡で善政を行い、千利休の台子七人衆に数えられるほど一流の文化人でもあった。秀保にとっては、憧れの人物だったのである。

「兄上から関白殿下に頼んでもらおう。きっとうまくいく。なにしろ殿下はこのところご機嫌がすこぶるいいらしいのだ」

秀吉には、待望の男子鶴松が生まれていて、正に目に入れても痛くないほど溺愛している。

「それはよろしゅうございます。されば私も旅の空のもとでよき知らせが聞けるのを楽しみにしております」

しかし、秀保は、それを聞くと、

「行ってしまうのか」

と、寂しくなった。

それでもじもじと身体を動かし、言おうかどうしようか迷った挙げ句、

「ま、また――」

清水の舞台から飛び降りるような気持ちで、思いきって口にした。

「会えるだろうか」

途端に、

「姉様が優しいからって、どこまで付け上がるの。姉様はねえ、本当はあんたみたいな軟弱者なんか――」

と、亜夜火に噛み付かれたのだが、日魅火は、やんわりと制し、やはりにっこりと微笑んで、こう言ってくれたのである。

「はい。必ず――」

その夜、秀保は、夢を見た。

日魅火と二人で手をつなぎ、再建された大仏を見ているのだ。しかも、そのまわりで芸人たちが楽器を鳴らし、踊りや芸をやっている。その中には異国人も多くいて、どういうわけか、秀保も天平時代の装束を身に着けているのである。

目覚めは快適だった。さあやってやろうという気になる。

実際、ヤスケのことはうまくいった。勇を鼓して高虎へ申し入れると、他の者へは洩らさぬということで認めてくれた。

奈良の騒ぎも、八月に秀吉が徳政令を出し、銅卿と結託していたあこぎな高利貸しを処罰したため、土一揆の噂は消えた。よしいいぞと、秀保は、大仏の件を持ち出そうとした。

ところが――。

同じ八月に鶴松が体調を崩し、呆気なく死んでしまった。享年、僅かに三歳。

秀保は、愕然となった。自分以上にぬくぬくと大切に育てられていたのが、このようなことになるとは信じられなかった。大仏再建を願い出るどころではなくなったのである。我が子を失った秀吉は、予てより公言していた唐入りの実行を宣言。それにのめり込んでいったのだ。

(日魅火にいい知らせを届けられなくなった)

秀保には、それが残念でならない。

その原因となった鶴松の死を、まだ他人事のように感じていた。四年後に自分が十津川へ落ちていくことになろうとは、想像すらできなかったのである。

第二話　亀甲怪人、襲来

一

天正二十年（一五九二）九月の初め。

豊臣秀保は、肥前の名護屋にいた。

この年の四月から、秀吉による唐入りが始まり、これに参加すべく名護屋で陣を構えていたのである。

しかし、朝鮮には行かなかった。軍は筆頭家老の藤堂高虎が率いて渡海し、秀保自身は、名護屋に残っていたのだ。七月に秀吉の母で秀保には祖母に当たる大政所（おおまんどころ）が死亡したため、その葬儀へ行き、戻ってきたところである。

それからというもの、秀保は、鬱々とふさぎ込んでいた。そこへ堀秀治（ほりひではる）から使者が来た。芸人一座を呼ぼうと思っているので、こちらの陣所へお越しになりませんかと誘ってきたのである。

唐入りの前進基地となっていた名護屋は、今や京大坂に劣らぬ殷賑（いんしん）を誇っていた。ここに陣を構えた大名はおよそ百三十にものぼり、渡海した軍勢は二十万に達して、留守部隊も十万はいたからだ。彼らを目当てに商人や遊女、芸人たちも集まってきている。

秀保の陣所は、五重の天守を誇る名護屋城からは南西に離れた海岸近くにあった。名護屋は丘陵地帯なので、丘の上に石垣を築き、堀と塀をめぐらせ、茶室や庭園まで備えていた。豊臣家の御曹司である秀保の陣所は、名護屋でも屈指の規模を誇っていたのである。

一方、堀秀治の陣所は、秀保の陣所のすぐ近くで、陸側へ入った丘の上に建っていた。ここもかなりの規模を持ち、堀を設けて、丘頂部に建てられている本曲輪（ほんくるわ）の御殿には舞台が設けてあることを、秀保も聞いている。

数日後――。

秀保は、この陣所へ三十名ほどの家臣を連れ、夕暮れ近くにやって来た。

大手口では、秀治自らが出迎えてくれた。

「招いてくれて、ありがとう」

秀保が、童顔に笑みを浮かべると、

「私にはこれくらいしかできませんので――」

相手も秀保より少しだけ大人びた少年の顔に、人のいい笑みを浮かべて返してくる。

秀保は、十四歳になったが、秀治も、まだ十七歳。

「このような時にご迷惑ではなかったですか」

「そんなことはない」

秀保を元気付けようと招いてくれたことがわかるのである。祖母を亡くしたばかりの秀保の陣所へ芸人を呼ぶわけにはいかないだろうと配慮してくれたのだ。

陣所の中は広いわりに閑散としていた。それは、秀保の陣所も同じであった。秀治のところも、兵は重臣たちが率いて海を渡っていたのである。だから、どちらの陣所にもそう多くは残っていない。

一行は本曲輪の方へ案内された。陣所には他にも曲輪がいくつも設けられている。

秀保は、その一つに目をとめた。

「なにやら立派な門が建っているではないか」

薄暮の中で距離もあったが、

「あれは唐風（からふう）の門だな」

と思った。

歴史好きの秀保は、唐入りが決まると向こうのことも調べるようになった。それで見た絵図の門に似ている気がしたのである。

しかも、門のところにいた者がこちらに気付くと、慌てた様子で中へ入っていく。その人影も、どことなく異様な格好をしていたような気がした。

「あそこはなんだ」

「《まれの曲輪》と呼んでおります。亡き父から引き継いだ客人を住まわせているのです」

堀秀治の父は秀政（ひでまさ）といい、軍事にも内政にも長（た）け、秀吉の厚い信頼を得ていた。長生きをしていれば有力な大名となっていたであろうに、三十八歳の若さで没している。

秀保は偉大な養父を、秀治は偉大な実父を持ち、共に若くして家を継いだ。そして、唐入りでは戦（いくさ）を家臣たちに任せ、どちらも名護屋に残っている。似たような境遇から、秀保は、秀治に親近感を抱いていた。

「私が海を渡らず、ここにとどまっておりますのは、あの客人のことを太閤殿下より任されているからなのです。この陣所が我が家の身代（しんだい）からすれば、分を超えるほどに広いのも客人のおかげです」

秀治は、越前北ノ庄（きたのしょう）城主で、所領は十八万石であった。

「ただ殿下からは客人のことを他へ言うのも見せるのもまかりならんと堅く言われておりますので、中納言様もどうか何も見なかったことに――」

「そうか。太閤殿下の仰せならば仕方ない」

昨年、鶴松を失った秀吉は、関白を秀保の長兄である秀次に譲り、太閤となっていた。そして、秀保も、この年の初めには中納言に任じられていたのである。

秀保たちがさらに進んでいくと、五人の小者らしき連中と出くわし、彼らは一行を見て端に寄り平伏した。

「今日はご苦労だったな」

と、秀治が声を掛けている。

これを秀保は、微笑ましく見た。

「左衛門督（さえもんのかみ）（秀治）も自分の家の小者に声を掛けているのか」

しかし、秀治は、意外そうな顔をしている。

「何を仰せです。この者たちは中納言様の家の者ではありませんか」

「そうだったのか」

準備を手伝うため、秀保のところから先にこちらへ来ている者たちがいた。何かとうるさい重臣たちが海を渡り、陣所の人数も減ったことで、秀保は、下働きの者たちにも見掛けるとよく声を掛けていたのだが――。

「すまない。余はそなたたちを知らなかった」

すると、傍らから鋭い声が掛かった。

「若殿。こやつらは我が家の者ではありませんぞ！」

島右近である。今や秀保の近臣筆頭という立場になっている。

「そ、そうなのか。では、いったい何者！」

秀保が戸惑っていると、今度は凛とした声が響き渡った。

「その者は盗っ人でございます」

声の方を見て、秀保は、目を見張る。そこに、なんとも異様な人物がいたからである。

その人物は甲冑を身に着け、島津家の家紋が入った陣羽織を着て、背中で長い布がひるがえっていた。しかし、その布も甲冑も日本のものではなく、さらりとした髪の毛が長く伸びているではないか。

女であった。凛々しさの中に清楚な雰囲気をたたえる美しい大人の女性であったのだ。

秀保は、驚くと共に、

「盗っ人とはどういうことだ」

と聞いた。

すると、女は背中の布をとって後ろへ放り投げた。そこには陣羽織がないだけで、他は同じ格好をした者が三人いた。この三人も長い髪でやはり女とわかり、あどけなさの残る美貌から、秀保より少し年上の少女だと思われる。

その一人が投げられた布を拾い上げ、次に女は陣羽織を脱ぎ、別の少女に渡した。少女は、それを恭しく受け取っている。

陣羽織を脱いだ女が、敢然と言い放った。

「この者たちは陣所荒らしです。芸人一座が呼ばれる陣所を探り出し、そこへ潜り込むのを得意としています。一座が呼ばれるのは客が来る時が多いものです。されば今宵も、ここに中納言様が来られると聞き、みなさまが宴を楽しんでおられる隙を狙って盗みを働こうと企んでいるのでしょう。それで昼間からやって来て、堀様の方には中納言様の小者と思わせ、中納言様のご家中には堀様の小者と思わせて、目当ての品を物色していたのでございます」

これに小者たちが、

「ちぇっ、ばれちゃあしようがねえ」

と、悪党の本性を現わし、

「余計なことを言いやがって!」

一人が懐から小刀を取り出して、女の方へ歩き出した。しかし、女も怯む様子を見せず、腰の剣を抜いた。それも日本のものではない。そして、こちらから駆け出すと、ためらうことなく剣を相手の眉間に突き刺した。

悲鳴を上げて、盗賊が倒れる。

「くそっ。こうなったら、あの偉そうな小僧をさらって逃げるんだ」

残りは小刀で秀保に襲い掛かろうとした。

この時、秀保の側から、

「狼藉者！」

と、太刀を抜き、突っ込んでいく小柄な影があった。

小姓の杉丸である。

しかし、小姓の太刀は相手の小刀にあえなく跳ね返され、逆に斬られそうになったところへ右近が割って入った。

右近の太刀は、四本の小刀をいとも簡単に跳ね除け、体勢の崩れた相手を足で蹴り飛ばすと、盗賊たちは他の家臣の前まで転がっていく。そこで全員が斬られた。

「さすが武名高き右近左近の右近殿だ」

と、秀治も、その腕を讃え、

「されどなにゆえ自分で斬ってしまわれなかったのかな」

そう聞くと、右近は、

「盗賊ごときを斬っては我が刀の穢れとなり申す」

と言ってのけ、秀治ばかりか、まわりを唖然とさせていた。

右近には、こういう気難しいところがある。

秀保は、突然の惨劇に腰を抜かし掛けたが、なんとか心を落ち着かせ、女に尋ねた。

「そなたは何者か」

相手は秀保の前に膝をついた。

「出過ぎたことをいたし、中納言様を危ない目に遭わせてしまいました。申し訳ございません」

「よい。そのおかげで盗賊を退治できたのだ」

「優しきお言葉、かたじけのうございます。私は芸人一座を率いておりまして天草織部と申します。これなるも我が一座の者」

織部の背後で、三人の少女も平伏する。

「この者は出雲阿国と並び、新しい踊りをする者として評判になっております」

と、秀治も紹介した。

「前にも一度この陣所へ来ているのですが、その折は中納言様がお城へ行っておられたので、お招きすることができませんでした。されば今宵は評判の芸をじっくりとご覧下さい」

「それは南蛮のものだな」

「いかにも、この者たちは南蛮の甲冑を着て——といっても重くはない紛い物でして、腰に南蛮騎士の長剣を差し、背中にはマントと呼ばれているものをまとっております」

確か信長もマントをしていたと思う。南蛮騎士の長剣は、斬ることよりも馬上から突くことを主眼にしているのだという。

「それで織部たちの格好は向こうの有名な女騎士を真似ているということで、名は確か——」

秀治が思い出そうとしていると、

「ジャンヌデハアリマセンカ」

おかしな日本語が聞こえた。

かつて信長に仕えていた黒人のヤスケであった。

秀保の近臣になったが、他へは洩らさぬというのが条件であるため、目以外は肌が出ていない格好をしている。話をするのも秀保と右近、杉丸だけで、他は家中の者でさえ正体を知っていないのである。だから他家の者に会わせることなどなかったのだが、今日はヤスケにも気晴らしをさせてやろうと連れて来たのだ。

まわりは訝しげにヤスケを見て、秀治は、興味津々といった目を向けている。

「こ、この者は戦（いくさ）で顔に大怪我をして、喉もやられ、うまく、しゃべれなくなったのだ」

秀保は、いつも通りの弁解をしたが、秀治は、穏やかな笑みをたたえ、深く詮索しなかった。

「どこの家にもいろいろと事情があるようですね。それよりもジャンヌと言いましたか。それはなんですか」

秀保は、ヤスケを呼び寄せると、ボロが出ないよう耳元で囁かせ、代わりに答えた。

「今、我が国に来ているポルトガルやイスパニアの北にはフランスという国があって、そこの有名な女騎士だそうだ」

日が暮れて時間も経ち、辺りが闇と静寂に包まれている時であった。

秀保の陣所の真下にある海岸に、奇妙なものが打ち上げられていた。

それは、樽のようなものであった。

上下の中央部に向かって、ゆったりと膨らんでいく円柱形をしていて、大きさは、大人の身体がすっぽりと入るぐらい。円柱の側面には鋭く尖った突起が付いていて、側面全体を覆っている。

そして、陸に上がると、円柱の側面のある箇所が開いた。突起は側面全体をびっしりと覆っているのではなく、ところどころ間隔が開いていて、その一つが内側にカパッと開いたのである。それで横に細長い長方形の穴ができ、その奥で二つの目がギラリと光った。

次に今の場所よりも下にある左右に離れた二ヵ所で、やはり突起のないところが今度は外側へ開き、そこには丸い穴ができて、中から腕が出てきた。袖のある衣装を着た、ごつい腕である。片方の手に刀を持っている。

さらに円柱の上下の面は全く突起がなかったのだが、腕の下に当たる方で、やはり丸い蓋のようなものが二ヵ所外側へ開き、そこからは足が出てきた。袴のようなものをはいた、これもがっしりとした足だ。

そういう樽が一つ、二つ、三つと打ち上げられてきて、最終的には十になり、手足を出し終えると、ゆっくりと立ち上がった。そのうちの一人は刀ではなく、筒のようなものを手にしている。

そして、彼らは、陸側に向かって駆け出した。樽の重さも結構ある筈なのに、それを感じさせない軽快な動きで、疾風のように秀保の陣所の傍らを通り過ぎていく。

そのことに、まだ誰も気付いていなかった。

二

時間は、日が暮れて間もない頃に逆戻りする。

秀保は、堀秀治の陣所の本曲輪にいた。

本曲輪では、御殿の前の舞台で天草織部一座の芸が披露されていた。囃子方が音曲を奏でる中、天草織部と三人の少女が、さっきと同じ姿で舞台に上がっていたのだ。舞台には黒い衣装を着て、顔の前にも黒い布を垂らして顔をわからなくした者も現われ、両手に持った棒か竿のようなもので、造り物の大蛇を操っている。いや、大蛇ではなく、

「あれは南蛮の龍でドラゴンというそうです」

と、秀治が教えてくれた。

四人の女は、そのドラゴンと戦っていたのである。織部は長剣を抜いて挑み、まわりで少女たちが、マントをひるがえしながら鮮やかかつ軽やかに側転や宙返りをやってのけ、暴れるドラゴンを惹き付けたり、攻撃をよけたりしていた。四人の女とドラゴンを操る黒衣の者は、そうした動きを音曲に合わせ、舞うように演じていたのである。

それを見ながら、豊臣・堀両家の面々が酒を飲み、やんややんやと囃し立てていた。秀

保が手伝いに来ていた下働きの者たちまでこの場へ呼んだため、秀治も家中の同じような者たちを呼び、座敷から廊下、庭にまで人があふれている。

秀保も、酒が飲めないのに酔ったような気分になっていた。

しかし、右近にこれを楽しむ様子はなかった。

「朝鮮では戦が続き、若殿は大政所様を亡くされたばかりというのに、このようにうかれるとは――」

と、仏頂面をしている。

「よいではないか」

と、秀保は言った。

「余のせいでみなに気を遣わせていた。今宵はその詫びだ」

秀保がふさぎ込んでいたせいで、陣所の中も暗く沈んでいたのである。

確かに、身体の弱い自分のことを気に掛けてくれていた大政所の死は悲しかった。しかし、婆様（ばばさま）は七十七歳。天寿を全うしたといっていい。

秀保がふさぎ込んだのには、他に理由があった。立ち寄った大坂の城中で噂話を耳にした。秀保が海を渡らなかったのは、若年だからというわけではなく、その軟弱ぶりを危ぶんだ秀吉が高虎にそう言い渡したからだという。なにしろ秀保と同い年の藤堂高吉（たかよし）が渡海していたのだ。高吉は、秀保が来る前の秀長の養子で、その後、高虎の養子になっていた仙丸のことである。仙丸は朝鮮で勇ましく戦っているらしい。

それに比べ、秀保は、相変わらず武技の鍛錬を怠り、好きなことばかりをしている。それで兵を率いるには不適と、秀吉がこぼしていたそうである。

「まだ十四でいきなり百万石は荷が重かろう。二人の兄君も最初はもっと少なかった」

「殿下のお身内に生まれたおかげで過ぎた扱いをされているのよ。豊家の人間でなければ、とうに放り出されていたであろう」

「ご尤も、ご尤も――」

噂をしていた者たちが笑い合っていた。

秀保は、逃げるようにその場を離れたが、確かにそうであろうと思う。自分は軟弱者だ。朝鮮へ行かずにすんだことでホッとしているのである。

(この先どうなるのだろう)

そんなことを考え、それでぼおっとしていたようだ。

「ワカトノサマ、ドウナサレマシタ」

と、ヤスケに言われた。

「なんでもない」

秀保は、首を振り、

「ヤスケは楽しんでいるか。酒も遠慮なく飲んでよいぞ」

と勧めた。

「イエ、カマイマセン。右近サンモ杉丸サンモ、飲ンデイマセンカラ」

魔空大師の事件が起こった時にはいろいろと世話を焼いてくれ、随分と打ち解けたように感じた右近であったが、名護屋へ来てからはまた取っ付き難くなった。理由は秀保にもわかる。武人である右近は、戦場へ行きたかったのだ。しかし、軟弱な主のお付きにされているため、行くことができない。それが鬱屈となっている。杉丸は自分と同じだ。酒が合わないだけで、まだ子供なのである。

「デモ楽シンデイマスヨ」

ヤスケの身体が、音曲に合わせて動いていた。

「ナンダカ故郷ノ踊リ、オモイダシマス」

「そうか。そなたの国の踊りも一度見たいものだな」

「アア申シ訳アリマセン。ハッキリトハ覚エテナイノデス。子供ノ時ニ、サラワレマシタノデ――」

「そ、それは余こそすまぬ。嫌なことを思い出させた」

「イエ。ワタシ、今ハワカトノサマノ側ニイラレテ幸セデス」

秀保は、今更ながらに気付いた。ヤスケの境遇に比べれば、ぬくぬくと育った自分がなんと恵まれていることか。あれしきの噂話で落ち込む弱さこそが恥ずかしい。

（しっかりしなければ――）

と思う。

しっかりしないと、あの者に笑われてしまう。

秀保の脳裏に、ある女性の姿が浮かんでいた。天草織部と同じように、芸人一座の座頭をしていて、清楚で可憐な美貌をたたえ、刃を振るう強さも見せていたのだ。魔空大師の事件以来、会っていなかった。必ずまた会えると言ってくれたのに――。

（どうしているのだろう）

舞台ではとうとうドラゴンが退治され、もぎ取った首を、織部が剣の先に突き刺し、高々と掲げていた。そのまわりで三人の少女が織部を伏し拝んでいる。織部の陣羽織に頬を寄せ、口付けするような仕草までしていた。

秀保は、気になっていたことを秀治に聞いた。

「天草織部はなにゆえ島津の陣羽織を着ている」

「織部一座はみな天草の出身です。織部は天草一族の姫、他は家臣の家の者たちです。天草氏は太閤殿下の九州征伐まで島津に属し、織部の家は、その際、殿下の軍と戦い滅びました。織部も命を奪われるところでしたが、島津家久殿に助けられ、その勧めで踊りの芸人になったといいます」

島津家久は、現当主義弘の異母弟だという。天正三年（一五七五）に上洛した時、出雲でややこ踊りを見たことがあり、いたく感銘して、織部たちに踊り一座として生きていくことを勧めたそうだ。

「あの陣羽織は家久殿から拝領したもので、家久殿はすでに亡くなられていますが、今でもああして感謝の念を表わしているようです」

織部一座が舞台を下りていき、

「今宵は楽しかった。ありがとう」

秀保は、礼を言った。これで終わりと思ったのだが、秀治は、いたずらを仕掛けた少年のような笑みを浮かべている。

「実はもう一座呼んでいるのです」

舞台に別の一座が上がってきた。

二人の少女が大きな玉に乗り、音曲に合わせて舞台の上を動きまわっている。そして、小さな毬を手に受け取り、それを次々と宙へ投げ始めた。

着ている衣装は色鮮やかな天平装束。青と赤の長い比礼が手の動きに合わせて舞うかのようにひるがえり、頭の飾りがキラリと光る。

以前は毬の数が同じでなく、片方の少女は数が少なかったのだが、今は同じ数を投げ合っている。それを終えると、玉に乗ったまま赤い比礼の少女が板の前に立ち、青の少女がそこへ短剣を投げた。危ないと、まわりは息を呑んだが、赤の少女は、恐れる風もなく立ち続け、顔や身体の間近に剣が次々と刺さった。それでいて少女の身体にはかすりもしない。芸が終わって、二人が玉から降り、手をつなぎ一礼すると、周囲からは織部一座に劣らない歓声が沸き上がっている。

秀保は、茫然と目を見張っていた。

三

秀保は、本曲輪の別室で二人の少女と会っていた。

青い比礼の平城日魅火と、赤い比礼の神戸亜夜火。

側にいるのは右近とヤスケ、杉丸だけで、堀秀治は、天草織部と三人の少女から違う部屋で接待を受けている筈だ。

「お久しゅうございます」

と、日魅火が頭を下げた。相変わらず汗をかかず、息も乱していない。

「ヤスケさんも元気そうですね」

と、そちらへも目を向け、

「ハイ。ヨクシテモラッテイマス」

ヤスケは、声を弾ませている。

この一年の間に、日魅火はより一層大人になったように感じられた。桜の花ならばまた一歩満開に近付いたような、蝶ならば色鮮やかな模様の羽をさらに広げてきたような、そういうものが彼女の十七という年齢以上にはっきりと見て取れるのである。眩しくて仕方がなかった。

それは、同い年の亜夜火も同じであった。一段と成長して、女っぽくなったように思う。しかも、杉丸まで一年の間に秀保より身体が大きくなっているのである。

これに対し、秀保は、さして大きくはならず、顔も歳より下に見える童顔のまま。ほとんど変わっていない。

「そなたも名護屋へ来ていたのか」

と、秀保は聞いた。

「ここは今、日本で一番賑やかなところでございますから——」

「来ているのなら顔を出してくれればよかったのに——。いや、それより前に大坂や京でも——」

するると、亜夜火が割り込んでくる。

「日魅火姉様はあんたに気を遣っているのよ」

日魅火の口調は優しかったが、亜夜火は、相変わらず辛辣で表情も険しい。

「鶴松って子が死んで、豊臣家の男子はあんたたち兄弟だけ。ますます大事な立場になったところへ芸人風情が気軽に訪ねていけると思っているの。しかも、あんたの家中には姉様のことをよく思わない人が一杯いるじゃない。でもお婆様(ばあさま)を亡くし落ち込んでるって聞いて、姉様は心配したのよ。それで、あんたの様子を堀様に尋ね、堀様はあんたと姉様が知り合いだとわかり、ややこしい事情があることも察して、あたしたちをここへ呼んでくれたっていうわけ。他の家で偶然会いましたってことなら、うるさくいう人もいないでしょう」

「そうか。日魅火は余のことを心配してくれたのか」

秀保には、そのことが嬉しい。

しかし、

「うぬぼれてはダメよ。あんた、ほんとに変わってないわね」

亜夜火からは呆れられた。

「さっきのあたしの芸、見てくれた？　うまくなってたでしょう」

ぐいと突き出す顔が、日魅火と同じく汗を浮かべたり肩で息をついたりしていない。

「一杯稽古したのよ。なのにあんたは、戦は家臣任せで、自分はのんびりと芸人一座を観ているなんて――。あたしのお父様が十四の時は、養子にいった神戸の家で自分に不満を抱く家臣たちを追放したりしてたわ。苦労してたのよ。それなのにあんたはいったい何してたの。兄様と一緒に秀吉に物申すと言ってたあの時の言葉が嘘じゃないなら、この唐入りをなんとかしなさいよ。でも無理でしょうね。大仏の話でさえあれだけ偉そうに言っていながら全然進んでないんだもの。姉様も呆れてたわよ」

「――――！」

最後の言葉が、ぐさりと胸に突き刺さる。

遠慮を知らない態度に、

「なんですか、この者は――」

初めて会う杉丸は、目を丸くしていた。

右近が、憮然としながらも織田信孝の姫だと教える。亜夜火は、父や一族を殺し、織田家から天下を奪った豊臣家を憎んでいるのだ。

秀保は、返す言葉もなく、うなだれていた。亜夜火の言っていることは正しい。自分は本当に何もやってこなかった。呆れられて当然だ。

なのに――。

「若殿様」

日魅火の声は、変わることなく優しかった。

「私は呆れてなどおりません。亜夜火もいい加減なことを言わないように――」

「でも姉様」

「唐入りのことを言いましたが、あなたのお父上は信長様の叡山焼討ちや一向宗徒の撫で斬りを止めることができたのですか」

「叡山の焼討ちって、その時のお父様はまだ十四だったのですよ」

「今その十四の時を自慢したばかりでしょう。唐入りはもともと信長様のご意思だったそうです。もし信長様が今これをやっていたとして、止めることができますか」

「――」

「若殿様。天下人(てんかびと)の力とはそれほど強く大きなものなのでございます。徳川様や前田様でさえ唐入りに反対でありながら止めることができないのですから――。若殿様がこのことや大仏様のことを悔まれる必要はありません。戦が苦手なことも恥ずかしく思われませんように――。なんでもできる人間などいないのですから、おできになることをなされればいいのです。若殿様は歴史の話がお好きだった筈。過去の出来事には今後の戒めになることがたくさんございます。それは戦のない世の政治に必ず役立つことでしょう。それならば若殿様にできるのではありませんか」

「されど太閤殿下は朝鮮を通って明や天竺まで攻め入るおつもりと聞く。戦のない世が果たしてやって来るのであろうか」

「まことに畏れ多きことながら此度の唐入りは失敗に終わると存じます。他国を相手の戦は、この国の中でやるようにいかぬものでございます。戦のない世は必ず来ます」

日魅火は、真摯な眼差しで秀保を真っ直ぐに見ていた。

秀保は、日魅火の率いる平城散座が平城京にいた散楽芸人を祖先としていて、当時は異国人が多くいたことを思い出した。もしかしたら、今なお異国とつながりがあり、その事情に詳しいのかもしれない。

それでも、唐入りが失敗するとはたいへんな発言である。

しかし、日魅火は落ち着いたままだ。

「一介の芸人風情が身のほどもわきまえぬことを申しました。お気に障りましたのであれば、どうぞご存分になさって下さりませ」

と、手をついている。

秀保は慌てた。

「そ、そ、そのようなことはせぬ。右近、杉丸、今の日魅火の言葉、た、た、他言無用ぞ」

二人とも唖然としていた。

朝鮮の戦況がよくないことは耳に入っていたのである。朝鮮に上陸した日本軍は、緒戦こそ破竹の勢いで進撃したが、今は陸で明が救援に駆け付け、海でも朝鮮の水軍に苦戦を強いられて、膠着（こうちゃく）状態に陥っているのだ。

とはいえ、日魅火の言葉に元気付けられたのは事実であった。

「余は戦が苦手だからこそ戦のない世が長く続く国になるよう努力したいと思う。以前、そなたから聞かせてもらった、違いで分け隔てをすることなく、みなが相和して暮らしていける世の中のこと、忘れてはおらぬ」

秀保は、心の暗幕がスウッと取り払われていくような感覚にとらわれ、なんだか頑張れそうな気にもなってくる。

すると、その時であった。

悲鳴、絶叫、怒声といった騒がしい声が聞こえた。最初は遠い感じであったが、それがだんだんと近付いてくる。

喧嘩かと、秀保は思った。

そこへ家臣の一人が駆け込み、

「狼藉者です」

と報告する。

「何奴だ」

と、右近が質した。

「それが皆目わからないのです。全く奇態なヤツらでして——」

騒ぎはかなり近くなってきた。

家臣が開けたままにした障子の向こうに、庭が見えている。そこに抜刀した他の家臣たちが次々と現われ、彼らと戦っている相手も一人だけ姿を見せた。いや、一人と表現して果たしてよかったのかどうか。

秀保は、目を剝いた。

家臣が言った通り、奇態としか表現できないものが目に映ったからである。

それは、樽のようなものであった。

四

「なんだ、あれは——」

秀保にも全くわからなかった。

円柱形の中央部が膨らみ、側面には鋭く尖った角のようなものが出ていて、その間から二本の腕が伸びて刀を持ち、下からは二本の足も出ている。正面には横に細長い穴が開いていて、そこから二つの目が覗いているようだ。

そのような異形のものが、家臣たちと戦っていたのである。家臣ばかりか、小者たちまでが駆け付けていた。準備の手伝いに来ただけなので武器の用意などなく、箒や棒、刃物などで立ち向かっている。

ヤスケが刀を抜いて、秀保の前に立ちはだかり、杉丸も刀を抜き、へっぴり腰でその隣に並ぶ。

「いざという時はあなたが若殿様を守りなさい。私はできるだけ曲者を止めます」

と、日魅火が、亜夜火に言った。

「えー。またあたしが守るのですか」

亜夜火は、口を尖らせている。

「でもどうやればいいのです。こんなことになると思ってなかったから、今日は比礼返しの用意をしていません」

日魅火は、秀治側が用意してくれた膳の器を割って、

「これを使いなさい」

と、いくつかの欠片を握らせ、自分も手にする。

樽の曲者は、五つになっていた。しかも、振りかざしている刀がなんだかおかしい。

「あれは環刀ではないか」

朝鮮や中国のことを調べていたので、秀保にはわかった。環刀とは向こうの刀だ。日本刀のような反りのない真っ直ぐな刀で、長さも日本刀より短い。そういえば、樽から出た手足が着ている装束も日本のものとは違うようだ。

その曲者を相手に、秀保側は苦戦を強いられていた。刀や槍が樽に当たったところで相手に傷を与えることはできず、飛び付こうとしても突起が邪魔をする。相手の動きも、樽をかぶっているとは思われないほどに敏捷で、刀の腕も相当な手練れであった。だから数

では優っていても、なかなか倒すことができない。こちらの被害が大きくなるばかりである。家臣や小者たちはさっきまで酒を飲み、楽しんでいたから、それも裏目となって動きが鈍いのだ。

そのうち曲者がこちらに気付いたようで、秀保の方を指差し、何かを叫んでいた。日本の言葉ではなかった。それを、

「あれは朝鮮の言葉です」

と、日魅火が教えてくれる。

やはり異国のことをよく知っているようだ。

「何を言っているのかもわかるのか」

「私もそこまではわかりません」

「なるほど。朝鮮の曲者か」

ここでようやく右近が刀を抜いた。ただの盗賊ではなく、海の向こうで味方が戦っている相手とわかり、やる気が出てきたようだ。右近が乱戦の中へ入り、ヤスケも加わったが、それでもなかなか倒せない。

そこで、右近は、

「樽から出ている腕と足を狙うのだ」

と指示した。

しかし、その通りに攻め出すと、相手は環刀を持ったまま、サッと手足を引っ込めた。まわりを取り囲み、みなで斬り付けるが、効果はない。樽は頑丈であった。しかも、目が覗いている穴まで蓋が閉じていて、武器を差し込む場所さえない。それで攻撃が止まってしまうと、今度は不意に手足が出て、環刀を振るってくる。

右近とヤスケは、咄嗟に逃れていたが、何人かに被害が出た。そして、曲者はまたサッと手足を引っ込めたり、出したりしている。いったいどういう体術なのか。環刀を持ったままで自在に手足を出し入れしているのだ。

飛び散る血潮と倒れていく家臣や小者たちの姿に、秀保は、卒倒しそうであった。みんな自分を守ろうとして戦い傷付き、倒れている。その自分は茫然と突っ立ち、なす術もなく見ているだけだ。

しっかりしなければと思ったところで、結局はこうなってしまうのである。

その時、曲者の一人が部屋の方へ上がってきた。

これに、杉丸が、

「やあああ！」

と、掛け声だけは勇ましく突っ込んでいく。しかし、盗賊の小刀にもかなわなかった腕だ。ここでもあっさり薙ぎ払われて尻餅をつき、やられそうになった。

「うわああ！」

小姓は、だらしなく悲鳴を上げている。

それを助けたのは日魅火であった。肩から外した青い比礼を一本の長い布にしてビュンと伸ばした。もとより何の仕掛けもないので、それでどうなるというものではないが、比礼が曲者の目のところをふさぐように覆いかぶさり、動きが一瞬止まった。

そこへ右近が駆け付け、杉丸を摑んで部屋の隅へ突き飛ばす。

「足手まといだ。そこでおとなしくしていろ」

と、叱責までされる。

比礼を戻した日魅火は、

「右近様。私が隙を作りますから、それで相手を――」

そう言って、今度は曲者に割れた器を投げた。それで相手は悲鳴を上げ、目が覗いているところを手で押さえている。欠片が横長の穴へ入り、目に当たったようである。その機を逃さず右近が飛び掛かり、相手の腕に太刀を振り落とした。環刀を握っている方の腕がスパッと斬れて宙を飛び、右近は、続けざまに横長の穴へ太刀を突き入れる。断末魔の絶叫が轟き、相手は倒れた。

しかし、曲者がまた一人、部屋へ入ってきた。これには亜夜火が器を投げたが、目には命中しない。

「あちゃあ、こっちの腕はまだまだだったか。でも負けないからね」

曲者が迫ってきても、亜夜火は逃げずに、

「くらいなさい！」

膳にあるものを手当たり次第に投げている。目には当たらなくとも身体のあちこちに当たるから、相手も立ち止まって払わざるを得ない。

そこへヤスケが駆け付けた。

ヤスケは、双方の間に割って入ると、

「コレナラドウデス」

曲者の前で頭巾を取った。相手は驚いたようである。ビクッとして何かを叫んでいる。意味はわからないものの、秀保にもなんとなく察しがつく叫び方だ。

ヤスケは、その隙をついて腕を斬り、目の穴へ太刀を突き入れて仕留める。これで残りは三人。双方が睨み合うような形になっていた時、突如として轟音が響き渡った。銃声であった。すると、それに合わせたかのように、三人の曲者が逃げ出していく。

銃声はそれっきりで、騒ぎがおさまると、みな茫然と立ち尽くしていたのだが、日魅火

だけは、

「斬られた方の手当てを――」

と言い、秀保も、我に返って指示した。そして、

「守ってくれてありがとう」

と、亜夜火をねぎらう。

しかし、亜夜火は、

「礼なんていらないわ。あたしは姉様に言われて渋々守っただけなんだから――。それにしても殿様が殿様なら、小姓も情けないわねえ」

杉丸にもきつい一瞥をくらわせ、さっさと離れていく。

「そなたは大丈夫か」

秀保は、杉丸のことも気遣った。怪我はしていないようである。

「なにゆえ無茶をしたのだ」

「手柄を立てたかっただけです」

小姓は、泣きそうな顔で言った。

「おいらは、いいえ、私の家は吉野の山奥にあります。あんなところにいては立身など望めない。それでおっ父、いいえ、父は母と私を連れ、ご城下へ出てきたのです。でも父は病で

早くに亡くなり、おいらが、いいえ、私がその代わりに偉くならないと。そのためには手柄がいります。若殿を賊から守れば手柄になる」

「偉くなりたいのか」

「当たり前でしょう。太閤殿下だって草履取りから天下人になった。藤堂様も昔は百姓をしていたと聞きました。偉くなりたいと思ってどこが悪いんです。そうなれば、おっ母（かあ）、いいえ、母を楽にしてあげられる。だから刀の稽古も一杯したのに――」

「されど討たれてしまっては何にもならない」

「もっと稽古しますよ。おいらは若殿とは違います。絶対強くなってみせます」

杉丸は、とうとうこらえ切れずに涙を流し、部屋の外へ駆け出していった。

秀保は、まわりの惨状に倒れ込みたくなるのを我慢しながら、家臣たちをねぎらい、小者たちのところへも行った。

「得物もないのに、なにゆえ出てきたのだ」

「芸を見せてもらい、酒までちょうだいしながら、殿様の一大事をほっとくわけにはいきません」

「ただちょっと飲み過ぎまして、たいしたお役には立てませんでした。申し訳ありません。うぃっ」

「されど傷付いた者だけでなく、死んだ者もいるのではないか」

「まあ、あっしら下っ端の命なんて、そんなもんです」

「信長様ってお人は自分の留守中にこっそり出かけた侍女たちをみな殺しにしたそうじゃありませんか。そんな殿様にお仕えしていたら毎日生きた心地がしないでしょうけど、うちの殿様はそんなことなさらねえ。しかも、あっしらみたいな者にまで声を掛けて下さるじゃありませんか」

「それだけでもありがたいと思っているんですよ。ひどい殿様じゃなく優しい殿様のために死ねるんなら、死に甲斐もあって成仏できるってもんでございます」

自分がそんなふうに思われているとは信じ難かった。それで戸惑っていると、亜夜火が、いつの間にか寄ってきていた。

「あんた、家中では威張り散らしているのかと思っていたら、こんな人たちに声を掛けていたの」

「余は太閤殿下がいなければ、この者たちと同じだった」

大坂の城中で聞いたのと変わらない陰口を、家中でも言われていることを、秀保は知っている。しかし、怒る気にはなれない。その通りなのだ。

「そなたも殿下がいなければ今頃は城の中で大勢の者たちにかしずかれていただろう。人と人の間にさしたる差はない」

「ふうん」

どうせまた噛み付いてくるだろうと思ったが、亜夜火からは、それしか聞こえてこなかった。

それで、おやと振り向こうとした時、堀秀治と家臣たちが駆け付けてきた。天草織部も一緒で、女らしい小袖姿になっている。

秀治は、惨状に目をひそめ、秀保の無事を知って安堵していたが、彼らにも戦いの痕が見えた。

「そっちにも来ていたのか」

と、秀保は聞いた。

秀治は、倒れている曲者を指差した。

「あれと同じ格好をした者が三人来ました。朝鮮の言葉を話していましたので、向こうの曲者と思われます。しかも、この格好は亀甲船を模しているようです」

「亀甲船だと！」

それについては、秀保も知っている。

亀甲船は、朝鮮の軍船である。船の上部を屋根で覆い、船全体が硬い甲羅をまとったような形になっていた。それで鉄砲や矢の攻撃を防ぐと共に、屋根には突起も付けて、接近してからの乗り移りを得意にしていた日本の戦法も封じたのである。これによって、藤堂高虎が率いた水軍も敗れていた。船首には亀の頭の、船尾には亀の尾の装飾があり、亀甲船と呼ばれている。

確かに硬い樽に守られ、手足を出し入れする姿は、正しく亀である。

「二人も仕留めるとは、さすが中納言様のご家来です。我らの方は一人も倒せず、さっきの銃声で逃げられてしまいました。今あとを追わせています」

これに右近が進言した。

「さればこのことを城へ知らせましょう。他の陣所へも同じような賊が忍び入ったか、これから忍び入るかもしれません。そのことも触れまわる必要があるかと――」

ホネのある相手とめぐり会い、なんだかいきいきしてきたような感じだ。

戦線が膠着状態とはいえ、日本が負けるとは誰も思っていない。だから敵が攻め入ってくることなど想定もしていないのだ。

しかし、秀治は、

「さっきの銃声は《まれの曲輪》の方から聞こえています。あれを合図に退散したならば、こやつらが狙ったのはあそこの客人。他を襲う恐れはないでしょう」

と、右近の杞憂を否定した。

秀保には、どういうことなのかわからない。

「朝鮮の曲者がなにゆえここの客人を狙う。いったいあそこには誰がいるのだ」

秀保たちは、《まれの曲輪》へ行くことになったのである。

五

《まれの曲輪》へは、秀保、秀治と、双方の家臣、平城日魅火と神戸亜夜火に天草織部までが付いてきた。

門は開いていた。三つの門が穿たれた石壁の上に二重の櫓が建っているという、昨日思った通りの唐風の門であった。

「これは景福宮の光化門を模しているそうです。勿論、本物はもっと大きいですが――」

と、秀治が説明する。

景福宮とは、朝鮮の王宮であるらしい。

門をくぐると、そこにも御殿のような立派な二層の建物があり、こちらは景福宮の正殿である勤政殿をやはり小さく模したものだという。しかも、賊がここへ来たと指摘した秀治の言葉は当たっていて、建物の前に亀甲の曲者が一人倒れていた。

右近が、樽の横長の穴に明かりを近付け、

「顔が潰れています。この穴から刀を何度も突き入れ、仕留めたのでしょう」

と報告する。

死体の傍らには見慣れぬ物が落ちていた。鉄砲に似た細長い筒。

これについては、秀治も、

「朝鮮のものだと思うのですが、向こうの鉄砲は見たことがありませんので――」

そう首を傾げていたら、

「朝鮮の銃筒というものです」

と言ったのは、天草織部であった。

「天草は昔から海の向こうと交流をしていますので、朝鮮のこともいくらかわかっております」

使われた形跡があり、これが銃声のもとになったようだ。

秀保たちは、御殿の中に入った。そこでは、何ヵ所かに分かれて五人が倒れていた。生きている者はおらず、五人の格好もやはり日本の装束とは違う。

頭に網巾(マンゴン)をかぶり、革胴衣を羽織って、パヂという袴のようなものをはいていると、秀治が説明した。朝鮮の侍の格好らしい。樽から出ていた曲者の手足の装束とも似ていた。彼らが持っていた剣も反りのない環刀で、右近が死体から網巾をとってみると、髷(まげ)を結っているものの、日本の武士のように月代(さかやき)は剃っていない頭が現われた。朝鮮には、月代を剃る風習がないそうだ。

秀保は、凄惨な光景と血の臭いに必死に耐えながら、

「ここに朝鮮の者がいたのか」

と聞いた。

「あと一人いる筈なのですが――」

と、秀治は応じる。

さらに調べていくと、滴り落ちた血痕が御殿の外へ続き、門から見て右側に向かっていることがわかった。その行く手には別の建物があった。石の基壇の上に、木造のお堂のようなものが建っている。

「これも朝鮮の王宮にあった十字閣(じゅうじかく)という望楼に形を似せてあるそうです。ここでも十字閣と呼んでいました」

死んでいた五人の中に日本語を話せる者がいて、それで会話ができていたらしい。

望楼なので、本物はまわりが見えるように壁がほとんどないそうだが、ここのものは窓もなく、木の壁に覆われていた。基壇の正面は石段で、十段ほどのそれを上がると、その先に扉があり、建物のまわりは回廊になっていて胸壁に囲まれている。

血痕は扉まで点々と続いていた。残りの一人は、あの中へ連れ込まれたようだ。

右近が石段を駆け上がり、両開きの扉に手を掛けた。中の方へ開くということであったが、開かない。

「中から閂（かんぬき）が掛けられているのでしょう」

と、秀治が言う。

凹の字の形をした金具が扉の両側に取り付けられていて、そこに木の棒を掛けるようになっているらしい。

「ということはまだ曲者がいるのか」

秀保の身体は震えた。

「そうかもしれません。いずれにせよ、扉を壊すものが必要です」

右近が言うと、

「それなら用意しております」

屈強そうな二人が進み出て、一人が斧を見せた。

結局、その二人が石段を上がり、斧を扉に打ち付けた。閂があるという位置より、やや上のところに腕が通るほどの穴を開け、斧を持っていない方が手を入れようとしたところ、

「それがしがやろう」

と、右近が、恐れる様子も見せずに手を入れる。

扉の向こうから、カランと何かが落ちる音がした。

「では開けます。みな気を付けなされ。曲者が飛び出してくるやもしれませんぞ」

右近の注意に、秀保は、ビクッとする。

すると、日魅火が、

「若殿様、後ろへ下がりましょう」

と、秀保の手を引き、石段の下から離してくれた。杉丸も、秀保に付いてきて、ヤスケは、

「右近サンヲ手伝ッテキマス」

と、小声で言って石段を上がる。

日魅火の手は、やはり柔らかくて温かかった。気持ちも落ち着いていく。だから充分に下がって手が離れた時、秀保は、なんだか寂しかった。

斧を持ってきた二人で扉を押し始め、右近とヤスケが太刀を構えて、他の家臣たちは石

段の下で臨戦態勢をとる。

扉が開いていった。しかし、中から襲い掛かってくるような者はいない。人が充分に通れるほど開いても、変化は起きなかった。

右近とヤスケが、まず入っていく。しばらくして、ヤスケが顔を出し、大丈夫ですというように頷いた。

それならばと、秀治が石段に向かったところ、

「デモ、ワカトノサマニハ――」

ヤスケが、ついみなの前で大きな声を出し、秀保を止めようとした。

「そうね。あんたはやめた方がいいわ」

と、亜夜火にも言われた。

中がどうなっているか、おおよその想像は付く。だからこそ、

「いや、余も行く」

と、秀保は言った。

しっかりしなければと思うのだ。しかし、一歩を踏み出すには勇気がいった。

それで秀保は、

「日魅火。手を、かまわぬか」

恐る恐る言ってみると、日魅火は、ニコリと微笑んで手を出してくれる。

秀保は、それをしっかりと握って、石段を上がった。その後に続く亜夜火からは、溜め息のようなものが聞こえてくる。

扉の中に入ると、すぐに死体が見つかった。燭台に火が灯されているので、中の様子はよくわかるのだ。開いた扉の側で倒れていた。先の五人よりは明らかに立派な装束を着ている。しかし、顔がわからない。首がなかったのである。

「何ヵ所も斬られていますが、胸のひと突きがトドメになったようです。それから首を斬り落としたのでしょう。切り口はきれいに真っ直ぐ斬れています。これも見事な腕です」

ここでも、右近が死体を検分して報告する。

秀保は、死体の先へ視線を移した。そこには椅子があって、椅子の向こうには祭壇があり、祭壇にはいろいろと載っているようだが――。

その中に首があった。麗々しく置かれていて、目をカッと見開き、口を歪めた恐怖の表情がこちらを向いている。

秀保は、気分が悪くなりかけ、日魅火の手を強く握り直していた。日魅火も、握り返してくれる。それで気持ちが鎮まり、なんとか見ることができた。

首の主は五十ぐらいと思われる男であった。立派な冠をかぶり、その下の頭も月代を剃っていないようだ。

右近は、その首も平然と手にとり、検分している。

秀保は、なんとか持ちこたえていたが、

「うわあっ！」

という杉丸の悲鳴が聞こえ、何事かとそちらへ目をやって、

「ひいっ！」

と、引きつった声を上げてしまった。

屋内の隅に樽があったのだ。傍らに環刀も落ちている。樽から手足は出ておらず、こちらに横長の穴が向いていたのだが、

「心配ござらぬ」

右近が蹴り倒すと、こちら側へ倒れてきた樽の上部が外側へパカッと開いた。そこから中が見えた。中には何もなかった。もぬけの殻だったのである。

（なあんだ）

と、秀保は安堵する。

大丈夫だというので、みなが入ってきたのだから、曲者がいるわけはないのだ。

しかし、そのうち秀保は、

（おや？）

と、首を傾げていた。

中を改めて見渡す。四、五十人くらいが入れる広さであろうか。奥に祭壇があり、その上に首、胴体は扉の側で、隅に中身のない樽。それ以外は何もなかった。曲者がどこにもいないのである。

では、どうして男は死んだのか。自分で首を斬り落とす死に方もあるが、胸の傷が致命傷であるなら、それは無理だ。しかも、自分の首を祭壇の上に置くことなどできるわけがない。

扉の内側を見ると、秀治が言った通りの凹の字型の金具が両方の扉に取り付けられていて、木の棒が地面に転がっている。棒の長さは大人の腕の半分強といったところであろう。太さは秀保の細腕ぐらい。その閂棒は中から掛かっていた。

それなのに、曲者はいったいどこへいったのか。

秀保は、またまわりを見る。赤い色がやたらと目に付いた。何かと思えば、あちこちに血が飛び散っていたのだ。壁にも天井にも、扉の裏や閂棒にも血が付いていたのである。

秀保の脳裏で、斬った首を振りまわし、血をまき散らす亀甲の曲者の姿が浮かんだ。首を祭壇に飾った後は秀保の方を見て哄笑（こうしょう）し、手足を引っ込めてパタリと倒れ、樽の上部がパカッと開くのだが、中身は何もない。それなのに、笑い声だけは続いている。

また気分が悪くなってきた。日魅火の手を強く握るが、今度はうまくいってくれない。

それが我慢の限界であった。

秀保は、意識が遠のき、日魅火の方へ倒れ込んでいったのである。

六

気が付くと、秀保は、寝床に横たわっていた。

本曲輪の一室であった。側にいたのは、ヤスケと亜夜火と杉丸だけで、亜夜火は、額にある濡れた布を取り替えようとしていて、

「うわわ、気が付いたわね。あんたって、ほんとにどこまで情けないのよ」

途端に辛辣な言葉を浴びせられる。

「日魅火姉様の手を握り続けて、姉様の方へ倒れたりするなんて、まるっきり子供じゃない」

秀保は、恥ずかしさで消え入りたい気分であった。日魅火にも同じように思われている

のではないか。

その日魅火は、部屋の中にいなかった。どうしたのかと聞くと、

「姉様なら呆れて帰っていったわ」

にべもなく告げられ、秀保は、また意識が遠のきかける。

しかし、

「大丈夫デスヨ」

と、ヤスケが言ってきて、

「気が付かれましたか」

日魅火の声も聞こえた。

「お側におらず申し訳ありません。亜夜火、ちゃんと若殿様の介抱をしていた？」

言われた亜夜火は、

「はいはい、この通りしてましたよ」

口を尖らせ、手に持った布をヒラヒラさせている。

秀保は、ヤスケの手を借りて、身体を起こした。

日魅火は、右近と一緒であった。他の者たちは十字閣に残り、現場を調べていたそうである。それで十字閣には、隠れるところも抜け穴の類(たぐい)もないことがわかった。

あそこで首を斬られていた男は、朝鮮の王子であったという。なぜ朝鮮の王子がこんなところにいるのか。秀治が話してくれたところによると——。

この時の朝鮮国王は、十四代目の宣祖であった。宣祖は中宗の孫で、中宗の死後、息子の仁宗、仁宗の弟の明宗と受け継がれ、明宗が死んだ時点で、その弟である宣祖の父親が亡くなっていたため、彼に王位がまわってきた。

死体の主は仁宗の王子で、祥慶君というらしい。本来なら父の死後は王となるべきなのだが、仁宗は、父の改革政策を引き継ぎ、守旧派の怨みを買っていた。在位が僅か八ヵ月で終わったのも、なにかしら裏の事情を想起させる。仁宗の死が陰謀によるものという証拠はないのだが、王位は子ではなく弟へ伝わり、祥慶君は排斥された。

そのため、祥慶君は、五年前に五人の従者を連れ、日本へ逃れてきた。秀吉は、このことを秘して、彼らを堀秀政に託し、秀政の死後は、そのまま秀治が預かることになったそうだ。秀吉は、祥慶君と従者たちから朝鮮の国情を聞き、朝鮮を征服した暁には彼を国王にすることも約束していたらしい。それで名護屋へも連れて来ていたのである。あの御殿は祥慶君のためのもので、十字閣は、祥慶君が宣祖を呪詛するのに使っていたという。

「なるほど、それで《まれの曲輪》か」

と、秀保は思い当たった。

外の世界からの来訪者を『まれびと』ということがあるのだ。

どうやら裏切り者の王子を朝鮮の刺客が殺しに来たようである。秀保と秀治のところへ乱入してきたのは、その目的をごまかすためと、《まれの曲輪》への救援を止める意図があったと思われる。今のところ他の陣所が襲われた様子はなく、ここから逃げ出した六人の曲者はいまだ見つかっていないそうである。

「実は堀様の方で大手口の門番に二人残しておりまして、その者も斬られていたのですが、一人は命を取り留め、乱入してきた曲者は十名であったと言っております」

と、右近が言う。

「そのうち六人が逃げ、二人は余の前で死に、一人は《まれの曲輪》で殺されていた。残りは樽から抜け出した一人だけということか。その一人はどうなった」

「それもわかりません」

亀甲の樽は頭上の面の内側で、短い棒状の金具をまわして受け金具へ引っ掛け、樽を中から閉じられるようになっていたという。それで手足を出すところは、外側へ開く蓋に中から紐が付けられていて、これを引っ張れば閉じることもできるようになっていたらしい。目が覗いていたところは、内側へ開く蓋に短い棒が付けられていた。その棒を口に咥えて、蓋を開け閉めする操作をしていたようである。

「賊はまず御殿で王子に斬り付け、動けぬようにしてあそこへ運んだのでしょう。血を残し、我らを導くためであったと思われます」

「最初からあそこで消えたように見せるつもりであったということか」

「おかげで堀様のご家中や我が家の中にも、あれは朝鮮の妖術使いだとおののいている者がいます」

「消えたのはそれが狙いであったと思われます。朝鮮にはこれほど凄い妖術がある、勝てるわけがないと言いたかったのではないでしょうか」

「でも姉様、人が消えるなんてこと、あるわけがないわ。散楽をやっているとよくわかる。隙間があれば細い糸なんかを使って、外から鍵を掛けることができるじゃありませんか」

しかし、日魅火は、首を振った。

「扉に隙間はなかった。私たちの散楽では無理よ」

「このままでは名護屋中に噂が広まり、我が軍の士気に障りが出かねません」

と、右近は危惧していた。

「左衛門督の立場も悪くなるであろうな」

秀保も心配する。

秀吉からの大事な客人を死なせてしまったうえに、曲者には消えられ、それが朝鮮の妖術でしたとしか答えられないとしたら、失態をきつく責められることになりかねない。

なんとか助けてやれないものかと、秀保は思った。歳が近く、いろいろと気遣ってくれる秀治は、大名の中でただ一人の友人といっていい存在なのである。しかし、どうすれば――。

その時、日魅火が言ってきた。

「若殿様がこの仕掛けを見破って差し上げれば如何でしょう。若殿様は魔空大師の謎を解き、私たちを救って下さいました。されば亀甲の曲者の謎も解いて、堀様もお助けなされば――」

確かに見破ることができれば、秀治の責任を少しは軽くできるかもしれない。

「余にできるであろうか」

あの時はたまたまだ。

「若殿様、自信をお持ち下さりませ。若殿様にもできることがあるのですから――」

そう言われたところで、何も思い浮かばない。

「此度のことでおかしいと思うことがあります。たとえば銃筒です。持っていれば逃げる時の武器になった筈ですが、どうして置いていったのでしょうか」

「――」

「王子の首が残っていたのも気になります。首を斬ったからには殺した証として国へ持ち帰るべきだったと思うのですが、そうはしなかった。ならば何のために首を斬ったのでしょう。ヤスケさん。首を斬られた人間のことで、とても不思議な話が切支丹にありましたね」

ヤスケは、すぐに思い当たったようである。

「アア、アレデスネ」

「なんの話だ」

と、秀保は聞いた。

「キリシタンノ聖人ニ、首ヲ斬ラレテモ歩イタ人ガイルノデス」

ジャンヌという南蛮の女騎士がいたフランスの話だという。ジャンヌよりももっと前、千年以上も昔のことだ。パリで布教していた聖ドニという人物が弾圧に遭い、斬首刑にされたのだが、聖ドニはその首を持って、なお数里を歩き布教を続けたそうである。

「首を斬られても歩いただと――」

首なしの朝鮮王子が、自分の首を持って歩き、麗々しく祭壇に飾った後で、閂を掛けている姿が脳裏に浮かんだ。ゾクッと身体が震え、血の気が引いていくのを感じる。

「姉様、やっぱりダメだと思います。前はたまたまだったんです」

亜夜火に、きっぱりと言われた。

しかし、日魅火は、

「亜夜火、そのようなことはありませんよ。若殿様、申し訳ありません。私がおかしなことを言い出したばかりに怖い思いをさせてしまいました」

と、気遣ってくれる。

「元気がお出になるのなら、いつでも私の手をお使い下さい」

と、手も差し出してくるではないか。

「姉様、そんなに甘やかしては――」

と、亜夜火が咎め、

「いや、そ、それは――」

秀保も、ためらった。

また子供だと思われては一大事である。それより日魅火の期待に応え、立派な男と認めてもらわなくては――。

「そういえば、あの時の手はおかしゅうございました」

と、日魅火に言われた。

自分の手のことだと思った。なにかおかしなことをしただろうか。強く握ったことかと、

秀保は焦ったが、

「右近様もそう思われませんでしたか」

と、右近にも聞いている。

右近も何のことかわからず、戸惑っていた。そもそもあの時の右近は、現場を調べるのに熱心で、秀保と日魅火に注意を払っていなかったように思うのだが——。

そんなことを考えていたら、右近に関わることで、脳裏にある光景が浮かんだ。

「あっ!」

確かに気になる手があった。

七

秀保は、あの時いた者たちに再び十字閣へ集まってもらった。祥慶君の死体は、すでに御殿の方へ移されている。

秀保は、石段の前で右近とヤスケに挟まれて立ち、一同を見渡した。

「ほんとに大丈夫なの」

亜夜火は、不安を露にしていたが、日魅火を見ると、微笑んでいた。力が湧いてくる。あれからじっくりと考え、これならできる、これしか方法はないと自信を持っている。

だから、

「曲者の消えた謎がわかったのですか」

秀治の言葉に、しっかりと頷き、

「人が消えるなどということはあり得ぬ」

と、話し始める。

「あれは妖術などではない。曲者は王子を殺した後、ある仕掛けをしてここから出ていったのだ。どういう仕掛けか。あそこは中から閂が掛かり、そこには首を斬られた王子だけしかいなかった。となれば、その首なし王子にやらせたと考えるべきであろう」

「なんと死体にやらせるのですか」

秀治だけでなく、みなが驚いていた。

「あんた、そんなことができるの」

「できるのだ。あの時、樽から出た曲者は人一人がなんとか通れるくらいの隙間ができるところまで扉を閉め、外へ出た。ただこの時、扉の内側には首のない死体をもたれさせていた。ちょうど隙間ができている真ん中のところで、最初は立たせてあったのだろうと思う。しかも、首がなくなった切り口のところには閂棒を横にして載せておいた。これも扉の内側へもたれかかるような感じで――」

切断面は真っ直ぐきれいなので、安定感もあった筈だ。

「そして、曲者は扉をゆっくりと閉めていく。すると死体もそれに合わせて傾いていき、扉が閉まると床の上に腰を下ろす格好になる。その途中で切り口のところが扉の金具の間を通り過ぎ、そこに載っていた棒が金具に納まったのだ」

凹の形をしているので、上から掛けることができるのである。

「切り口のところに棒を載せていたのだから、棒には当然血が付く。それをごまかすために、中はあちこちに血を飛び散らせておいた。そうやって外へ出た後、曲者は銃筒を撃ち、うまくいったことを仲間に伝えて、みなが退散したというわけだ」

王子の首を斬ったのは、胴体を仕掛けに利用するためであった。首のない胴体が動いたということで聖ドニの話と同じだ。

唸るような声があちこちで上がったが、右近は、得心がいかないようである。

「扉に死体をもたれさせ、そのまま閉めていくというのは、かなり難しいのではないでしょうか。切り口のところに棒が載っているのですから、血と脂が棒にくっ付き、ある程度は落ち難くなっていたとしても慎重にやる必要があります」

「そうね。扉をしっかり支えてないと、死体をもたれさせることもできないんじゃないの。でも扉を支えると、死体が思いがけない動きをした時に対処できなくて、棒が落っこちてしまうかもしれない」

と、亜夜火も疑念を示す。

「その言い分は尤もだ。されど、それは曲者がここに一人しかいなかったと思っているからであろう。もう一人いれば一人が扉を支えながら閉めていき、一人が死体を支えてうまく傾かせることができる。王子をここまで運んでくるのも、一人よりは二人の方が運びやすかったに違いない」

「そう仰せられても残った曲者は一人だった筈――」

秀治は、戸惑っていた。

「ここで殺されていた曲者が偽者だったとすればどうだ。五人の従者を倒した後、一人が樽から出て、偽者の死体を代わりに入れておいたのだ」

目のところの穴に糸を通せば、樽の外から金具をまわして閉じることができたであろう。

「顔を潰してあったことからして、我らの中に顔を知っている者がいるのではないか。あの死体、月代はなかったのだな」

これに右近が頷く。

「であれば月代を剃っていない者が身代わりにされたのだ」

「そういう者で行方知れずがいないか調べさせましょう」

「こちらも――」

秀治と右近の指示で、双方が調べにいった。

「さて、これで生き残った二人の曲者が誰であったかはわかったであろう。死体は扉の内側にもたれさせていた。ならば扉を押し開けた時、重いと気付く筈だ」

「あっ。なのに、あの時の二人は何も言わなかったわ」

と、亜夜火が指摘する。そして、まわりを見渡すが、あの二人の姿はない。

「あの時の二人は、まるで扉が開かないことを知っていたかのように斧を用意していた。しかも、穴の開け方がおかしくなかったか。あの時はまだ中に曲者がいると思われていた。それゆえ門の近くに穴を開け、手を差し入れようとすれば曲者に襲われる危険があった」

だから右近がその役を買って出たのだ。

「ならば、それを避けるためにも二つの扉の真ん中に斧を打ち下ろし、扉と一緒にその向こうの閂棒も真っ二つにしてやれば、手を入れなくともすんだであろう。なのにあの二人は穴を開け、手を入れる時にもためらう素振りはなかった」

その手が気になったのである。中に曲者がいないとわかっていたのだ。

「しかも、斧を打ち込むだけなら一人でいい筈であるのにもう一人付いてきて、一緒に扉を開けた」

「これも扉が重いとわかっていたからね」

亜夜火の指摘に、また頷く。

「斧を扉の真ん中に打ち込まなかったのは、勢い余って門の下にある首なし死体にも打ち込んでしまうことを恐れたのだと思う。斧の痕が付けば扉にもたれていたことがわかってしまう。首や銃筒を置いていったのも、曲者がここから逃げ出さずに我らの中へ紛れ込んだからだ」

「――――」

「大手口の門番が一人助かったのも偶然ではないと思う。忍び込んだ曲者の数を証言させるために、わざと生かしたのに違いない。それと斧を用意していたとしても、自分たちが必ず扉を開けられるとは限らなかったであろう。他の誰かが譲らずに開け、もたれていた死体に気付くこともあった。その場合は仕方がないと思っていたのであろうな。そして、今宵、この陣所は我が家と堀家、双方の人間が混じり合っていて、顔がわからなくとも怪しまれなかった。わからない相手は向こうの家の者だと思ってしまうからだ。ここへ来た時、盗っ人を勘違いしたのと同じだ。実際、余はあの二人をそちらの家臣だと思った」

「私は中納言様のご家来だと思っていました」

と、秀治も応じる。

「それを彼らも利用したのだ」

ここで右近が反論した。

「確かにそういう手を使うことはできましょう。されど、ここの扉を開けた二人は日本の言葉を話しておりました。曲者は朝鮮の者で、朝鮮の言葉を話していたのに、あの二人は日本の装束を着て月代も剃っておりましたぞ」

「つまり二人は日本の言葉を話す朝鮮の人で、こちらの人間になりすますために月代も剃っていたということ?」

そう亜夜火は推察したが、秀治が異を唱えた。

「異国の者が日本の言葉を話せば、言い方がおかしくなるのですぐにわかる」

と、ヤスケの方をちらっと見た。

「それと我らに南蛮人がポルトガルの者かイスパニアの者かという区別など付かないが、我らとよく似た顔をしていても日本の者かそうでないかぐらいは結構わかるものだ。あの二人は日本の者だ」

秀保も、そうだろうと思う。

「朝鮮の者がなりすましたのではない。その中に日本の者が混じっていたのだ」

「朝鮮の中に日本が混じっていたって、どういうこと？」

これにも秀治が応じる。

「降倭ですね」

降倭とは、朝鮮や明に降った日本人のことを、向こうでそう呼んでいるのである。すでにこの四月、加藤清正の配下として渡海した人物が朝鮮側に投降し、日本軍と戦っていた。日本名はわからないのだが、向こうでは沙也可と呼ばれているらしい。

「曲者は亀甲船を模した樽のようなものの中に入っていた。中が見えないのだ。これでは顔もわからぬし、月代を剃っているかどうかもわからぬ。ここで六人を殺しているが、その返り血もほとんど樽が防いでくれる。あの姿で来たのはそういうためでもあったのだと思う。しかも、二人は我らのところへ現われることなく、そのままここへ来たのだから、樽から出ている装束が日本のものであっても気付かれることはなかった。門番もそのようなところまで覚えられなかったであろう」

そこへ行方不明者を調べにいっていた双方の家臣が戻ってきて、該当する者はいないと報告した。

「いないとなると、身代わりはいったい誰だったのでしょう」

首を傾げる秀治に、

「我らはうってつけの身代わりを見ているぞ」

と、秀保は指摘した。

「この陣所へ来た時に出会った盗っ人のことだ。そのうちの一人は眉間を刺されて死んだ。あの顔をさらに傷付けて潰したに違いない。盗っ人の死体など、どうせどこかに放り捨ててきたのであろう。それを持ってきたのだ」

盗っ人たちは、小者になりすましていたので月代も剃っていなかった。

「されば扉を開けた二人はどこに――」

「逃げ出したか、別のところに隠れていると思う。というのも、この陣所の中には彼らを手引きした者がいる筈なのだ」

「なんと！」

「おかしいとは思わぬか。扉を開けた二人がどちらの家臣かわからないという仕掛けをやるためには、この陣所に別の家の者が来ている必要がある。今日、余が訪れることを海の向こうからやって来た曲者がどうして知ったのか。しかも、彼らはそなたがいる場所も余のいる場所も、《まれの曲輪》の位置や十字閣の扉がどうなっているかも知っていた。そうでなければ斬った首の上に閂棒を載せるという仕掛け、その場で思い付くわけもなかろう。そして、盗っ人の死体が身代わりにできることも知っていた」

「誰かが教えたということですか」

「曲者の中に日本の者がいるのだから難しいことではないだろう」

「いったい誰が手引きを――」

秀治は、きょろきょろとまわりを見て、

「盗っ人の眉間をわざわざ突き刺し、身代わりにしやすいようにしたのはただの偶然だったのか」

秀保は、その人物だけを見つめた。

「そなた、切支丹だな」

天草織部のことである。

八

天草織部は、表情を変えることなく、その凜々しく清楚な美貌を秀保に向けていた。

「な、なにゆえ切支丹だとわかるのですか」

秀治の方が驚いている。

「織部が着ていた陣羽織だ。織部は盗っ人を暴いた時、マントは放り投げたが、陣羽織は渡していた。それを織部に従う女も恭しげに受け取っていた。それだけ大事にしているということだ。陣羽織を脱いだのも盗っ人を刺すと決め、返り血が付くのを嫌ったのであろう。しかも、芸の最後では織部に従う女たちが陣羽織に頬を寄せ、口付けをするような仕草までしていた。織部を拝むかのように見えたが、実は陣羽織を拝んでいたのではないだろうか」

「――――」

「では、なにゆえ陣羽織をそれほど大事にするのか。単に恩人からもらったというだけでなく、あの陣羽織に入っている島津の家紋にわけがあるのではないか。島津の家紋は丸に十文字」

「それを切支丹の十字架に見立てたのね」

と、亜夜火が反応する。

「おそらくそなたの一座そのものが切支丹ではないのか。海の外との交流が多い天草は切支丹が多いところと聞いたことがある。そなたが亡き家久殿に恩義を感じているのも事実であろう。されど、そのことを利用して、拝領した家紋入りの陣羽織を自分たちの信仰にも使った。そのためにに拝領を願ったのかもしれぬな。なにしろ太閤殿下は伴天連追放令を出しておられるのだ。芸人一座が切支丹だとわかれば、何かとやり難いことがあるに違いない。そして、降倭の二人も切支丹だった」

織部の表情は変わらない。

「そなたが盗っ人を暴いたのは、仲間が押し入ってきた時、変にうろうろされていては面倒にもなりかねないと思ったからであろう。それで身代わりにも利用できると思い、一人の眉間を突き刺した。もし盗っ人がいなかったとしても、月代を剃っていない者を一人殺して使えばよかった」

「よかったな。お前でなくて――」

右近が、杉丸に皮肉を言っていた。

普通、小姓は前髪だけを残し、頭頂部は剃っているものだが、山育ちの杉丸は、それも剃っていない姿で小姓になっていたのだ。

「織部、そうなのか。なにゆえそなたは朝鮮に与するのだ」

秀治が問い詰めると、天草織部は、落ち着いた様子で秀保と秀治を交互に見て、

「お二人は此度の戦に義があると思っておられるのでしょうか」

と、逆に聞いてきた。

「今、朝鮮では向こうの民もこちらの兵も、みな苦しんでおります。日本に朝鮮や明へ兵を出す理由などありません。あるのは、おのれの領地を広げたいという太閤殿下の欲のみ。そうではありませんか」

「そ、それは――」

秀保は、言い返すことができない。

織部は続ける。

「十字閣の扉を閉めていた二人は、やはり天草一族の者で、九州征伐の後は小西摂津守(こにしせっつのかみ)様に仕えていました。小西様のもとには私の家と違って滅ぼされずにすんだ天草一族が多くおります。小西様も唐入りには反対で、今、和議を進めておられます」

小西摂津守行長(ゆきなが)は、切支丹としても知られている。天草を含めた肥後半国を治め、今回の出兵では、第一陣として渡海していた。

「あの二人も朝鮮の有様に心を痛め、朝鮮側に降って一度こっそりと名護屋に現われ、戦を終わらせるため力を貸してほしいと私に言ってきたのです。二人は小西様から朝鮮の王子が日本へ逃げてきて堀様に預けられていることを聞いていました。それで私の方でも《まれの曲輪》や十字閣のことを調べました。以前、この陣所へお招きいただいた時のことです。宙返りを披露していた三人の子は忍びのようなことができますので――。それで調べたことを二人に教え、彼らは一旦戻って、朝鮮の者を連れ、またやって来ました」

捕獲した日本の船でやって来て、海上に停泊させているそうだ。そして、彼らに秀保がここへ来る件を教えたという。

「朝鮮の国王にするつもりだという王子を亡き者にすれば、殿下が唐入りを諦めると思ったのか。愚かなことだ」

秀治は、傷ましげに顔を歪めている。

「いずれにせよ、そっちに曲者がいるのであれば捕えねばならん。そなたも同じだ」

秀治の命で、堀家の家臣たちが太刀を抜く。

すると、その時――。

「姫様！」

と、呼ぶ声が響き渡った。

見ると、曲輪の門のところに三人の少女が姿を見せていた。やはり小袖姿になっていて、こちらへ向かって何かを投げた。火がつき、煙が出ている。そういうのがいくつも連なっているものを投げてきたのである。

日魅火が秀保をかばい、次の瞬間、物が爆ぜるような大きな音が轟き、そこここで大の武士が悲鳴を上げていた。

「命まではとられません。あれは唐土（中国のこと）にある爆竹というもので、大きな音を出して邪気を祓うために使われているものです」

と、日魅火が言う。

音は、ほどなくおさまった。煙が薄まって、まわりを見ると、織部がいない。

天草織部は、少女たちのところへ行っていた。三人は、織部を守るかのように剣を構えている。

「我らに中納言様や堀様と戦う意思はありません」

と、織部は言う。

「我らは此度のことが朝鮮の戦を終わらせる一助になると信じていました。それが一助になっていないのだとしたら、堀様の仰せの通り私が愚かだったのでございます。ただ私には、まだやりたいことがあります。この国の切支丹のために残る命を捧げたい。それゆえここで捕まるわけにはいかず、これにて失礼させていただきます。扉を開けた二人は海へ戻っていきました」

そして、織部は、秀保にも呼び掛ける。

「中納言様も唐入りをよくないとお思いであれば、豊臣家のお一人として太閤殿下をお止めできるように取り計らって下さりませ。それと、ご身辺にはくれぐれもご注意なされますように――」

織部と三人の少女は、門の向こうへ駆け去っていく。

「我らはあの者どもを追います」

秀治が、家臣を率いて曲輪を出ていった。

秀保は、本曲輪へ戻り、緊張が解けて、ぐったりと座り込んだ。疲れていた。もう一杯一杯である。しかし、日魅火の前で無様なところは見せられないと頑張る。

「奈良デノコトハ、タマタマデハナカッタノデスネ。ゴ立派デシタ」

と、ヤスケが褒め、日魅火を見れば、ニコリと微笑んでくれる。これがなによりも良薬であった。

「だが、今回も日魅火がいろいろと助言してくれたおかげだ」

「何を仰せられます。誰がどんなことを言おうと、そこから正しい答えを導かれたのは若殿様のお力でございます。若殿様は物事を正しく見極めになる力をお持ちです」

「そうか、そう思ってくれるのか。余にもできることがあったのか」

自信が生まれてくる気がした。

やがて、秀治が姿を現わし、織部一座がみないなくなったことを告げた。

「これより私は城へまいります。此度のことを話し、織部一座の追捕と海の探索をしていただかねばなりません」

そう決断する秀治に、

「余も行こう」

と、秀保は応じた。

しかし、秀治は、穏やかな表情で秀保を気遣ってくれた。

「中納言様は陣所へ戻られて、ゆっくりお休み下さい。とんだことに巻き込んでしまい、まことに申し訳ありませんでした。そのうえ妖術と思われた出来事も解き明かして下さり、感謝にたえません。城から戻りましたならば、改めてお詫びとお礼に伺わせていただきます」

「疲れているのはそなたも同じであろう。されど大丈夫か。国王にするつもりだったという大事な客人を死なせたとあっては、太閤殿下の不興を買うかもしれぬ。そうだ。殿下がお戻りになったら、その時こそ余も一緒に行って、咎めのないように頼んでみる」

秀吉は、まだ名護屋へ戻っていないのである。

しかし、秀治は、笑みさえ浮かべて首を振った。

「それも無用でございます。本当に大事な客人であれば、父の亡き後、私のような若輩者にそのまま預けておくことがありましょうか。殿下は朝鮮の有様を聞くために利用されただけです。されば国王にするというのも方便。それゆえ此度の出来事は、その厄介払いを朝鮮の方でやってくれたと、お喜びになることでしょう。私も肩の荷が降ろせました。もし曲者どもがやってくれなければ、殿下は私にあの王子を始末せよと言ってきたに違いないのですから――。お互い殿下には苦労させられますね」

「苦労？　余も苦労させられているのか」

「はい。私なんかより殿下のお身内である中納言様の方が遥かにたいへんだと思います。ご存知ですか。殿下は朝鮮をあの王子にではなく、岐阜宰相様に与えるお考えなのです。そして、今の関白殿下は唐土の関白に任じ、中納言様をその後の日本の関白になさろうと考えておられます」

岐阜宰相とは、秀保の次兄秀勝のことで、この時、朝鮮に渡っていた。

「余が日本の関白だと――。そんなことあるわけがなかろう」

「鶴松君亡き今。中納言様とそのご兄弟だけが豊家の男子。他の誰が関白になれると言われるのですか」

しかし、秀吉は、秀保のことを軟弱者だと思っているのである。信じられなかった。

その時、秀保は、ふと亜夜火と目が合った。いつもなら、あんたが関白なんてと噛み付いてきそうなのだが、静かにこちらを見つめていた。

九

夜明け前に自分の陣所へ戻った秀保は、そのまま倒れ込むようにして寝入ってしまった。

そして、夢を見た。

日魅火と手をつなぎ、二人で奈良の町を歩いている夢だ。いい夢であった。消えた曲者の謎を解いたことで、日魅火も見直してくれたのではないか。だから再建された大仏を二人で見るのは無理となっても、奈良を歩くことならかなえられそうな気がした。今は重臣たちがうるさいが、自分が立派な領主になれば承諾させることができるであろう。

そのためにもしっかりしなければと、改めて思う。

目覚めた時にはもう日が暮れていて、右近とヤスケ、杉丸が姿を現わし、右近から秀治が陣所へ戻っていることを教えられた。しかし、城の動きは鈍いようだ。秀吉がいないだけでなく、石田三成、大谷吉継といった切れ者の奉行たちも渡海して不在なのである。

秀保は、唐入りをやめるべきだと改めて思った。豊臣家の三兄弟で日本・朝鮮・明を治めるなど途方がなさ過ぎる。だから二人の兄にこのことを知らせ、三人で秀吉にお願いしようと考えた。

兄たちもわかってくれるに違いない。特に次兄の秀勝は実際に朝鮮へ渡っているので、その言葉には秀吉も耳を傾けてくれる筈だ。自分たちの進言で唐入りを止めることができれば、重臣たちも自分を見直してくれるであろう。日魅火と奈良を歩くことに一歩近付く。

（よし！）

起き上がった秀保は、兄たちに書状を書こうとした。

すると、陣所の中が騒がしくなった。これとよく似た感じを味わったように思うのだが——。

「何事だ」

右近が障子を開けると、家臣が廊下に駆け込み、曲者の襲来を告げた。それに続いて、廊下の向こうの庭に異形の姿が現われる。

亀甲の曲者であった。昨夜、秀治の陣所で遭遇したばかりの賊が、今夜は秀保の陣所に現われたのである。

右近が庭へ飛び出し、ヤスケが側に残った。亀甲の曲者は次々と姿を現わし、家臣や小者たちも続々と駆け付けて、たちまち乱戦となる。

（まただ。またこんなことが――）

秀保は、すっかり脅えていた。

昨日の今日なので戦い方もわかっていて、樽から出ている腕や足、目が覗いている穴を狙い、手足が引っ込んでも無闇と近付かないようにしている。それでも苦戦を強いられ、右近が一人倒したものの、こちらも何人か倒されてしまった。その間も曲者が増え続け、倒れた者と併せ、全部で八人になった。昨夜、逃げ去った連中が全員やって来たようだ。

その中から二人が部屋に入ってくる。ヤスケが立ち向かっていくが、一対二。一人がヤスケを引き付けている間に、もう一人がこちらへやって来た。

「小僧、大和中納言だな」

曲者が日本語で言って、環刀の切っ先を秀保に向けた。

「そ、そなた、昨夜、扉を開けた、一人か」

秀保は、必死に言葉を返す。

「ああ、そうだ」

「なにゆえ、また、襲ってきた？」

「お前の命をもらうためだ」

曲者が刀を振りかざし迫ってくる。

「うわわわ！」

秀保は叫ぶだけで、全く動けなかった。昨夜は勇ましく突っ込んでいった杉丸も、なんとか刀を抜いているものの、技量の差がわかっているからであろう、やはり動けずにいる。

このままでは二人揃ってやられてしまう。そう観念しかけた時、双方の間に天井から何かが舞い降りてきた。正に舞い降りたというしかない、ふわりとした降り方であった。ひらひらとした色鮮やかなものが、秀保と小姓の前を覆う。それも二つ。

天平装束である。

一人が手にした小刀で曲者の環刀を受け止めていた。そこへもう一人がやはり小刀を振るい、相手がパッと飛び退く。

それで双方の間に距離ができた。

「若殿様、ご安心を――」

受け止めた方が、こちらへ振り向く。

平城日魅火であった。

もう一人は、勿論、神戸亜夜火だ。

「亜夜火、若殿様を――」

と、日魅火に言われ、また不平を洩らすのかと思っていたら、

「姉様。その前にちょっとだけ――」

亜夜火は、そう返して、疾風のごとく庭まで駆けていった。それで下働きの小者たちを追い詰めていた曲者の後ろから小刀を振るった。曲者は腕から血が噴き出して、環刀を落としている。小者の中には、昨日の激闘の後、秀保が声を掛けていた者もいるではないか。

「こいつは後ろが見づらいからうまくまわり込むんだ。死ぬんじゃないよ」

亜夜火は、そう言って、また疾風のごとく秀保のところへ駆け戻ってくる。

「ああ忙しい」

と、ぼやきながら、秀保と杉丸の前に立ちはだかる。

「ど、どうして、そなたたちが――」

「昨夜の曲者、あんたのところへ来たのが五人で、堀様の方は三人だったでしょう。それがおかしいって、姉様が――。それに織部もあんたに注意しろって言ってたじゃない」

つまり、あの時から秀保は狙われていたということなのか。

「それで日魅火が心配してくれたのか。そなたは日魅火に言われて渋々――」

「今日は違うわ。姉様の期待に応えて謎を解いてくれたし、下働きの人たちにも優しくしてたし、それにあんたのこと、たいへんなんだなって思ったから、守ったげる」

「たいへん？」

秀治にもそう言われた。

日魅火は、曲者と戦っていた。昨夜と同じように目のところを狙って小刀を投げたが、相手はその部分の蓋を閉じ、小刀はそこへ突き刺さっている。

小刀を取って、また目のところが開き、

「昨夜のことは聞いている。同じ手は通用せんぞ」

曲者は、余裕の言葉を吐く。

日魅火の手には何もなくなっていた。それで曲者はぐいっと距離を詰め、日魅火に環刀を振り下ろした。今度は日魅火が飛び退き、曲者が二撃目を狙う。

その時、日魅火は舞った。身体を回転させ、それに合わせて肩から両袖に巻き付いていた青い比礼も伸びて弧を描いたのである。すると、左右の先端が相手の目のところを通り、向こうは苦鳴(くめい)を上げ、動きが止まって膝をがくりとついた。

平城散座秘伝の比礼返し！　比礼の先端に刃が仕込んであるのだ。小刀は来ると予想できても、比礼でやられるとは思いもしなかったのであろう。なにしろ昨夜の比礼には刃などなかった。

そこへ右近が駆け付け、太刀を持っている曲者の腕をバサッと斬り落とし、二太刀目で目のところを突き刺す。

「今日はちゃんと用意してきたからね」

と、亜夜火が比礼の先端を示し、

「姉様の腕はやっぱり凄いでしょう」

と、我がことのように自慢した。

その時、曲者がまた一人、朝鮮の言葉で喚きながら部屋の中へ入ってきた。

これに亜夜火が向かっていき、身体と一緒に赤い比礼をまわすと、やはり先端が的確に相手の目をとらえて、曲者は呻き声を上げる。そこへ自分の相手を仕留めたヤスケが駆け付けて、目のところへ刀を突き刺した。

次にまたやって来た曲者は、日魅火と右近、ヤスケが相手をしていて、

「どう、あたしも凄いでしょう。これだって一杯稽古したのよ」

亜夜火は、こっちを向いて比礼を示しながら自分のことも自慢する。しかし、

「亜夜火、後ろ！」

と、日魅火が叫び、そこに別の曲者が迫っていた。比礼を振るうが、相手に弾かれてしまう。

そいつは両腕に環刀を持ち、

「女、死にたくなければそこをどけ」

と、日本語で威嚇したが、

「何言ってんの、これくらいでどくものか！」

亜夜火は引き下がらない。

「ならば小僧もろとも斬り捨ててやる」

曲者が環刀を振り下ろそうとすると、自分たちの相手を片付けた右近とヤスケが左右から迫り、相手の両刀を受け止めた。

「イマデス、亜夜火サン」

というヤスケの声に、亜夜火が、もう一度比礼をまわし、相手の目のところから血が噴き出す。

「どうだ、見たか！」

亜夜火は、鼻高々である。

曲者は力が抜け、右近とヤスケに両の環刀を払われ、返す刀で両腕とも斬り落とされた。

それでも、曲者は、樽の中から血の流れる目で秀保を睨んでいるようであった。

「か、唐入りを、止めんとする、そなたたちの気持ち、わからぬではない。されど、なにゆえ、余を、害さんとする」

秀保は、必死に尋ねた。

狙われる理由がわからない。

「お前が豊臣だからだ。豊臣一族は日本ばかりか、朝鮮や明も我が物にしようとしている。貴様もその一人ではないか」

曲者は、秀保に腕の切断面を向け、苦しげな息の下から声を絞り出してくる。

「これで、助かったと、思うなよ。豊臣は、朝鮮の、恨みを、買った。豊臣は、彼らに、狙われる。覚悟、して、おけ」

呪詛のような言葉を吐き続けて、曲者は倒れた。残りも全員退治されていた。

秀保は、ガタガタと震えていた。自分が殺したいと思われるほど、誰かに憎まれている。その衝撃に打ちのめされていたのだ。しかも、憎まれる理由が豊臣家の人間だからだという。

仙丸を押し退けて秀長の跡を継いだ時、家中から冷ややかな目で見られた。しかし、秀保がそうなりたいと望んだわけではない。話は秀保の知らないうちに進んでいた。今回の唐入りも、秀保が何かに関わったわけではない。関われるわけがないのだ。勿論、関白になろうなどと思いもしていない。

ただどの場合も共通していえることがある。豊臣の人間に生まれていなかったならば、このようなことはなかったということだ。

（ああ、本当にたいへんだ）

そんなことを思いながら、フラフラと身体が傾いていく。

「大丈夫デスカ」

「若殿様、しっかり」

気遣ってくれる声が、だんだんと遠のいていった。


数日後、寝込んでいた秀保のところへ、さらなる衝撃の知らせがもたらされた。

次兄の秀勝が朝鮮で亡くなったというのである。

まだ二十四歳。渡海する前は元気で、手柄を立ててくるから吉報を待っていよと、はりきって出ていった。それなのにどうして——。

病死とされているが、

「まさか——」

その日から、秀保は熱を出した。

第三話　夜歩く関白

一

秀保は、それを密室と呼んだ。

その現場に遭遇したのは、文禄三年（一五九四）のことであった。

広々とした地下空間の奥に、石壁で覆われた一室が設けられていた。広さも高さも二間半ほど（約四メートル半）の立方体。窓は天井だけにあるが、開けることはできず、扉もない。

壁のところに金具の把手が一ヵ所だけ取り付けられていて、そのまわりを塗り固めている漆喰を剥がし把手を引っ張ると、壁の一部を取り外すことができた。それで、そこにはぽっかりと穴が開く。腕が入るくらいの大きさだ。中と外をつなぐところは、そこしかなかった。

そのような場所で、人が死んでいたのである。何も身に着けていない女性の死体であった。手足を切り離されていた。穴から腕は入っても、胴体や脚を通すことはできない。人は絶対に出入りできない完璧な密室であった。そのような密室ができるとするならば――。

二

秀吉の唐入りは、開戦から一年ほどが経つと一応停戦がなり、文禄二年閏九月、豊臣秀保は、帰国した藤堂高虎たちと共に名護屋から引き上げてきた。

朝鮮の刺客に襲われ、次兄秀勝を亡くしたことで、秀保は、すっかり落ち込んでいた。そして、このことは秀保の立場を苦しいものにしていた。寝込んでしまったことで、秀保の器量を疑う声が家中で高まったのである。それとは逆に仙丸の株が上がっていた。高虎の養子となって高吉と名乗っていた仙丸は、朝鮮でなかなかの働きをしていたからだ。

刺客の現場に平城日魅火がいたことも、いらぬ詮索を招いた。だからあれ以降、日魅火はまたどこかへ行ってしまったのである。

秀保は、人と接するのがわずらわしくなっていたが、周囲の情勢はそれを許さなかった。秀吉には二度目の男子となるお拾（ひろい）（後の秀頼（ひでより））が八月に生まれていて、その祝い事がいろいろとあった。しかも、機嫌のいい秀吉は、翌年の二月に吉野で花見を行うと言い出した。勿論、秀吉の奉行衆や秀保の家臣たちが準備の一切を取り仕切ったのだが、秀保は落ち着かなかった。吉野を治める大和の国主として、当日は接待役をこなさなければならないのである。そのため、およそ五千人がやって来た花見が終わると、秀保は、心身の疲労が一気に噴き出し、郡山城で寝込んだ。もう誰とも会いたくない気分であった。だから起きられるようになっても自分の居所に籠って、好きな書物を読んだり、ヤスケから海外の話を聞いたりしていたのだが、五月になって心配な噂が聞こえてきた。

長兄秀次の様子がおかしいというのである。花見の頃からそうだったようだが、余裕のなかった秀保は気付いていなかった。秀勝を失った秀保にとっては頼りとすべきたった一人の兄で、近江八幡で善政を行い、文化人としても一流の秀次は、こういう領主になりたいという憧れの人物である。

その兄がこのところ夜遅くまで酒に溺れ、政務を怠っているらしい。

いったいどうしたのであろうと、秀保は、重かった腰を上げることにした。

幸いにして、この頃、高虎たち重臣の多くは秀吉の伏見城改築の手伝いに借り出されていた。高虎は築城の名人としても知られていたのだ。うるさい連中がいないのをいいことに、秀保は、島右近にヤスケ、杉丸などの近臣だけを連れて京へ赴いた。聚楽第の近くにある自分の屋敷に入って、秀次へ使者を出す。

すると、向こうからこのような面々がやって来た。

まず名乗ったのは、川路丹波介であった。もともとは石田三成、大谷吉継と共に秀吉の奉行をしていたが、秀次が関白になると、家老に任じられたという。歳も三成、吉継と同じくらいだ。

次は平戸音順。彼のことは秀保も知っていた。その名の通り九州平戸の豪商で、秀吉に取り入り海外貿易を活発に行っている。会ったのも初めてではない。

この二人に一人の男と三人の女が同行していた。

男は知らないが、女の方には見覚えがあった。名護屋で奇しき因縁を持つこととなった天草織部一座の少女たちだったのである。

三人は、マグダレナ朝霧、ベアトリス昼顔、フランチェスカ夕凪と名乗った。

あでやかな小袖に、十字架の首飾りをしている。秀保よりも少し年上に見え、清楚、可憐を絵に描いたような美少女たちであった。

織部一座と名護屋で何があったかは、秀次も承知しているらしい。

「されど織部たちは中納言様や堀様を襲ったわけではない。朝鮮王子を狙った者の手助けをしただけなのでしょう」

気にするほどのことではないという丹波介の態度に、右近もさすがに嚙み付いた。

「それがどういうことになったかは聞いておられぬのでござるか」

その後、秀保の陣所が襲われているのだ。

「そもそも太閤殿下が伴天連追放令を出しておられるというのに、切支丹を関白様へ近付けるとはどういうご了見か」

これに、

「ははは」

と、平戸音順が笑った。

「そういきり立たれることはありますまい。殿下のお側には小西様のような切支丹大名もおられるし、細川忠興（ほそかわただおき）様のご正室はガラシャという名で知られているではありませんか。それに切支丹ではないが、中納言様も肌の黒き者を身近に置いておられる」

相変わらず目以外は肌を出さないようにさせているが、名護屋のことで勘付いた者もいるようだ。ヤスケをこの場へ侍らせてはいなかったが、そういう情報を手に入れているらしい。

右近が思わず身構え、

「案じられますな。我が平戸も異国との交流が盛んなところ。異国人を厭う気持ちなどありません」

音順は、鷹揚に返してくる。歳は五十くらいか。穏やかな物腰の中に、商人として成功している自信としたたかさを見せ付けている。

「確かにこの三人が余に何かをしたわけではない。余はかまわぬ」

秀保は、右近を制し、

「されど兄上はなにゆえこの者たちを聚楽第に出入りさせているのか」

と、丹波介に質した。

「殿は音順殿に紹介していただいた天草織部をいたく気に入られ、その関わりでこの者たちも出入りを許されております」

「織部のことを兄上が――」

秀保は、織部の姿を思い出していた。美しい女性であったから、兄が気に入るのも無理からぬことなのであろうと思う。尊敬する兄だが、秀保の理解の及ばぬところが一つあった。秀次は、秀吉に劣らぬ女好きで、二十人以上の妻妾を持ち、すでに数人の子を成している。

残りは見知らぬ男だけとなった。

三十前後といったところか。少女たちに負けぬあでやかな小袖に袴をはき、銀箔をほどこした派手な打掛をまとっていた。野性味にあふれたふてぶてしい面構えをしていて、髪が燃え盛る炎のごとく茫々と伸びている。

男は、五右衛門(ごえもん)と名乗った。

何者なのかと、秀保が首を傾げていたら、

「あれえ、女と違って男のことは覚えてくれてないのか。寂しいねえ」

と、馴れ馴れしい口を利いてきた。

「俺も織部一座にいたんだぜ」

そう言うと、五右衛門は、懐から取り出したものを頭にかぶった。黒い頭巾の正面に、黒い布が垂れている。

「それはあの時の大蛇。いや、ドラゴンだったたか」

どうやらそれを操っていたのが、この男であったらしい。しかし、顔を隠していたのだから覚えているわけがない。

秀保は、丹波介に向き直った。

「して、このような面々でまいったのはどういうわけか」

「殿には、今宵、馴染みの公家衆と宴を催す約束があり、中納言様とは後日にしたいとの仰せにございます」

やはり夜遅くまで騒いでいるようだ。

「余も今日か明日と急き立てるつもりはない。兄上の都合のよい日でかまわぬ」

「されば今日は音順殿が来ておられて、中納言様におもしろいものを見せたいと言われまして――。殿もそれがよいと仰せになりましたので同道していただきました」

「おもしろいもの？」

「はい。中納言様は幼き頃より変わった話や珍しい物がお好きだったとか。我が家にはそのような中納言様ならきっと興味をお示しになる物がいくつかありますので、是非ともご覧いただきたいと思ったのです。それにはヤスケという者も連れて来て下され」

音順は、名前まで知っていた。抜け目のない男である。

秀保は、右近とヤスケだけを連れて、お忍び姿になり出かけた。

音順は、京や大坂に立派な屋敷を持っているのだが、連れて行かれたのは別邸というところであった。洛中でも寂しい場所にあり、まわりを深い竹藪に囲まれていた。人目に付き難いようにしている感じである。

中はかなりの広さで、音順は、庭の一画へ連れて行き、地面を指差した。板がいくつも敷かれている。

音順は、板の一つを開けた。その下には半透明のガラスが埋め込まれている。

「これはエウロッパでロンデル窓と呼ばれているものです」

と、音順が言う。

格子状の枠の間に分厚いガラスがはめ込まれていて、割れ難い代わりに、中がよく見えない。

「さればこちらへ――」

音順は、近くにある祠のような建物へ案内した。

扉を開けると、地下への階段が設けられていて、下りた先では頑丈な扉が立ちふさがり、それを開ければ石壁に囲まれた空間が広がっている。椅子が並べられ、その奥に祭壇のようなものがあり、十字架が見える。椅子だけでも百人以上は座れそうなほどの規模である。地下とはいえ、天井にロンデル窓があるので、蓋を開けた状態だと、昼間の今は明かりがなくとも充分であった。

「ここは切支丹が集まる場所です」

「音順も切支丹か」

「切支丹ではございません。されど平戸は切支丹も多いところでして、私も保護をしております。ここはそういう者たちが集まる場所です」

小西行長や細川ガラシャの存在でわかるように、伴天連追放令が出ているとはいえ、厳しい弾圧がなされているわけではない。残っている宣教師も少なくなかった。それでも秀吉を憚り、こうしたところでひっそりと祈らせているようである。中が見え難い窓にしているのも、そうした理由からであろう。

「昔々エウロッパでも切支丹が弾圧されていた頃、信者がこうした地下へ隠れて信仰を続けていたといいます」

「それはカタコンベだな」

と、秀保は言った。

「さすが中納言様。よくご存知で――」

切支丹の話はヤスケから聞いているのだ。そのヤスケは、ここでは隠す必要もないということで頭巾を取っている。

「さればこの場所はカタコンベに擬え、信者たちから《オトコンベ》と呼ばれております」

音順の音の文字からの呼び名であるらしい。

音順は、祭壇の奥へ連れて行った。

そこには、石壁に囲まれた立方体のものがあり、扉も窓もないので中がどうなっているかがわからない。音順は、五右衛門に言って把手のようなものが付いている箇所のまわりの漆喰を剝がさせた。すると、漆喰の下には四角い形で切れ込みのようなものが入っていて、五右衛門が把手を引っ張ると、その部分がすっぽりと抜けた。

「中をご覧下さい」

小柄な秀保の顔と同じ高さにあるため、そのまま覗き込むことができた。ここも上にロンデル窓があり、光が入っていた。それで下に絵が見える。他には何もなかった。

「床にある絵は、聖マルガリータという女性がドラゴンに飲み込まれながらも神の恩寵により十字架で腹を切り裂いて出てくる奇蹟の場面を描いております。みなはここを《奇蹟の間》と呼んでおります」

《オトコンベ》から出ると、秀保は、客殿と呼ばれている棟に案内された。畳の部屋に椅子と卓が置かれていて、秀保たちは椅子に座り、音順、丹波介、五右衛門と向かい合った。三人の少女は、音順たちの背後に立っている。

部屋の中には、秀保が見たこともないものがいろいろとあった。

「オルガンにヴィオラにハープというエウロッパの楽器でございます。普段は《オトコンベ》に置いてあるのですが、中納言様に是非聴いていただこうと、ここへ持ってきました」

壁には二枚の絵が掛かっていた。

「切支丹の南蛮絵でございます。こちらはイエスの弟子ペテロが逆さ磔になって殉教するところ、これは聖アグネスが裸で引きまわされているところでございます。されど神の奇蹟により髪の毛が伸び、身体を隠すことができたといわれているのです」

確かに、絵の少女は髪の毛で身体が隠れている。

「この子も殉教します。まだ十四でした」

「切支丹とは激しい教えだな」

秀保は、正直な感想を言った。

「イエスという教祖も磔になったのであろう。それで信者たちは十字架を崇める。磔になった教祖の姿を崇めるとは、穏やかな顔で眠っているように見える釈迦の涅槃像とは余りにも違う。しかも、教祖だけでなく、その後の信者たちもむごいやり方で処刑されている。ドラゴンの腹から出てきた女も最期は首を斬られたのではなかったか。火あぶりになったり、皮を剝がれた者もいた筈だ。それでも信者たちは信仰を捨てず、今の隆盛をもたらした。余にはとてもできぬ」

自分がそんなふうに殺される姿を想像するだけで、身体が竦む秀保であった。しかし、

《奇蹟の間》にあったものもそうだが、南蛮絵の素晴らしさには感服している。人間も建物も道具も、まるで本物を画布の中へ閉じ込めたかのように精緻を極めていた。

「これらの絵は日本人が描いたものでございます。伴天連が来ると、安土や九州にセミナリオが建てられ、南蛮のいろいろな技が教えられました。そこで学んだ者が描いたのです。この女たちもセミナリオで学び、そこの楽器を弾くことができます。オルガンは朝霧、ヴィオラは昼顔、ハープは夕凪が弾きます。後でお聴き下さい。うまいですよ。特に朝霧のオルガンは《オトコンベ》で讃美歌を歌う時に欠かせぬものとなっております」

秀保は、確かに興味を掻き立てられた。しかし、傍らを見れば、ヤスケの表情が曇っている。生まれ故郷から連れ去られたヤスケが、これまでどのような目に遭ってきたか。それを思うと、素直におもしろがってはいられない。一方、右近は、異国の物になど興味がないようであった。

「実は五右衛門もセミナリオで学んでおり、絵を描きます」

と、音順が続けた。

「やはりこういう絵を描くのか」

と、秀保は聞いた。

五右衛門は、十字架の飾りを付けておらず、敬虔（けいけん）な信者には見えなかった。秀保の言葉にも、不敵な笑みを浮かべながら答えている。

「いかにも切支丹の教えでございって絵は辛気臭くて嫌いなんだ。俺はきれいな女を描きたい性分でね。今一番のお気に入りがあるから、ちょっと見てくれるか」

五右衛門が後ろに目配せすると、朝霧が心得た様子で部屋を出ていき、壁の絵と同じくらいの大きさをした薄い箱を持ってきて、卓の上に置いた。それを開けると絵が入っていたのだが、秀保は、目を見張ってしまった。

表情が曇っていたヤスケも、

「アッ、日魅火サンダ」

と、弾んだ声を上げている。

その通り、そこには平城日魅火が描かれていた。天平装束を着て青い比礼を優雅にひらめかせた日魅火の胸から上の姿が描かれている。すぐにわかった。そっくりなのである。

「そなた、日魅火を知っているのか」

「これでも芸人一座にいたからね」

すると、右近が椅子を倒しかねない勢いで、卓の上に身体を乗り出した。

「その方、さきほどから中納言様に対し、なんという口の利き方か！」

さすがに堪忍袋の緒が切れたらしい。しかし、秀保が飛び上がりかけたほどの怒声も、五右衛門には効き目がなかった。

「ああ、わりいわりい。なにしろ切支丹では貴族だろうと百姓だろうと、神のもとではみな平等だと教えられるんでね。こうなっちまうんだよ。でもこの考え方、中納言様ならよくわかるんじゃないか。だって、あんた、もしかしたら百姓の子倅に生まれたままだったかもしれないんだろう」

「この無礼者めが！」

右近は、胸倉を摑もうとしたが、秀保は止めた。

「この者の言うこと、間違っておらぬ。余はかまわぬ」

主君に言われたとあっては従わざるを得ず、右近は、渋々、手を引っ込めている。

「さすが中納言様。お心が広い」

と、音順が讃え、

「そうである中納言様だからこそ、是非見ていただきたいものがあります」

と続け、彼の目配せで、朝霧が部屋を出て、今度は桐の箱を恭しげに持ってきた。

「これはここにある物の中で最も不思議なものといえましょう。但し心してご覧下さりませ。実はある人の死仮面なのです」

「死仮面？」

「人の死顔を写しとった面のことです」

「ソレ知ッテマス。エウロッパデハ、カナリ昔カラアルソウデス。石膏ヤ蠟デ死顔ノ型ヲトリマス。ダカラ、コレモソックリデス」

と、ヤスケが言う。

音順が箱を開けると、確かに面が入っていた。能面のようにも見えるが、そうではない。目を閉じた人の顔が、絵と同様の真に迫った生々しさで浮かび上がっていたのである。

「誰の顔かおわかりになりますかな」

秀保と右近は、首を傾げていたが、ヤスケは、

「信長サマ！」

目を飛び出さんばかりにして驚いている。

「なるほど本物でしたか」

音順は、落ち着いていた。どうやらこのためにヤスケを連れて来させたようだ。

「これが信長公だと！」

秀保には信じられない。

「どうしてこのようなものがあるのだ。信長公の亡骸（なきがら）は焼け落ちた本能寺から見つからなかったと聞いているが――」

「私もそう聞いております。されど、これは太閤殿下が持っておられました。おそらく南蛮人か、セミナリオで学んだ日本人が作り、殿下の手に渡ったと思われるのですが、その経緯は殿下以外誰も知りません」

「殿下のものがなにゆえここにある」

この疑問には、五右衛門がこれまた平然と答える。

「なあに、俺がちょいと伏見の城へ忍び込み盗んできたのよ」

さすがに秀保も愕然としたが、

「はははは」

音順が鷹揚に笑っていた。

「これが殿下の手に渡ったのは本能寺の一件から間もない頃であったそうです。されど殿下は一度見ただけでしまい込み、以来、大坂から聚楽第、伏見と殿下が居を移される度に他の荷物と共に動いてきました。忘れておられるのか、もしかしたら思い出したくないのかもしれません。いずれにせよ伏見城が改築となった折、石田様と大谷様から手引きをするゆえ、これをこっそりと城外へ持ち出してくれと頼まれたのです。それで五右衛門に忍び込んでもらいました」

「切支丹の教えでは盗みを戒めているのではなかったか」

秀保は、非難の目を向けたが、五右衛門には、やはり効き目なし。

「だから伴天連さんのところで懺悔したよ。それで許してもらい、罪は帳消しだ」

秀保は、溜め息をつき、

「殿下の奉行である石田と大谷が殿下から物を盗む手引きをするとはどういうことなのだ」

と、音順に質した。

「豊臣家のことを思えばこそでございますよ。物が物ですから捨てるわけにはいかず、さりとて、もし誰かの目に触れればあらぬ疑いを招くことになるやもしれず」

「あらぬ疑い？」

「明智をそそのかして信長様を討たせたのは殿下ではないかという疑いです」

「まさか！」

「真偽はどうあれ、太閤殿下が織田家から天下を奪ったのは事実。この世には表に出ていることと、裏に潜んでいることがあるのでございます。中納言様は此度の停戦がいかにして成ったかをご存知ですか」

「いや、よく知らぬ」

秀保は、自分の殻に閉じこもり、他に興味を示すことがなかった。その恥ずかしさで、顔を伏せてしまう。

「実は石田様、大谷様、小西様と明の使者との間で、太閤殿下には明が降伏したかのように、明の皇帝には日本が降伏したかのように見せ掛け、和議の話を進めることにしたのでございます。唐入りを止めるのはよいことなのですが、それをやるにはこうした策略を用いねばならない。これが現実というものです」

「されど、そのような嘘、いずれ殿下にもわかってしまうのではないか。そうなれば和議どころではあるまい」

秀保の危惧に、

「かもしれませんな」

と、音順は、他人事のように答えていた。

この後、秀保は、三人の少女が奏でる南蛮楽器の音楽を聴きながら食事を供され、泊まっていかれませという申し出は断わって、別邸を出た。夜の帳（とばり）がすっかり降りていた。

三

秀保は、右近とヤスケの他に、聚楽第へ戻るという川路丹波介と夕凪を加えた五人で、夜の道を歩いていた。提灯を夕凪が持ち、一行を先導している。

そして、左右を築地塀で囲まれた路地に差し掛かった時、行く手に立ちはだかる者があった。

夕凪が提灯を向けると、闇の中に黒い影が三つ浮かび上がっていた。身なりのよさそうな武士を挟んで、左右に忍びを思わせる黒装束がいる。三人とも頭巾をかぶっているため、顔はわからない。

「何者！」

夕凪が、咎めるように誰何すると、

「ふふふふふ」

くぐもった笑い声が聞こえ、

「我は《せっしょう関白》なり」

と、やはりくぐもった声で言い、武士が頭巾の前のところだけを取った。

それで顔が見えた。唇を醜く歪めた気味の悪い笑い顔であった。

その顔を見て、秀保は、

「あっ」

と、声を上げている。

武士は太刀を抜き放ち、こちらへ迫ってくると、夕凪を斬った。夕凪は、苦悶の声を発して提灯を落とす。炎が消えて、辺りは闇に包まれた。それでも月が出ているので、まわりの様子はわかる。

武士がササッと後ろへ下がり、闇の中へ消えると、黒装束が弓を構え、熟練の武者にも劣らぬ早業で矢を放ってきた。矢は夕凪の身体に次々と刺さり、なんとか立っていた夕凪は、たまらず倒れてしまう。

「おのれ、狼藉者！」

右近が前に出て、ヤスケは、秀保をかばう姿勢をとった。

秀保は固まっていた。やはり武技の鍛練などやっていないのだ。

双方は睨み合っていた。さすがの右近も、あれだけの腕を見せた飛び道具の二人を同時に仕留めるのは至難のようで、迂闊に動けずにいる。

すると、そこへさっきの武士がまた現われた。今度は怒ったような顔をこちらへ向けて太刀を振りかぶり、右近がますます動けなくなった時、黒装束の一人が不意に弓矢を落とした。右腕を押さえている。

それを機に右近が、もう一人の黒装束へ斬り込み、相手はなんとか逃れたが、三人の賊は立ち向かおうとせず、闇の中へ溶け込むように逃げ去っていく。

「アッチカラ小刀ガ飛ンデキテ、賊ノ腕ニ刺サッタノデス」

ヤスケが左の塀の上を指差し、そちらへ目をやると、月明かりに二つの人影が浮かび上がっていた。天平装束の影だと、秀保にはわかる。

「日魅火サン、亜夜火サン！」

と、ヤスケも弾んだ声を上げた。

そこにいたのは、平城日魅火と神戸亜夜火であった。

二人はヒラリと飛び降りてきて、

「姉様が小刀を投げたのよ。相変わらず凄い腕でしょ」

亜夜火が、我がことのように自慢する。

「助けてくれて、ありがとう」

秀保は、礼を言ったが、日魅火は、

「駆け付けるのが遅れ、あの子には間に合いませんでした」

と、傷ましげな目を夕凪の方へ向けた。

夕凪は、丹波介に抱き起こされていた。矢が全部で六本突き刺さっていたが、まだ息があり、苦痛に身悶えしている。

「助けを呼んでまいる」

と、丹波介が別邸の方へ戻っていき、しばらくして五右衛門と昼顔に、戸板を持った平戸家の小者を連れて戻ってくる。

昼顔が、

「フランチェスカ」

と、呼び掛けていたが、夕凪は、そのまま息を引き取った。

昼顔は、傍らに跪(ひざまず)き、敬虔な仕草で十字を切り、五右衛門は、頭を掻きながら死体を見下ろして、

「ああ、主(しゅ)の御元へいっちまったか」

と、軽い口調で呟く。

夕凪の死体が戸板に乗せられて運ばれ、それに昼顔が付いていくと、

「あの曲者、《せっしょう関白》とたわけたことを申しておりましたな。丹波介殿、なにゆえそのような輩(やから)に立ち向かおうとなされぬ」

右近は、丹波介をなじっていた。丹波介が加勢に来てくれればもっとやりようがあったと言いたいのであろう。

しかし、丹波介は、恥じる様子もなく、

「そのわけは中納言様ならわかって下さるのではありませんか」

と返した。

「そういえば若殿はあの武士になにやら見覚えがあるように思われましたが――」

右近も、訝しげな目を向ける。

「あれは――」

秀保は、苦しげに言った。

「兄上に見えた」

だから声が出てしまったのである。右近とヤスケは秀次を見たことがないのだ。

関白の家老も頷いていた。それで立ち向かうことができなかったと言いたいらしい。

動揺する秀保たちに、

「きゃははは！」

五右衛門が盛大に笑った。

「近頃、洛中では関白様が夜な夜な聚楽第を抜け出し、《せっしょう関白》と名乗って辻斬りをしているという噂があるんだ。それで《せっしょう》には《殺生》って字が充てられているのさ」

「《殺生関白》だと、本当なのか」

曲者が兄に見えた秀保にも、とても信じられない。

秀次は、秀保よりも十一歳年上である。秀吉の天下統一戦には何度も従軍していて、剣の腕もかなりのものであった。

しかし、だからといって何の理由もなしに人を斬るような粗暴な兄でないことも、秀保は知っている。

「夜な夜なということは、これが最初ではないのか」

これには、日魅火が答えた。

「三度目でございます」

最初は十日前。飲んだ帰りの牢人が三人、夜道を歩いていて、さっきのような三人組に行く手を遮られた。そして、立派な格好の武士が《せっしょう関白》と名乗って頭巾の前だけを取り、黒装束と一緒に斬り掛かってきたという。それで二人が殺され、一人だけが辛くも一命を取り留めたらしい。

二度目は六日前であった。商人と従者の四人連れがやはり三人組に夜道で襲われた。この時も商人だけが助かり、《せっしょう関白》と名乗る声を聞き、頭巾の前だけを取った顔を見たという。

京の治安を預かる所司代は、勿論、関白がやったなどという話を信じなかった。それで、そのことを確かめるべく秀次の絵を見せたところ、生き残った二人は、どちらもこの顔だと証言した。所司代では固く口止めをさせたのだが、噂は流れ、先日《殺生関白》と書かれた落書が所司代の門前に貼り出されたそうである。

「絵で兄上だとわかるのか」

「関白様は南蛮絵でご自分の姿を描かせていたのでございます。所司代様は関白様への疑いを晴らすつもりで、その絵を借り受けて見せたのですが、裏目に出てしまいました」

日魅火と瓜二つの南蛮絵を見たばかりである。秀次の絵も生き写しだったのであろう。

「そなた、所司代が口止めしている話をよく知っているな」

この疑問には、また亜夜火が我がことのように胸を反らした。

「日魅火姉様が日本国中の散楽芸人を束ねていること、忘れたの？　あたしたちはいろんなところへ呼ばれて芸をするわ。その中には所司代と親しい人だっているのよ」

そうしたところから情報を仕入れたということらしい。

それでも、秀保は信じられなかった。

「兄上は聚楽第を抜け出しておられるのか」

と、丹波介に質す。

「城内には不寝番もおりますから、いかに殿でも勝手に抜け出せるわけがありません。しかも前の二件があったことから、このところは人数を増やし、周囲の見回りもさせております。それに今宵は馴染みの公家衆が来られているので、この刻限ならばまだ宴が行われているかと――」

「そうであろう。兄上がこのようなことをなさるわけがない」

秀保は、日魅火の方へ向き直った。

「それにしても、そなたはどうしてここへ――」

これにも、亜夜火がしゃしゃり出てくる。

「あんた、吉野の花見の後、また寝込んだんでしょ。そのあんたが《殺生関白》の噂がある京へ来るっていうから姉様も来たの。姉様は普段からあんたのことを配下に探らせているのよ。それで今日は音順さんの屋敷へお忍びで行ったことを聞いて、姉様が心配したってわけ」

「そ、そうなのか」

日魅火は十九になっていた。もう大人の女性である。その美しさが満開となり咲き誇っているかのようで、夜だというのに秀保には眩しくて仕方がない。

それですっかり見惚れていると、目の前に五右衛門がヌウッと顔を突き出してきた。

「ははあん。中納言様は平城日魅火がお気に入りか」

ニヤニヤと笑っている。

「な、なにを――」

秀保は、大いに狼狽したが、日魅火は、落ち着いていた。

「五右衛門殿。相変わらず埒(らち)もないことを言われまするな。私は一介の芸人。若殿様に失礼でありましょう」

「お前こそ何を言っているのだ。関白の側室には捨て子だったという女もいるじゃないか。お前が百万石の若殿様といい仲になって何がおかしい。側室にでもなって寵愛してもらえ」

五右衛門は、大いに煽り、

「日魅火サンガ、ワカトノサマノトコロへ来ルナンテ、トテモイイコトデス」

と、ヤスケも賛同して、秀保は、ますます狼狽する。

「そ、そ、側室、ちょ、寵愛などと――」

「中納言様は切支丹じゃないんだろう。だったらいいじゃないか。なんじ大いに姦淫(かんいん)せよだ。もう十六なんだから子供みたいにモジモジしてねえで、ぎゅっと抱いてやれよ。けど日魅火に興味がないって言うのなら――」

五右衛門は、日魅火の手を馴れ馴れしく握った。

「俺が日魅火をいただく。やっぱり絵じゃなくて本物がいいぜ」

それを見て、

「日魅火は五右衛門と親しいのか」

と、尋ねた秀保の声は震えていた。

「織部一座とは何度も同じ場所で芸を披露したことがありますし、私たちが京や大坂の平戸屋敷へ呼ばれ、そこで会ったこともあります。それだけのことです」

「それだけって、つれないなあ」

五右衛門は、図々しく身体を寄せ、肩まで抱こうとしたが、

「いい加減にしなさいよ！」

伸ばしかけた五右衛門の手を、亜夜火がピシャリと叩いた。

「姉様はあんたのことなんかなんとも思ってないわ。絵を描かせたのだって、姉様が優しいだけなんだから――」

しかし、五右衛門は、

「ほう。お前もちょっと見ない間にいい女になったたな」

亜夜火にも好色な目を向け、

「今度お前の絵も描いてやろう。胸をはだけた仕草がよさそうだ。裾の方もちょっとめく

ろうか」

そっちへも手を伸ばそうとした。

「その口閉じないと、比礼返しをお見舞いするわよ」

亜夜火は、パッと飛び退いて比礼をひるがえそうとする。

それに右近が、

「二人ともやめんか。今はそのようなことを言っている場合ではあるまい」

と、我慢の限界になりかけていた。

「若殿。さっきの曲者が偽の関白様だとしても由々しき出来事ですぞ」

「それはそうだ」

秀保も、秀次に早く会わなければと思い、丹波介に催促した。丹波介が、それを畏まって承り、聚楽第へ急ぎ戻っていく。

「俺も夕凪を弔ってくるよ」

五右衛門は、一杯やりにいくような気軽さで帰っていき、秀保と日魅火たちだけが残る。

日魅火は、秀保に注意を促した。

「関白様の御身にたいへんなことが起こっているものと推察いたします。若殿様、お気を付け下さりませ。私も聚楽第の中へはさすがに忍び込むことができませんので——」

やはり心配してくれている。

秀保には、そのことがとても嬉しく、彼女に会えたことで名護屋以来の心の暗雲も薄れていくように感じた。

しかも――。

「あんまり心配をかけさせないでね」

と、亜夜火が言ってきて、おやと首を傾げる。

なんだか以前と違うように感じたのである。

四

秀保が聚楽第を訪れ、秀次に会ったのは翌々日のことになった。

公式な対面の場である御座所ではなく、秀次の居室へ招き入れられた。秀保は、右近とヤスケ、杉丸を連れて来ただけで、秀次の側には、川路丹波介の他に不破万作、山田三十郎という二人の小姓が付いていた。共に十七歳だという。同じ小姓でも前髪立ちの姿は目の覚めるような美少年ぶりで、挙措も颯爽としており、杉丸とは全く違う。

ヤスケの正体を明かしても、秀次は驚きこそすれ嫌悪するようなことはなかったが、聚楽第の中ではいつも通りの顔も手も隠した姿になっている。

秀次は、明らかに憔悴していた。目がどんよりと濁り、そのまわりには隈ができていて、

「《殺生関白》に襲われたそうだな」

と、聞いてくる声にも力がない。

「まことに私だったか」

「あっ、いえ、兄上の筈がありません。兄上はその頃ここで公家衆と一緒におられたそうではありませんか」

「されば、いったい何者だったというのだ」

その暗く、どこか投げやりな様子に以前の兄を見出すことはできなかった。しかし、日魅火と会えたことが、秀保になんとかしなければという気持ちを起こさせ、必死に兄を励ました。

「兄上によく似た者の仕業に違いありません。名だたる武将には影武者がいたといいます。似た者がいてもおかしくないのです。今から思えば二人の黒装束は頭巾をしたままだったのに、あの武士だけがわざわざ名乗りを上げて顔を見せていたのがとてもおかしゅうございます。しかも、三度現われながら全員を殺すのではなく、いずれも誰かを生かしている。

証人となる者を残し、兄上に罪をなすり付けようとする企みに違いありません」

「なるほど、いいところに目をつけているな。聞いているぞ。東大寺と名護屋で不思議な出来事を解き明かしたというではないか。されど此度のことは影武者でカタがつくほど簡単ではない」

「どういうことでしょう」

「場所を移そう。そなたにだけ聞いてもらいたいことがある」

秀次は、秀保だけを庭へ連れ出した。

宣教師がエウロッパの宮殿にも劣らぬと讃え、十万坪の規模を誇る聚楽第は広大である。秀次の居所の近くは余人が近付けぬようになっていて、庭には山や森、池があって、川も流れている。秀保たちは森へ分け入り、そこを抜けると、木々に囲まれた中にぽつんと建物があった。

「これは音順が建ててくれたもので、京にあった南蛮寺の形をしている」

と、秀次が言う。

南蛮寺は、信長によって京に建てることを許された切支丹の教会で、秀吉が伴天連追放令を出した後、破却された。

秀保も、見たことがある。日本人が建てたものなので、日本の寺院とほとんど変わらない形をしており、三層の建物で屋根に十字架が飾られていた。

それに模しているとはいえ、ここにあるのは平屋で、屋根に十字架もない。

「ここでは《モニカ堂》と呼んでいる」

モニカは、天草織部の洗礼名であるという。

森の出口では朝霧と昼顔が待っていて、二人の案内で扉のところへ連れて行ってもらった。森を抜けたところは建物の正面ではなかった。扉はそこから左側へまわり込んだところにあった。

「必ず間違えるのだ」

秀次が苦笑を浮かべる。

寺の本堂は横が長くて縦が短いのだが、教会は横を短くして縦を長く造るそうだ。寺は間口が広くて、本尊までの距離が短いのに対し、教会は間口が狭くて祭壇までの距離が長い構造になっているらしい。このため、南蛮寺ができた当初は、寺のつもりで入ろうとした日本人がかなり戸惑ったという。

秀保も、不思議に感じた記憶がある。

「それゆえ木々の間からこの建物が見えると、私もつい寺のようなつもりになって長い方へ出てしまうのだ。それがわかっているので、この女たちもそっちで待ってくれている」

扉の前では、五右衛門がだらしのない姿勢で座り込んでいた。

「全然なおらないねえ、関白様。そんなに迂闊だと国を治めていけないよ」

五右衛門は、秀次にもぞんざいな口を利き、大きく伸びをしてから扉を開けた。

中へ入ると、広さは二、三十人が入れるほどであろうか。扉は正面の一つだけで、左右の壁に大人の身体が入るくらいの花頭窓(かとうまど)がいくつかあり、内側に鎧戸が取り付けられていた。今は鎧戸が開けられ、その向こうは障子になっていたので、そこから昼間の陽光が射し込んでいる。

秀保は、正面の壁に目を吸い寄せられた。そこに絵が掛かっていたのだ。女性の膝までの姿が描かれている。

「これは——」

天草織部だとわかった。やはり生き写しのように描かれた南蛮絵であったからだ。名護屋で見たのと同じ姿で、マントを羽織り、騎士の甲冑を着ている。

「この絵も俺が描いたんだぜ」

と、五右衛門が自慢げに言う。

絵の傍らには剣が立てられていた。織部が持っていた南蛮騎士の長剣である。

部屋の中には卓と椅子が置かれていて、秀保と秀次、五右衛門が座り、昼顔がガラスでできている南蛮の瓶と杯を持ってきて、赤い液体を注いだ。

「ブドウから作られた南蛮の酒だ」

「切支丹が教祖イエスの血だと言っているものですね」

秀次の言葉に、秀保は、すぐさま応じる。しかし、秀保は、飲むことができなかった。酒は苦手だったのである。

「十六になって酒も飲めんのか」

秀次は、ぐいと飲み干し、昼顔にまた注いでもらっている。

「女の方はどうなのだ」

秀次は、そんなことまで聞いてきて、

「お、お、女ですか」

秀保は、大いに狼狽した。それを見て、

「まだ子供だな」

と、秀次は言い、

「ああ、子供だ子供だ」

五右衛門は、茫々とした髪を揺すって盛大に笑った。昼顔に注いでもらってブドウ酒も遠慮なく飲んでいる。

秀保は、悄然とうなだれていた。大人になった日魅火を見て、代わり映えのしない自分との差に愕然としていたのだ。

秀次は、そんな弟にかまうことなく、

「そなた、太閤殿下にお拾君ができてどう思う」

と聞いてくる。

「豊臣家にとって、めでたいことだと思います」

秀保は、正直に答えたが、

「やはり子供だな」

また笑われてしまう。

「わからぬか。鶴松君が生まれた時と今では全く違う。なぜなら私が関白として殿下の跡目になっているからだ。それなのにお世継ぎができたら私はどうなる。淀殿の懐妊がわかった時から、そのことを考えると気が重くて仕方なかった。生まれるのが姫であってくれと、どれほど願ったことか。されど男子が生まれてしまった。それゆえ殿下は私に関白を譲ったことを後悔しておられる」

「――――」

「伏見城を改築しておられるのが、その証だ。殿下は伏見城を以前よりも堅固な城に造り変えておられる。いざという時には私と一戦するのも辞さぬ覚悟をしておられるのだ。さればこの度の《殺生関白》のこと、もし殿下の耳に入れば、私を成敗する絶好の口実になるであろう」

「そんな——。たとえお拾君が関白を継がれるとしても十数年は先になりましょう。それまでは兄上がしっかりと関白をつとめなければならないのです。殿下がそのような兄上を成敗なさるわけがないではありませんか」

「世の中はそれほど甘いものではないぞ」

「——」

「とにかくお拾君が生まれて、私はますます気鬱になり、そういう時に音順が織部を連れて来た。音順は私が関白になった頃から近付いてくるようになっていたのだ。織部は切支丹の信者から聖織部と崇められているらしい。織部は奇蹟を起こすそうだ」

「奇蹟ですか」

「奇蹟とはどういうものか知っているか」

「教祖イエスは人々の病を治したり、水の上を歩いたりと、いろんな奇蹟を起こし、磔になった時も一旦は息絶えながら、しばらくすると生き返ったそうです。しかも、奇蹟はイエスだけではなく、信者にも起こります」

それで聖ドニや聖マルガリータ、聖アグネスの話をする。

「相変わらず珍奇な話が好きだな。織部も悩める信者たちを癒し、病を治したこともたくさんあるそうだ。音順は豊臣家の次の世代にも取り入ろうという商人の抜け目なさで近付いてきたのであろう。それはわかっていたのだが、私も織部に会って癒された。聖女といっていい織部の清らかな優しさに救われたのだ。織部がいれば気鬱が晴れるが、いないと気鬱が増すという有様になってしまった。されど今年になってから織部は姿を見せなくなった。織部を待っている信者は国中にいて、そちらへも行かなければいけないらしい。私はおかしくなりそうだった」

「――――」

「そのような私を見て、音順が《モニカ堂》を造り、五右衛門が描いた織部の絵をここへ飾ってくれたのだ。織部の格好はジャンヌという女騎士を模している。ジャンヌが何者か知っているか」

やはりヤスケから聞いていた。まだ十代の少女であったが、神の声を聞いて敵国との戦争に苦しむ祖国のために立ち上がり勝利したという。それでフランスの王太子も即位することができたのだが、少女の偉業を怪しみ妬む者もいて、魔女と断罪され火あぶりになった。しかし、その後、嫌疑が晴らされ、今では聖女と崇められているらしい。

「その通りだ。しかも、私がジャンヌのことを朝霧たちから聞いた時、とても驚かされたことがあった。即位式を行った時の王太子の歳が今の私と同じ二十七なのだ。これを知って、織部は私のジャンヌではないかと思った。私は関白だが、今はまだ太閤殿下がおられる。つまり王太子のようなものだ。だから織部は、その私を助け、真の関白にしてくれる存在ではないかと思ったのだ」

「兄上は切支丹になられたのですか」

「なればよかったのだがな」

切支丹は側室を認めないという。二十人以上の妻妾を持つ秀次では難しいであろう。

「されど《殺生関白》なる者が出るようになっては、そんなことなど言っておれぬであろう。私は妻妾を捨て入信してもよいと思っている。信者になれば織部は私にもっと関わってくれる筈だ。このこと、早く織部に伝えたい。織部はいつ戻ってくるのだ」

最後は哀願するかのように、朝霧と昼顔にすがっている。

「私たちにもモニカ様のことはわかりません」

と、朝霧が答えた。

「されど、ことここに至っては漫然と待っているわけにはいきません。これなるベアトリスは五右衛門殿がお描きになったモニカ様生き写しの絵に祈りを捧げ、生身のモニカ様と心を通わせる術を心得ております。されば今宵ここでベアトリスに祈らせ、モニカ様に早く戻っていただくよう頼んでみましょう」

「なんと、そのようなことができるのか」

「ベアトリスの祈りが通じれば奇蹟が起こりましょう。されば今宵はここにベアトリスだけを残し、関白様はお休み下さい。心を乱されたくありませんので、ここへは来られませんように——」

「全身全霊をもって祈らせていただきます」

昼顔は、決然とした表情を見せ、秀次は、

「頼むぞ。なんとしてでも織部を呼んでくれ」

と、必死の表情で頼む。

「念押しするけど、できるかどうかはわからないんだぜ。関白様」

五右衛門は、またぐいとブドウ酒を飲み、顔がすっかり赤くなっていた。

「《殺生関白》など偽者に決まっています。むしろ兄上はあれを捕まえるべきではないですか」

秀保は、そう言わずにいられなかったが、秀次は、悄然と首を振った。

「たぶんあれは偽者ではない」

「どういうことです」

「今宵、私と一緒に寝てみよ。さればわかるかもしれない」

秀保は、困惑するばかりであったが、五右衛門が、赤ら顔でヘラヘラと笑いながらこう言った。

「関白様は夜歩く病に罹(かか)っているのよ」

五

秀保は、聚楽第で泊まることになった。

秀次と一緒に寝るなど初めてのことである。歳が離れているうえに、秀次は、早くから他家の養子となっていた。だから本来なら兄との水入らずに心が沸き立つところであったが、今の状況ではそういうわけにはいかない。それでも、秀次から子供の頃の一家の苦労話などを聞き、しばし憂鬱なことを忘れて、いつしか寝入ってしまう。

そして、何かの気配にふと目が覚めた。

外はまだ暗い。なのに、どうして目覚めてしまったのか。

秀保は、隣を見て目を見張った。

蒲団を跳ね除け、秀次が起き上がっていたのだ。突っ立ったままで、そのまましばらく見ていても全く動かない。

「どうなさいました」

と、問い掛けてみたが、同じだ。

秀保も蒲団から出て、秀次の側へ行ってみた。顔を近付けて、

「兄上、兄上」

と、呼び掛けても、やはり反応はなし。こちらを見ることもなければ、表情も眉一つ動かないのである。目は開いているものの、どこを見ているのかわからないような虚ろさで、秀次の姿形をしたものは確かにここにあるのだが、中身が抜けてしまっている。そんな感じに見えて、秀保は、ゾッとする寒気を覚えた。

すると、秀次が動き出した。自分の意思で歩いているというよりも、何かに動かされているかのような、フラフラとした足取りであったが、寝所から出ていく。

秀保も、あとを追った。

廊下には他に人影もなく、二人の足音以外に聞こえるものもない。宿直（とのい）の者はどこにいるのであろうと、助けを呼ぶことも考えたが、思いとどまった。こうした秀次の姿を家臣

たちに見せることがよくないように思われたのだ。

　秀次は、覚束なげな足取りこそ変わらないものの、暗い廊下を進み、庭へ出ていった。そして、晴れた夜空から月明かりが射し込む中を、前がしっかりと見えているかのように石や木や池をきちんとよけながら歩き、森へと入っていく。

　秀保も、あとを追い続けた。

　まわりが木に覆われているので、月明かりの効果も薄れているのだが、秀次は、木に当たることも何かにつまずくこともなく、森の中を器用に進んでいた。その後ろ姿ばかりを見ていた秀保の方が、うっかりと木の根に足を引っ掛け、転びかけたほどである。

　すると、その身体を誰かに抱き止められた。

「ひいっ！」

　秀保は、思わずびくついたが、

「ワタシデス」

　という小声にヤスケだと気付く。

　傍らには右近と杉丸までいた。

　この三人も泊まり込んでいたのだ。しかも、彼らとは別に川路丹波介と、不破万作、山田三十郎の二人の小姓もいる。

全員が寝衣にはなっておらず、ヤスケが自分の羽織を脱ぎ、秀保に着せてくれる。

「ありがとう。そなたたち寝ていなかったのか」

秀保も、声を落として聞き返した。

「丹波介殿から気掛かりなことがあると言われ、ここに潜んでいたのです」

「気掛かりなこと？」

「やはり、ああなりましたか」

丹波介と二人の小姓の目は、フラフラと歩き続ける秀次を追っていた。

「もしかして夜歩く病と五右衛門が言っていたのはこのことなのか」

「詳しいことは後でお話しいたします。今は殿の方を――。どうやらこちらの思った通り、《モニカ堂》へ行かれるようです。今宵あそこで何をしているかは朝霧から聞きました」

そこからは、七人で秀次を追った。

秀次は森を抜け、《モニカ堂》へ近付いていった。こういう場合でも、秀次は、いつも通りだという横長の方へ出てしまい、そこから左側へまわり込んでいる。

秀保たちは、丹波介に先導され、森の中にとどまったまま扉が見えるところまで横に動き、木陰に潜んで様子を窺った。

秀次は、扉を叩いている。

「心を乱されたくないと言っていたのに――」

秀保が心配していると、扉が開き、中から女が出てきた。明かりを持っているので、周囲がほんのりと浮かび上がり、昼顔だとわかる。

昼顔は、何かを言っているようであったが、秀次は、やはり反応を示さないようだ。それでも、昼顔は、秀次を中へ入れて扉を閉めた。

そして、そのまましばらく待っていると、

「きゃあああ！」

女の悲鳴が聞こえた。

秀保たちは、扉の前まで駆け付けた。

万作と三十郎が扉を開けようとしたが、開かない。扉の内側は閂が掛けられるようになっていたことを、秀保は思い出す。

中へ呼び掛けても反応はなかった。女の苦しげな声だけが聞こえ続けている。

「ワタシ、扉ニブツカリマス」

大男のヤスケが突進する構えを見せた時、ギイッと鈍い音がして、扉がゆっくりと開き始めた。

すると、その中に秀次が立っていた。虚ろな目は同じだが、白い筈の寝衣に禍々(まがまが)しい染

みがべっとりと付いていた。暗いので色がわからないのだが、建物の中から奔流のように押し寄せてくる臭いを嗅ぎ、

「血だ」

と、秀保は呻く。

丹波介が秀次を外へ連れ出し、残りの面々で中へ入った。燭台の明かりが灯っているので、様子はわかる。卓の傍らに抜き身の長剣が落ちていて、その側で女が倒れていた。昼顔であった。

呻き声を洩らし、苦しげにのたうちまわっている。

「うわあああ!」

杉丸が情けない悲鳴を上げた。しかし、杉丸のことを馬鹿にできない。秀保も、身体の震えが抑えられなかった。悲鳴を上げなかったのは、腹中から別のものが込み上げてきたからだ。

血に染まった昼顔は、小袖が斬り裂かれていて、剝き出しになった腹部から何かが出ていた。細長いものであった。秀保に内臓の知識はないし、腹を裂かれた人間を見たこともないが、何であるかは想像がつく。だから込み上げてくるものを押さえようと、口に手をやる。

「ワカトノサマ、見テハイケナイ」

ヤスケが視界を遮るように立ちはだかり、

「曲者がいるのか」

万作と三十郎は、《モニカ堂》の中を調べ始めた。しかし、誰もいなかった。それで右近と三人、窓を調べ出したが、どの窓も鎧戸が閉ざされ、鎧戸には中から掛け金が掛かっていた。扉から怪しい者が出てこなかったことは、秀保自身も確認している。

「ここには関白様と昼顔しかいなかったということになります」

と、右近が言う。

「では兄上が――」

それが限界となった。

秀保は、フラフラとよろけ、ヤスケに抱き上げられて《モニカ堂》を出ていき、気が付くと蒲団に寝かされていた。秀次と一緒に寝ていたのとは別の部屋のようで、傍らにヤスケがいて、部屋の隅では杉丸が壁にもたれてウツラウツラと舟を漕いでいる。すでに外は明るかった。

秀保がヤスケに身体を起こしてもらっていると、島右近が入ってきた。

右近も一緒に戻ってきたが、夜が明けてから丹波介に呼び出されたのだという。それで昨夜のことは内密にしてほしいと言われたそうだ。

秀保が《モニカ堂》を出た後、秀次も三十郎が連れて帰り、丹波介と万作が事後の処理に当たっていたらしい。それによると、昼顔は手のほどこしようがなく、しばらくして息を引き取った。長剣で腹を裂かれ、腸(はらわた)を引き出されていたのである。しかし、事件は聚楽第の中でも秘密にされ、現場にいた秀保たち以外には、朝霧と五右衛門にしか知らせていないようで、五右衛門は、昼顔の死体をこっそりと運び出すべく音順を呼びにいったという。

「されば昼顔は兄上が殺したことになっているのか」

「そうとしか考えられませんので――」

「兄上はどうなされている」

「実は昨日対面なされた部屋へ呼び出されたのですが、そこには関白様もおられました。それで若殿が目覚められたら来てほしいと言われ――」

秀保も、兄のところへ行こうとした。それで、まだ杉丸が舟を漕いでいたものだから、

「いつまでだらしのないことをしておる。関白様の小姓はもっとしっかりしておったぞ」

右近にこっぴどく叱られ、杉丸は、必死に謝っていた。

秀保が昨日の部屋へ行くと、秀次は、ますます憔悴が進み、やつれ果てたような姿にな

っていた。

「そなたも夜歩く私を見たのだな」

という声も、さらに力を失っている。

事実であるから、秀保は、頷くしかなかった。

「幼い頃からそうだった。私には時々ああいうことが起こっていたのだ」

本人は寝ていたつもりなのに、夜歩きまわっていたのだという。秀次自身には全く覚えがなかった。ただ成長するにつれ言われなくなり、秀次は、なくなったものと思っていた。

しかし、秀吉のもとで戦場へ臨むようになると、また出てきたそうだ。家臣から夜歩いておられましたが、どうなさったのですかと、聞かれたのである。やはり覚えがなかった。

それも戦場に慣れてくると言われなくなり、今度こそなくなったと思っていたところ、淀殿の懐妊を聞いた頃からまた出始めたらしい。これに気付いたのが、丹波介と二人の小姓で、その頃はまだ回数も少なかったのだが、お拾の誕生以来、頻繁に出るようになった。

それで夜伽(よとぎ)をつとめる妻妾たちに怪しむ者が出てきて、女好きの秀次が夜の房事を控えるようになった。しかも、夜歩くところを見られたくないため、秀次は、自分の寝所の近くには丹波介たちを含め誰も近付けないようにした。昨夜、寝所のまわりに人の気配がなかったのは、そういう事情があったのだ。夜歩く時の秀次は、しばしば《モニカ堂》を訪れていたという。

「夜遅くまで酒を飲み騒いでいるのも、眠るのをなるべく短くして、酔いで起きないようにしようと思ってのことだ」

そのような病があることを、秀保は知らなかったが、

「夜歩ク病、ワタシ、南蛮人カラ聞イタコトアリマス」

と、ヤスケは知っていたようだ。

「実はこの病のことも正直に織部に話したのだ。織部も伴天連から聞いたことがあるらしい」

と、秀次も言う。

「織部が教えてくれたところによれば、この病は悪魔に取り憑かれやすい者がよく罹るそうだ。悪魔は人間の恐れや脅えといった弱い心根に付け入ってくるらしい。私は最初の頃、戦(いくさ)へ行くのがとても怖かった。私も弱かったのだ。そして、淀殿の懐妊を聞いた時、私はどうなるのであろうと脅え、そこに付け込まれたようだ」

「されば昨夜のことは兄上には覚えがないのに、昼顔を斬ったということですか。そのようなことがあり得るのですか」

これには、朝霧が答えた。

「悪魔にすっかり身体を乗っ取られてしまうと、自分では思いもよらぬ悪事をなしてしまうものでございます。昨夜の関白様はベアトリスの祈りがうまくいくかどうかを気になっておられました。それで夜歩いて《モニカ堂》へ行かれ、心を乱されたベアトリスから、これではうまくいきませんと言われたのでしょう。それゆえ強い失望と怒りに駆られ、そこを悪魔に乗っ取られてベアトリスをお斬りになった」

「あの場所から誰も出ることができなかったのはそなたたちも確かめたのであろう。ならば他にできる者はおらぬ」

「されば聚楽第の外に現われた《殺生関白》はどうなるのです？　聚楽第からこっそり出ていくことなどできないのでしょう。しかも、夕凪が斬られた時の兄上は、ここで公家衆とおられたそうではありませんか」

「それは悪魔が関白様の分身を出してきたのでございます」

朝霧が、これについてもきっぱりと言いきった。

「取り憑いた悪魔がもう一人の関白様をこの世に出し、外で人を斬らせたのです」

「もう一人の兄上がいるなんて――」

「『源氏物語』に同じような話があるだろう」

秀次は、自分でそのことを認めているようであった。

「六条御息所の生霊ですか」

秀保も、『源氏物語』は読んでいる。光源氏をめぐり、嫉妬に懊悩する六条御息所の生霊が、源氏の子を身籠った女性のところへ現われ、呪い殺すのである。

「されど辻斬りには二人の従者がいた。あれはなんだ」

秀保は、なお食い下がったが、

「関白様は二人のお小姓をとても信頼なさっておられます。その強い思いを悪魔が利用して、二人の分身まで作り出したのでございます」

清楚可憐な容姿に信心の強さをはっきりと滲ませている朝霧は、それを露ほども疑っていないように見えた。

しかし、秀保には、やはり信じられない。だが、それではこの事態をどう解釈すればいいのか。それも全くわからなかった。辻斬りの件は影武者説が使えるとしても、《モニカ堂》には、秀次と昼顔の他は誰も出入りができなかったのである。

「私はどうすればよいのだ」

秀次が頭を抱えていると、五右衛門が、平戸音順を連れて戻ってきた。

五右衛門は、皮肉めいた口調でこんなことを言った。

「昼顔の祈りが通じていたのかもしれないぜ」

「どういうことか」

と聞く秀次に、音順は、天草織部が戻ってきたことを告げたのである。

六

織部の帰還を知り、すでに信者たちが集まってきているということで、朝霧が、織部のミサを助けるべく戻っていった。

秀次も焦燥を隠そうとせず、すぐにでも織部に会いたいと言い出したため、昼顔の死体を運び出す音順の一行に紛れて、聚楽第を出ることになった。

これに秀保も同行した。音順から誘われたせいもあるが、それがなくとも、秀保は、兄に付いていくつもりであった。

秀次側は丹波介と二人の小姓が同行し、秀保にはいつもの三人が従う。笠で顔を隠し、平戸家に雇われている警固の者といった体を装った。

しかし、門を出てすぐ、秀保のところへ市女笠（いちめがさ）の女が寄ってきて、

「何かあったの？」

と、囁くような声を掛けられた。

亜夜火だとわかる。

「余だとわかったのか」

と、秀保はうろたえた。

「当たり前でしょ。子供みたいな警固を平戸家が雇っていると思うの？　小姓の子は成長したのに、あんたは全然変わらないものね」

亜夜火の言う通りであった。不器用な杉丸だが、身体は順調に大きくなって日魅火に迫るほどであった。それによく見ると、亜夜火もまた一段と大人になった気がする。

「なに見てるの？」

「いや、なんでもない。されど、どうしてそなたがここにいるのだ」

「あんたが聚楽第へ入った後、姉様が門を全部見張らせていたのよ。それでさっきは音順が駆け付けてくるし、今はなんだかおかしな荷物を持って出てきたと思ったら、その中にあんたがいるじゃない。だから聞いてきなさいって言われたのよ」

秀保は、亜夜火の背後へ目をやった。すると、道端にやはり市女笠の女が立っていて、こちらに向かって頭を下げたのである。

（日魅火だ！）

そうとわかると居ても立ってもいられず、秀次と音順に日魅火の同行を頼んだ。日頃の秀保に似ず、強硬に申し入れたといった方がいい。

幸いにして、秀次も平城散座を呼んだことがあり、音順は当然知っている。五右衛門がニヤついているのは癪だったが、とにかく承諾をもらい、日魅火のところへ行って、

「そなたも来てくれないか」

こちらはおずおずとした頼み方になってしまった。情けない男だと思われているのではと恐れたが、日魅火は、市女笠を上げてにっこりと微笑み、頷いてくれた。当然のように亜夜火も付いてくる。

道々、昨夜起こったことを話し、一行は音順の別邸までやって来た。まず《オトコンベ》に連れて行かれ、扉を開けると椅子にびっしりと人が座り、賛美歌の歌声が清らかに響いている。

祭壇の前にも人が立っていた。こちらを向いた朝霧と、その隣でマントに騎士の甲冑をまとった姿の背中が見えていたのだ。しかも、その姿がくるりとこちらを向き、

「織部！」

と、秀次が叫ぶ。

確かに織部であった。名護屋で会った時と同じ凜々しい美貌をたたえていたが、秀次の

声にも特に反応することなく、じっと前を見据えていた。むしろ信者たちが反応して、賛美歌がやみ、一斉に振り返ってくる。

それで音順が扉を閉めてしまった。

「今は祈りの時でございますれば、しばらくご辛抱を――」

しかし、織部は、夜になっても姿を見せなかった。朝霧がやって来て、

「モニカ様はあれから信者一人一人の悩みを聞かれて、それを癒すのに力を使いきってしまわれ、関白様にお会いするのは明日にしたいと申されております。明日は関白様お一人に力を使うので、今宵はゆっくりとお休みになられますようにとのことです」

と、告げただけである。

「関白殿下を後まわしにするとはなんたる無礼か」

と、二人の小姓が息巻いたものの、五右衛門が、

「神のもとでは関白も百姓も同じなんだよ。嫌ならやめろと織部に言ってくるぜ」

そう平然と言い返し、秀次も承知した。

秀保たちは客殿に泊まった。秀次と秀保の部屋は別々にされ、秀次の方は、隣の部屋に丹波介と小姓がいて不寝番をすることになり、音順も、客殿のまわりを警固させると言った。一方、秀保は、両側の隣室に右近、ヤスケ、杉丸と、日魅火、亜夜火がいることとな

った。

　そして、朝を迎える。

　秀保は、兄のことが気になって寝付けず、外が明るくなりかけた頃にウトウトし出していると、ヤスケと杉丸に起こされた。

「《オトコンベ》デ何カアッタヨウデス」

　と告げられる。

　秀保は飛び起き、残りの者たちも連れて《オトコンベ》に行った。祠の前では、秀次と丹波介に小姓、音順と五右衛門が待っていた。

「織部と朝霧の姿が見えませんので、ここへ来たところ――」

　音順は、一行を《オトコンベ》に案内した。

　扉を開けると、すぐに異変が感得される。血の臭いが猛烈に漂ってきたのだ。天井のロンデル窓の蓋が開けられているので、中に光が射し込んでいる。

　秀保たちが祭壇の前まで来ると、そこは血の海になっていて、人が倒れていた。

　朝霧である。

　すでにこと切れていた。死体を右近が検め、斬り殺されていることがわかり、夜の間にやられたようだと報告する。

血塗れの朝霧は衣装の胸が大きくはだけられ、秀保が何かおかしいと思ったら、右腕がなかった。さらによく見ると、胸の近くの床に何かが落ちている。

秀保が、それに近付き、

「ワカトノサマ、イケマセン」

と、ヤスケが止める前に見てしまった。

なだらかな山のような形をした掌よりもやや大きな二つの塊――。

(乳房だ！)

と、秀保は気付く。

二つの乳房が落ちていたのである。

「ううっ！」

腹中から何かが込み上げ、目の前には霞がかかってきそうになるが、秀保は、必死に耐えた。日魅火がいるのだ。無様な姿をさらすわけにはいかない。なにしろ、

「腕ばかりか、女の乳房まで切り取るって、どういうこと！」

同い年の女性である亜夜火が、恐れ気もなく乳房の傍らに屈み込んでいるではないか。

一方、秀次は、

「織部は、織部はどうした！」

と、半ば喚くようにして辺りを見まわしていた。

目が血走り、顔からは逆に血の気がすっかり消え失せている。

「朝霧の手が何かを示しています」

日魅火が注意を促した。

左腕が伸ばされていて、その指先の辺りに血で――。

「何かが書いてあるわ」

と、亜夜火が指摘する。

そこへも平然と近付き、

「かなが書いてあるみたいよ。えーと、か、ん、ぱ、く？　それで、その次は文字じゃなくて、矢印ね」

と読んでいる。

秀保も覗き込んだ。

『かんぱく↓』

確かにそう見える。そして、矢印は祭壇の向こう側を指していた。そこにあるのは、《奇蹟の間》だ。

一同は、そちらへ行った。周囲をまわってみても変わったところはない。

「念のためです。開けてみましょう」

音順がそう言って、五右衛門が把手のまわりに塗られている漆喰を剝がした。秀保に中を見せた後、塗り直したそうである。

漆喰が剝がれ、四角い壁が取り出される。

そして、音順が覗き込み、

「ご覧になられますか、関白様」

と言ってきた。

「見る」

秀次は、音順を押し退けて中を覗き込み、

「うあああああ！」

と、絶叫を迸らせ、床の上に尻餅をついた。

小姓が助け起こし、次は秀保が見た。怖気付いていては、日魅火になんと思われることか。

ここにも光が射し込んでいた。だから、すぐにわかった。

秀保も叫び出しそうになった。そこには、織部がいた。聖マルガリータの絵が描かれた床の上にいた。しかし、織部も生きてはいなかった。彼女は何も身にまとっておらず、裸の身体から手と足が切り離されていたのである。しかも、右腕がない。

　また意識が遠のきそうになるのを必死に耐え、それでもフラフラした状態で《奇蹟の間》から離れた。それをヤスケが支えてくれる。

「うわああああ！」

　と、秀次はまた絶叫し、喚き出した。

「私が、私がやったのだ。私は、なかなか会ってくれぬ織部に、つい怨みがましい思いを持ってしまった。そこを悪魔に取り憑かれ、織部を殺してここへ入れたのだ。朝霧は、それを止めようとして、私に殺されたのであろう。そして、あの血文字を残した。なんということだ。私はもう悪魔そのものだああ！」

　秀次が壊れた。

　秀保には、そう見えてしまったのである。

七

　秀保たちは、客殿に戻ってきた。

秀次は、丹波介と小姓に支えられて寝所へ行った。散々喚きまくって疲れたせいか、戻ってきた時はおとなしくなっていた。

秀保も、倒れ込みたいところであったが、必死に踏ん張り、事件の話をする。

「《奇蹟の間》にはどこにも出入り口がないのだな」

そのことは、右近とヤスケが確認していた。

「あれを造ったのはいつだ」

秀保は、五右衛門に聞いた。五右衛門だけは、秀保たちの部屋へ付いてきたのである。

「今年の二月だな」

出入り口のない場所に死体があった。まず思い付くのは《奇蹟の間》のどこかを壊して死体を入れ、それを直しておいたということだ。しかし、そのような跡もなかったし、石壁の部屋を一晩で直せるとは思われない。ロンデル窓もがっしりと石の天井に食い込み、簡単に取り外せるものではなかった。

「あの漆喰も昨夜塗り直したものではありません。我らが見た後で塗り直したことに間違いはないでしょう」

と、右近も認める。

それにたとえ塗り直したとしても、あそこから入れることができるのは腕だけだ。胴体や脚は通らない。

秀保が考え込んでいると、

「朝霧さんのまわりは正に血の海といった感じでしたが、《奇蹟の間》の中に血は落ちていなかったですね」

と、日魅火が言ってきた。

日魅火や右近たちも、あの後、中を覗いていたのである。

「そういえばそうだったな」

「確カニナカッタデス」

右近とヤスケは認めたが、秀保は、覚えていなかった。死体を見た衝撃と、それに耐えることで精一杯だったのだ。

「他にもおかしなことがございます。織部さんと朝霧さんの右腕はどうなったのでしょう」

《オトコンベ》とその周囲に、右腕はなかったという。

「それと朝霧さんは乳房を斬り落とされていました。昼顔さんの場合は腸が出ていたのでしたね。夕凪さんは矢を一杯打ち込まれていた。なにゆえこのようなむごい殺し方をしなければならなかったのでしょうか」

確かにおかしなことばかりだ。すると、

「ならあんたの出番ね。見破ってあげなさいよ」

と、亜夜火にけしかけられる。

「生霊か分身か知らないけど、そんなの信じられると思う？」

昨夜、秀次が寝所からも客殿からも出ていないことは、丹波介たちや警固の者が証言していた。夜歩き出そうとすることもなかったらしい。秀次も眠るどころではなかったのである。だから分身の仕業ということになっているのだ。

《奇蹟の間》へ死体を入れることなど人間にはできない。あれは悪魔の力によるものだと――。

しかし、亜夜火が言う通り、そのようなことは信じられない。

秀保は、兄を助けたかった。

だから考えた。日魅火が指摘した血が落ちていないことについて――。それに、むごい方法で殺す理由。右腕がないこと。それらを考えに考え――。

「そうだ」

あることに気付く。

「切支丹はかつて弾圧を受け、むごい方法で処刑されていた」

そこでヤスケに聞いた。

「ならば腹を裂かれたり、乳房を切られたり、矢を打ち込まれて処刑された者はいないのか」

ヤスケは、しばらく考え、

「ハラワタヲ引キ出サレテ殉教シタ人、聞イタコトガアリマス。デモ他ハ――」

と、そこで止まってしまう。

「申シ訳アリマセン。知ラナイコト、アリマス」

「よい。当然だ」

仕方がないと思っていると、

「五右衛門殿なら知っているでしょう」

日魅火が言った。

五右衛門は、

「好いた女に言われちゃあ、しようがねえなあ」

と、顔をしかめながらも、答えてくれた。

「腸を引きずり出されて死んだのは聖エラスムスだ。そして、聖アガタは乳房を切り取られて火の中へ放り込まれ、聖セバスティアヌスは無数の矢を打ち込まれたが、奇蹟によって死なず、その後、殴り殺された」

好いた女の一言は気になるが、日魅火が助け舟を出してくれたと思うと、俄然、力が湧いてくる。これに応えなければと、必死に考え、はっきりしたものが見えてきた。

「そうか。彼女たちは殉教者だったのだ」

八

今朝、《オトコンベ》へ行った者たちが、客殿の広間に集まっていた。

「《殺生関白》の謎が解けたと仰せですか」

平戸音順が、興味を露にして、秀保を見ている。

「中納言様、ちゃんとわかったんだろうね。間違えてたら、やっぱり情けない男だと日魅火ががっかりして嫌いになっちまうだろうな。そん時は俺様が日魅火をいただく」

五右衛門は、散々に野次って日魅火の手を握ろうとした。それを亜夜火がピシャリと叩いて防いでいたが、秀保は、緊張していた。

正解だとは思うのだが、とんでもない真相だから絶対という自信はない。もし間違っていたらと思うと、顔が強張ってくるのだ。そのうえ、日魅火を奪われたりしたら――。

しかし、

「東大寺でも名護屋でも若殿様は正しい答えを導かれました。自信をお持ち下さりませ」

日魅火が優しく微笑んでくれて、秀保は、心が癒され、勇気が出てくる。

それで織部に従っていた三人の少女たちの死に様が、過去の殉教者に見立てられていることを話し、その真相を説明した。

「まず余がここから帰る時に現われた《殺生関白》。あれは勿論偽者だ。我らがここから帰ることを知っていて、待ち伏せしていたのであろう。そして、夕凪を聖セバスティアヌスに見立てて殺した。《殺生関白》はそれまでに二度現われ、二度とも人を殺しているが、かといって余や余の家臣を殺すわけにはいかず、夕凪が犠牲になったのだと思う。夕凪は覚悟のうえで殺されたのだ。そう思えば黒装束の動きもおかしかったのではないか」

「確かにあれだけの早業で矢を射ることができたのに、それがしにはとうとう一矢も放たなかった。それがしを殺す考えはなかったということでござるか」

「そうだ」

右近は、不満そうであった。武人である右近としては、わざと生かされたことを恥辱と感じたに違いない。

「次は《モニカ堂》の一件だ。あの時、確かに兄上は夜歩く病を起こされ、《モニカ堂》へ行った。そして、《モニカ堂》からは昼顔だけが姿を現わし、悲鳴を聞いて我らが入った時も、中には兄上と昼顔しかいなかった。されどあそこにはもう一人いたのだ」

「でも、あそこは窓も中から閉じられていたのでしょう。どうやって出ていったというの」

と、亜夜火が聞く。

「昼顔の死も覚悟のものだとすれば、わかるのではないか。昼顔はそのもう一人に斬られ、腸を引き出されたが、斬った相手が窓から出ていくと、自分で障子と鎧戸を閉じ、掛け金も掛けたのだ。そして、悲鳴を上げた。我らが駆け付けた時、昼顔はまだ息があった。それぐらいのことはできたであろう。切腹をした時、自分で腸を掴み出し、投げ付けた例もある」

これには、亜夜火が、

「ひっ！」

と、引きつったような声を上げた。

神戸亜夜火は、織田信孝の娘である。信孝は、秀吉に敗れ切腹させられるのだが、憤懣（ふんぬ）の余り腸を掴み出して投げ付けたといわれているのだ。

顔を蒼褪めさせている亜夜火を見て、

「すまぬ。嫌なことを思い出させた」

と、秀保は謝ったが、亜夜火は、毅然とした目で見返してきた。

「あたしは大丈夫。あたしはあんたと違って強いもの。先を続けなさいよ」

「わかった」

秀保は続ける。

「もう一人が出ていったのは《モニカ堂》の扉があるところから見て左側の方だった。あそこは我らがいた場所からは見えなかった。なぜなら日本の寺と南蛮寺では造りが違っているからだ」

日本の寺は縦に短く横に長いのだが、切支丹の教会は逆になっているのだ。

「だから兄上はいつも間違われていた。あの時もそうだった。横長のところへ出て、そこから扉の方へまわり、兄上のあとをつけていた我らもそのまま扉が見えるところまで横に動いただけだった。それゆえ我らの位置から横長の部分の裏側は見えなかった」

《モニカ堂》は木々に囲まれていたから、秀次が扉の方へ出ていれば、秀保たちも扉側の木々に隠れて見ていたであろう。その位置であれば、賊が出ていくところも見えていた筈だが、そうはならなかったのだ。

「殺した方はそれを見越していたわけね」

「そうだ。そして、最後は昨夜の朝霧だ。朝霧も覚悟のうえで乳房と右腕を斬り取られ、その痛みの中で兄上の仕業だという血文字を残した。勿論、兄上の仕業ではない」

「いったい誰がやったの」

「そこで気になるのは右腕だ。聖アガタの殉教の話に腕は出てこない。ならばなにゆえ右腕は斬られ、持ち去られていたのか。それで思い出すのは我らが《殺生関白》と出くわした時のことだ。あの時、日魅火が小刀を投げて、それが黒装束の腕に刺さった。あれは右腕だった」

「あの黒装束は朝霧だったというの」

「あの時の《殺生関白》は明らかに我らを待ち伏せしていた」

「我らがここへ来たことを知っていた者の仕業ということですな」

と言ったのは、右近である。

「そうだ。朝霧には他にもおかしいことがあった。余が兄上と二人で《モニカ堂》へ行った時、南蛮の酒を出されたのだが、それを持ってきたり、注いだりしていたのは昼顔だけで、朝霧は何もしなかった。されど我らがここへ初めて来た時は、朝霧がいろんなものを持ってきた」

五右衛門の描いた日魅火の絵や、信長の死仮面を持ってきたのである。

「そして、昨日のことだ。《オトコンベ》で賛美歌が歌われていたが、朝霧は祭壇の前に立っていた。確か朝霧のオルガンは賛美歌を歌うのに欠かせぬものだと、音順が言っていたではないか。なのにどうしてオルガンを弾かなかったのか」

その音順は、薄っすらと笑っている。

「朝霧は右腕を怪我していたのだ。それゆえ物を持ってくることもできず、オルガンも弾けなかった。右腕を持ち去ったのは、怪我の痕が見つからないようにするためだったのであろう。我らが《殺生関白》に襲われた時、助けを呼びに行ったが、昼顔しか来なかったのもそのせいだ。あの時の黒装束は朝霧と昼顔だったのであろう。おそらく先回りができる別の道があって、それで襲撃の後もその道で別邸へ戻り、知らせを受けたのだが、朝霧は怪我をしてしまったので姿を見せなかった。その前に二度現われた《殺生関白》も、黒装束は朝霧、昼顔、夕凪の三人の誰かがやっていたに違いない」

名護屋で見た時の三人は、織部を守ろうとして剣を構えていた。宙返りも得意にしていて、忍びのようなこともできると、織部が言っていたのである。弓矢を扱えたとしてもおかしくはない。

「そうであれば、あの時、別邸へ知らせに行った丹波介殿は朝霧の怪我を知っていてもおかしくはないということになりますぞ」

右近は、丹波介に鋭い一瞥をくれていた。

「知っていたであろうな。そして、《モニカ堂》で昼顔が殺された時も中で起こることを知っていたに違いない。だから丹波介は我らを横に移動させただけだった。扉の正面側へは連れて行かなかった。つまり丹波介は《殺生関白》の一味だったということだ。音順と五右衛門もそうに違いない。余は《モニカ堂》で昼顔を斬ったのは五右衛門だと思っている」

丹波介は一緒にいて、朝霧は腕に怪我をしていた。となれば、残るは五右衛門だけ。

「されば《殺生関白》は何者なのです。関白様と顔のよく似た者が別にいるのですか」

「あれも五右衛門だったと思う」

秀保は、ヤスケに顔を向けた。

「エウロッパでは本物とそっくりに絵を描くし、本物とそっくりの死顔の面を造ることもできる。となれば生きている人間とそっくりの面も造れるのではないか」

「造レルトオモイマス。蠟デデキタ肖像、インドデ見タコトアリマス」

と、ヤスケは答える。

「おそらく蠟で兄上とそっくりの面を造り、五右衛門はそれを付けて《殺生関白》になったのだ。《殺生関白》は頭巾の前のところを取っただけだから髪の毛などはわからない。能面みたいなもので充分だろう。そして、その面を造ったのも五右衛門ではないかと、余は思っている」

「面と仰せですが、あの時の《殺生関白》は醜く笑った顔や怒った顔をしておりましたぞ」

と、また右近。

「表情の違う面を造っておけばいい。されば昨日の出来事も説明がつくというものだ。《奇蹟の間》にあった織部の死体。あれも蠟で全身をそっくりに造られた織部の人形だったに違いない」

これにいち早く反応したのは、秀次であった。

「織部ではなかったというのか」

「そうです。《奇蹟の間》を造った時、手足を切り離した織部の人形を一緒に入れていたのです」

だから血は落ちていなかった。血の臭いも《奇蹟の間》の中にはなかったであろうが、まわりが血だらけであったため、わからなかったのだ。

「あれを造った時に入れたというが、私はあの中を見せてもらったことがある。何もなかったぞ。床に絵があっただけだ」

それは、秀保が見た時も同じだ。

「あれは人形の上に床と同じ絵を描いた大きな幕のようなものを全面に広げておいたのです。そして、我らがあれを見た後、その幕のようなものを取り除き、漆喰を塗り直した。あの穴は腕なら通ります。そこから腕を入れ、幕を引っ張り出したのです」

「そっくりの面や人形など本当に造れるのか」

秀次が疑問を呈していると、いつの間にか座を外していた五右衛門が戻ってきて、

「ほらよ」

と、何かを畳の上に放り投げた。

人間の顔であった。勿論、本物ではない。笑った表情と怒った表情をした秀次の面だ。絵と同じように色付けまでしていて、本当にそっくりであった。

秀次は、それを見て、

「では織部は生きているのか」

と、顔に生気をよみがえらせたが、秀保は、首を振った。

「残念ですが、それはないと思います。朝霧たちがあのような死を選んだのは、織部と共に天国へ行くつもりだったからに違いありません。切支丹は自害を禁じられています。そ

れゆえ、あのようなやり方で死んだ。殉教だということを自分の身体に染み込ませるために、過去の殉教者と同じ痛みを味わおうとしたのではないでしょうか」

「では昨日の織部は――」

「死体だったと思います。兄上の叫びに何の反応も示さず、顔の表情が動かなかったでしょう」

じっと前を見据えていただけだ。何かで支えていたに違いない。

「えっ。でもあの時の織部はこちらへ振り返ったわ」

疑問を呈したのは、亜夜火である。

「足元に誰かがいたのだ。あの時、我らの前には信者たちがずらりと椅子に座っていて、祭壇の前にいた織部の腰から下は見えなかった。そこに誰かがうずくまって胴体を動かし、向きを変えたのだ。横に立っていた朝霧が我らの来たことを教えたに違いない」

そう答えて、秀保は、秀次に向き直った。

「以前、名護屋で会った時、織部はこの国の切支丹のために残る命を捧げたいと申しておりました。不治の病に罹っていたのではないでしょうか。姿が見えなくなったのも国中をまわっていたのではなく、療養をしていた。それが昨日とうとう死んでしまい、その死体を兄上を呼び寄せるために使ったのです」

「やはり織部はもうおらぬのか」

「兄上、しっかりなさって下さいませ。それこそが向こうの思う壺なのです。兄上が織部に執着なさっていることと、夜歩く病があることを利用して、兄上をむごい人殺しに見せ掛けようとしているのです」

「それはいったいどういうことです」

と、不破万作が聞いてきた。

「余の話が当たっているのであれば、一味の者に聞く方がいいだろう」

秀保の言葉に、

「中納言様のお話、まことなのですか。殿を裏切ったのですか」

山田三十郎は、丹波介を問い詰めている。

「丹波介殿ばかりか、音順殿も結託していたのですな」

右近は、音順を睨み付けていた。

しかし、音順にも丹波介にも慌てる様子はない。そして、

「関白様への不忠、許すわけにはいかん」

万作と三十郎が斬り掛かろうとした時、日魅火が不意に小刀を投げた。

小刀は隣室とつながっている襖(ふすま)の方へ飛んでいき、すると、閉まっていた筈の襖がいつ

の間にか少しばかり開いていたようで、それがぴしゃりと閉じられ、小刀はそこに挟まる。

「あそこに誰かいるのね」

亜夜火が小刀を取り出し、襖へ向かっていった。今日は天平装束ではないので、比礼返しが使えないのだ。

しかし、

「よしなさい」

日魅火が追い掛け、腕を摑むと、閉じられた襖がこちらへ向かって飛んできた。

しかも、襖は真横にスパッと両断され、真っ二つになった襖の間から太刀が伸びてくる。

日魅火と亜夜火は、それを後方へ身体をのけ反らせ、手を付いて回転しながらかわした。

織部一座の三人の少女が、舞台で見せた宙返りにも劣らない鮮やかな身ごなし。さすが散楽芸人といえる。

「ほう、女子（おなご）のくせに見事なものではないか。忍びとして即刻召し抱えたいほどだ」

畳に落ちた襖の向こうから感心した声が聞こえてきて、そこに男が立っていた。五十代ぐらいの見るからに只者ではないと思わせる仁王のような武士。

「左近殿」

と、右近が呻くように言って、

「なに、こ、この者、島左近なのか」

秀保は目を剝く。

右近と同族で、天下に武名が轟いた剛の者である。もともとは大和にいたのだが、出奔して——。

「関白様、中納言様。初めてお目にかかり申す。それがし、いかにも島左近。今は石田三成様に仕えております」

左近は、傲然と立ったままで秀次と秀保を見下ろしていた。高虎にも劣らぬ威圧感に、秀保は、あとの言葉が出てこない。

しかし、亜夜火は、左近が相手でも怯まなかった。

「三成に仕えているあんたがどうしてここにいるの？」

「わしも一味だからに決まっておるだろう」

「それって三成も一味ってこと？」

「治部少（三成）様だけではないぞ。大谷様も小西様も、みなお仲間。我らはお拾君のもとで《大一大万大吉》の世を実現しようと思っておる」

「だ、だいいち、だいまん？　なにそれ——」

亜夜火が首を捻っているので、

「《一》は君主、《万》は万民を指し――つまりみんなで助け合いながら《大吉》――幸せになろうということだ」

と、秀保は答えた。

秀保の願う色や生まれの違いに関わりなく、みなが相和す世の中という考え方にも近く、秀保は、この言葉が結構好きなのだ。

「さすが《殺生関白》の仕掛けを見抜かれただけのことはある。刀や槍はさっぱりでも、物事をよくご存知のようだ」

左近は、感心しているのか、文弱の徒と嘲っているのか、わからない顔をしている。

「戦好きの島左近がみなで幸せになろうとするなど、なにをほざくかと言いたいところでござろうが、わしとて血を好む悪鬼ではない。わしはよい世の中になることを願い、戦ってきた。されど大和にいてはそれを成し遂げてくれる主（あるじ）にめぐり会えなかった。亡き大納言様（秀長）はよいお方ではあったが、所詮は兄の補佐役、新しい世を自分で創るお方ではない。そこでわしは大和を発ち、治部少様と出会った」

「――――」

「治部少様は切支丹の教えをもって新しい世を創ろうとなされている。切支丹は神のもとでは大名であろうと百姓であろうと、みな平等だと説く。これなら《大一大万大吉》の世を実現できる。我らはその仲間である」

「そなたたち切支丹なのか。小西は切支丹だったな。小西と仲が良い石田と大谷も切支丹に好意的だと聞いたことがある。そなたもそうなのか」

「鬼の島左近が切支丹なんて似合わないわね」

亜夜火の皮肉にも、左近は、どこ吹く風と平然としている。

「わしは切支丹ではないが、小野木殿に嫁いだ娘がシメオンという洗礼名を持っておる」

小野木とは、三成の同僚奉行である小野木重勝のことだ。

「確かにそこだけを聞けばいい教えのように思う。されど南蛮人が本当は何をやっているかがわかっているのか」

秀保は、必死に言い返した。

ヤスケを奴隷として連れ去ったのが彼らだ。異教徒を人とも思わず、海に出ていった彼らがよその国で何をやっているか。ヤスケからいろいろと聞いているのである。

「そうしたことは治部少様も知っておられる。されど、あらゆる物事にはいい面と悪い面があり申す。いいことだけのものなどない。幸いにして、今の我が国には切支丹の悪い面は余り入っておらぬ。今ならそのいいところを伸ばしていくことができましょう。織部と三人の侍女もそれを望んでおった」

「でも、いい世の中にしようというあんたたちが、どうして関白様を陥れたりするのよ」

亜夜火は、なお噛み付いてくる。

「物事を成すにはなにかと策が必要なのだ。いい世の中になれと念じるだけでなるものではない。お拾君の世とするためには関白様が邪魔。それゆえ関白様の悪行を広め、太閤殿下のお耳に入れて、ご成敗していただこうと思った。治部少様から我らが関白様を手に掛けるのは控えろと言われておるのでな」

「でも秀吉は伴天連追放令を出しているのよ」

「太閤殿下は弱っておられる。先は余り長くない。殿下もそれを承知していればこそ、お拾君の邪魔者を早く取り除こうとしておられるのだ。されば遠からずお拾君の世となる」

「石田様や小西様が明との講和で殿下に嘘を申し上げているのも、殿下の死を待っているからです。それゆえ講和の話もゆっくりと進められている」

と、音順も口を添えた。

「結局は幼い主を立てて、自分たちの思い通りにしたいだけじゃない」

豊臣嫌いの亜夜火は、噛み付くのをやめないが、左近も、傲然とした態度を崩さない。

「太閤殿下が幼き主の世になることを望んでおられるのだ。よき世を創るためにそれを利用して何が悪い。されば関白様、中納言様、我らの企み、殿下に注進しても無駄でござるぞ。むしろ夜歩き、切支丹の女に執心する行状こそ関白に相応しからずとして、きついご処分を下されることであろう」

秀次は、顔を引きつらせていた。

「それで丹波介殿よ。こうなっては聚楽第へ戻ることなどできますまい。治部少様のところへ来られませ」

左近の言葉に、

「そうさせてもらうか」

丹波介は、悪びれる様子もなく、左近の傍らへ行く。

「おのれ、裏切り者」

不破万作と山田三十郎は、悔しさを露に今にも斬り掛かってきそうにしている。

左近は、それを余裕の表情で見ていた。

「ほう、その気骨に単なる無謀ではないきちんとした構え。さすが関白様はご自身が剣の遣い手だけあってよい小姓を持っておられる。それに比べると中納言様の方はいけませんな」

杉丸は、すっかり竦み上がっていた。剣の稽古に励んではいるのだが、不器用者なのでなかなか上達しないのである。

「いくら物知りでも中納言様ご自身が軟弱者なのですから、それに相応しい小姓といえましょう。のう右近、かような主に仕えていては武人に相応しい戦場になど出られぬぞ。この主が仕えるに値すると思っているのか」

そこで左近は、秀保に顔を向けてきた。

「中納言様はご存知ですかな。右近はわしが出奔したせいで、自分はそのようなことをせぬという証を立てるため妻と娘を質として重臣どもにとられているのでござるぞ」

秀保は知らなかった。

「まことか右近」

と聞いても、右近は何も答えない。それでも暗い翳りを帯びた顔に、明らかに苦渋の色が滲んでいる。

左近は、また右近に語り掛けた。

「されば右近、治部少様のところへ来い。妻子のことは治部少様から太閤殿下にお願いして解き放ってもらおう。治部少様のところへ来て、殿下が亡くなった後に必ず起こるであろう《大一大万大吉》を賭けた天下の大戦にわしと共に赴こうではないか」

しかし、右近は、

「断わる！」

と、苦しげに言った。

「それがしは大和の侍。大和を捨てるつもりなどない」

「やれやれ。おぬしも治部少様に似て、融通の利かぬ生真面目な男よのう。まあ、そこまで言うなら致し方なし。されば関白様、中納言様。今日のところはおとなしくお引き取り下され。でないと生真面目な治部少様とは違い、それがしはお二人を手に掛けてもよいと思っておる」

左近は、廊下側の障子を開けた。すると、廊下の向こうの庭に武者が集まっていた。平戸家の傭兵に、左近の配下もいるようである。

「ここへはお忍びで来られているのでござろう。ならば亡骸をこっそりと処分し、行方知れずということにもでき申すが――」

左近の目配せで、兵が弓を構える。

秀次は二人の小姓がかばい、秀保の前では亜夜火とヤスケが楯となる姿勢をとった。それを見て、

「しかも、それがしは勝つために手段は選ばん」

左近がニヤリと笑った時、

「危ない！」

日魅火が叫んで、秀保の背中にまわった。それで刃のぶつかり合う音がしたかと思うと、畳の上に何かが落ち、次いで、

「うっ」

日魅火から苦鳴の声が上がる。

秀保は振り返り、信じられない光景を見た。

畳の上に手をついた日魅火が苦しげに喘いでいる。肩のところに何かが刺さっていて、血が流れているではないか。刺さっているのは手裏剣であった。同じものが畳の上に二つ落ちていた。

日魅火は、背後から飛んできた手裏剣を小刀で二つまで落としたが、三つ目にやられてしまったのである。

「姉様！」

「日魅火サン！」

亜夜火とヤスケが駆け付け、

「あそこね」

亜夜火は、天井に向かって小刀を投げた。天井板の一枚が開いていたようで、そこがサッと閉まり、小刀が突き刺さる。

「忍びもいるのか」

万作と三十郎が、最早我慢がならんと飛び出しそうになり、秀保は、秀次にすがった。

「兄上、ここはおとなしく引き上げましょう。ここにいては日魅火が、日魅火が――」

無様に喚く。

すると、秀次がフラフラと立ち上がり、

「織部は本当に死んだのか」

と、音順に聞いていた。

「残念でございますが、亡骸は信者たちが丁重に祀るとのことで――」

「そうか。ならばもうここに用はない。行こう、万作、三十郎」

秀次は、小姓に支えられながら出ていく。

秀保たちも、その後に続いた。しかし、秀次は後ろを振り返ることなく、どんどん先に行ってしまい、秀保の方は傷付いた日魅火がいるので、すっかり離されていた。だから、以前《殺生関白》と遭遇したところまで来た時には、もう秀次は見えなくなっていた。

日魅火は、ヤスケに抱えられていた。

「日魅火、大丈夫か。右近、杉丸、医師を、医師を呼んできてくれ、早く、早く」

秀保は、激しく狼狽し、涙まで出ている。今まで日魅火のことを不死身の英雄のように思っていた。東大寺では鴉法師たちをやっつけ、名護屋でも亀甲の曲者に雄々しく立ち向かっていたのである。まさかこういう姿になるとは想像すらしていなかったのだ。

しかし、日魅火は、透き通るほどに蒼白くなった顔に笑みまで浮かべ、

「大丈夫でございます。亜夜火だけを残し、若殿様は早く屋敷へお戻り下さい」

と、苦しさを押し殺しながら言ってくる。

「な、何を言うのだ。日魅火がいなくなったら、余は、余は――」

日魅火は秀保をかばって傷付いたのである。

それでも、日魅火は、秀保を優しく諭す。

「百万石のお殿様が芸人ごときのために取り乱されてはいけません。この日魅火とていつまでも若殿様のお側にいられるわけではないのです。さればたとえ私がいなくなったとしてもしっかりと生きていかねばなりません」

「嫌じゃ、嫌じゃ、そんなこと――」

秀保が、まるっきり子供のように駄々をこねていると、

「日魅火なら俺が診てやるぜ」

そう声が掛かった。

あの時、日魅火と亜夜火がいた塀の上に、五右衛門が悠然と腰掛けていた。

「これでもセミナリオで南蛮の医術もちょいとかじったんでね」

五右衛門は、派手な打掛をひるがえしながら塀から下りてきて、血が噴き出てはいけないというので手裏剣が刺さったままになっている日魅火の肩を診た。

「浅くはないが、命までどうこうなることはなさそうだ。だから中納言様は帰りな」

「嫌じゃ。余は日魅火が治るまでいる」

「十六にもなって、なんてザマなんだ。この手裏剣は真田の忍びが使っているものだ。刃が六つ付いてて、真ん中が銭の形をしている。これは六文銭に似せてあるんだ。六文銭は真田の旗印。確か真田安房守（昌幸）の次男が秀吉の近習にいて、大谷の婿にもなっていた筈だ。そいつも一味なんだろう」

「信繁殿だな」

と、右近が言う。

「真田の忍びはおっかないって聞くぜ。今回はあんたを脅すだけだったから、日魅火もこの程度ですんだんだろう。でも、いつ気が変わって本気であんたを襲ってくるかわからねえ。そうなったら今度こそ日魅火はやられるぞ。あんた、誰かに守ってもらわないと、自分で自分を守れないんだろう？　だったらつべこべ言わずに早く帰りな」

「この者の言う通りでござる。それに平城日魅火と今なお関わっていることが重臣方にわかると、日魅火をどうにかせよとまた言い出しかねません」

と、右近も諫め、秀保を強引に引っ張った。

それを今度は、

「ああ、そうだ」

と、五右衛門が引き止める。

「さっきのあんたの話、実に見事だったが、一つだけ外してるぜ。俺は確かに関白の面を造ったが、蠟で身体全部を造ることはできないんだ。エウロッパにだって、まだそこまでの技はないらしい。だから《奇蹟の間》にいたのも人形じゃない。本物だ」

「出入りのできぬ場所に本当の死体を入れたのか」

右近は、信じられないという顔をしている。

「ああそうだ」

「どうやって――」

「それを解き明かしてみろよ。他にも朝霧だけじゃなく、織部の右腕までなくなっていたのはどうしてか。その話もなかったな」

そう、しなかった。わからなかったからである。

「俺が日魅火を治せば、俺は命の恩人。日魅火は俺を無碍(むげ)にはできねえ。俺のもんにしちまうぜ。それを止めたければ、きちんと解き明かして、自分もしっかりした男だってとこを見せてみるんだな。そうでないと俺も日魅火を渡すわけにはいかない」

秀保は、涙を拭い、

「わかった」

と応じていた。

九

その後の秀保は、日魅火たちとも別れ、逃げるようにして大和へ戻った。改めて上洛したのは、八月になってからであった。伏見城の改築が終わり、それを祝う席が設けられたからである。

そのため重臣たちを伴っての上洛で、大名の屋敷も伏見城の近くに建てられていたので、そちらへ入った。聚楽第の方の屋敷は余り使われなくなり、これは秀次から大名を引き離す秀吉の策だという話が、秀保の耳にも入っていた。秀次の様子についても、ふさぎ込んでいるという話がやはり聞こえている。

日魅火の負傷に衝撃を受けた秀保であったが、兄のようにはならなかった。五右衛門に挑まれた謎を必死に考えていたからである。負けたくなかったのだ。その意味では、五右衛門に感謝しなければと思ったりした。

祝い事が一段落すると、洛中の様子を見にいっていたヤスケが、

「平城散座ガ三条ノ河原デ芸ヲ披露シテイマス。日魅火サンモ出テイルヨウデス」

と報告した。

行きたくて仕方のない秀保であったが、重臣と一緒では難しいと思っていると、

「どうしても行かれたいのですか」

右近が聞いてきた。

「行きたい」

と、秀保は訴える。

すると、右近は、しばらく押し黙った後、

「それがしがなんとかいたしましょう」

と応じた。

「されどそなたは妻子が――」

秀保は、心配するが、

「さればこれが最後でござる」

右近は、念を押すように強い口調で言いきったのである。

それで右近がどんな手を使ったのかはわからないのだが、秀保は、近臣だけを連れて聚楽第の方の屋敷へ入り、右近とヤスケを伴い、お忍びで三条河原へ行くことができた。

平城散座が興行していた。天平装束の日魅火が、亜夜火と一緒に玉乗りの弄丸や短剣投げを披露していたのである。しかも、お忍び姿の秀保に気付いたのか、日魅火がこちらを見て微笑み、亜夜火までもが、ははあんというような顔をして笑っていた。そして、芸が終わると一座の者に声を掛けられ、別の場所へ連れて行かれた。

人家のほとんどない寂しい一画で、竹藪に囲まれた中に埋もれている廃寺であった。外見は朽ちかけていたが、中はすっきりとしていて人が住めるようになっていた。そこを平城散座が京でのネグラにしていたのである。

そこでは、天平装束のままの日魅火と亜夜火が待っていた。

「卑しい芸人のむさ苦しい場所へお呼び立てして申し訳ありません」

恐縮する日魅火に、

「余はかまわぬ」

秀保は、喜びを抑えることができなかった。

「元気になっていてよかった」

と、涙を抑えることもできない。

「ご心配をおかけしました」

「もう芸をしても大丈夫なのか」

「姉様なら大丈夫よ」

と、亜夜火が請け負う。

「そうか。されどまた京で会えるとは奇遇だ」

「だから奇遇じゃないの」

と、亜夜火は口を尖らせてくる。

「あんたが伏見へ来るっていうから、姉様も京へ来ることにしたのよ。どうせあんた、心配の余り落ち込んでたんでしょう？」

日魅火が自分のことを気遣ってくれていたことを知り、嬉しさがさらに募ったが、

「おっと、それしきのことでいい気になっちゃあいけないぜ」

と、言いながら現われた人物を見て、顔が引きつってしまう。

五右衛門がいたのだ。

「そなたもここに――」

「俺が日魅火を治したってこと、忘れてもらっては困るぜ。座頭の命の恩人だ。ここでは賓客の扱いを受けてる」

しかし、亜夜火は、こっちにも口を尖らせた。

「何言ってるの。平戸の別邸がなくなったから、仕方なしに転がり込んできたんでしょう。それに賓客どころか客の似せ絵を描いて、しっかり銭も稼いでもらっているわ」

「あの別邸がなくなったのか」

「ああ、《オトコンベ》も《奇蹟の間》も跡形なし。で、中納言様よ。今日は日魅火の見舞いに来たのかい。でも《奇蹟の間》の件がそのままなら日魅火は俺のものだぜ」

そう言って、五右衛門は、日魅火の肩を抱こうとする。

秀保は、思わず悲鳴を上げそうになったが、亜夜火が、その手をピシャリと叩いた。

「これも安心していいわよ。あたしが姉様には指一本触れさせてないから――。勿論、あたしにもね。だからいい加減にしないと、こいつをお見舞いするわよ」

亜夜火は、五右衛門に向かって比礼を振る格好をする。

手は引っ込めたものの、五右衛門に畏れ入った様子などない。

「気が強いのもいいねえ。お前も俺のものにしたくなったよ。別にその比礼で切り刻まれたっていいんだぜ。切支丹は苦しみも痛みも主の恩寵と受け取る。さあ刻んでくれ」

五右衛門が、両手を広げて飛び掛かろうとし、

「うわああ、気持ち悪い」

亜夜火の方が逃げ出し、どうしてそうなったのか、秀保にしがみ付いてきた。立派に成長している亜夜火の方が身体も大きいので、秀保は支えきれず、二人一緒に床へ倒れ込んでしまう。

それで亜夜火の顔が秀保のすぐ側にきた。

亜夜火は慌て、

「もう男なら無様に倒れないでよ」

と、ぷりぷりしていたが、秀保は、亜夜火の顔をしげしげと見つめ、

「なるほど、確かにきれいになったたな」

思ったことをそのまま口にしていた。

すると、

「な、な、な、な、な、何言ってるのよ」

亜夜火は、飛び退くように離れ、顔を真っ赤にして口を喘がせている。

「おいおい。豊臣家の男ってえのは女のことにかけちゃあ、ほんと隅に置けねえよなあ」

と、五右衛門がニヤリと笑い、

「五右衛門殿もたいがいになされませ」

日魅火が、やんわりと制した。

「若殿様も気になされませんように——。解けないことがあったとて仕方のないことでございます。私はあそこまで見破られた若殿様をご立派だと思っております」

日魅火は、また微笑んでくれる。

それを見ると、秀保には勇気が湧いてきた。だから思いきって口にした。

「そのことなのだが、こうではないかと思い付いたことがあるのだ。されど、とても信じ難いことなので話すべきかどうか迷っていたのだが、五右衛門もいることだし、聞いてもらおうか。どうか笑わないでくれ」

「若殿様がなさる話をどうして笑いましょう。そのようなお気遣い、無用にございます」

「そうか。ありがとう」

秀保は、意を決した。

「《奇蹟の間》の織部が本物だったということは《オトコンベ》で見た織部が人形だったことになる。蠟で織部の顔を作ったのだ」

蠟の肖像があるのだから、顔は造ることができる。

「胴体は甲冑の中が藁人形のようになっていたんだと思う」

「じゃあ本物をどうやって《奇蹟の間》に入れたの？」

「それは《奇蹟の間》を造った時しかないだろうね」

「何言ってるの。《奇蹟の間》は二月に造ったんでしょ。織部が死んだのは五月よ」

「本当は二月の前に死んでいたんだよ」

「いくらあんたの話でも信じられない。もしそうだとしたら、とっくに腐っているわ」

「あれからヤスケに切支丹の話をもっとたくさん聞かせてもらった。余は《モニカ堂》でブドウの酒を出されたが、切支丹はあれを教祖の血といい、パンなる食べ物を教祖の肉といって、教祖の血肉を食べるがごとき所行をするそうだ。教祖は数々の奇蹟を起こした。切支丹は奇蹟を起こす者の身体に執着し、教祖の血肉に擬えたものを飲み食いするのも奇蹟を起こした教祖の力を少しでもおのれの中に取り込みたいと思ってのことのようだ。しかも、執着するのは教祖に対してだけではない。奇蹟を起こした信者の身体も強い信仰の対象となる。ヤスケが日本へ来る前にいたインドにも奇蹟を起こして崇められている者がいた。ザビエルという伴天連を知っているか」

「なんか聞いたことがあるわね。ええと誰だっけ――」

亜夜火が思い出せないのに対し、

「日本に初めて切支丹の教えをもたらした伴天連様のことですね」

日魅火は知っていた。

「そうだ。フランシスコ・ザビエルという。ザビエルは日本で布教した後、明へ渡り、そこで死に埋葬された。四十年ほど前のことだが、ザビエルはこういう奇蹟を起こした。数ヵ月後に墓を検めたところ、死体が腐っていなかったというのだ。それでインドのゴアという町へ運ばれ、大歓迎を受けて、今でもかの地で丁重に祀られているそうだ」

これにヤスケも頷いた。

「ソノトオリデス。ワタシ、ザビエルノ死体ヲ実際ニ見タ人カラ聞キマシタ。ソノ時モ死ンデカラ数十年ハ経ッテイルノニ、マダ生キテイルヨウナ姿ヲシテイタソウデス」

「その奇蹟が織部にも起こったんだ」

「死体が！」

「腐らないですと！」

亜夜火と右近は、目を丸くして驚いている。

秀保は続けた。

「織部は今年になってから姿を見せなくなったという。おそらく去年の終わり頃には死んでいたのではないか。されど織部の死体は腐らなかった。そこで音順はあの部屋を造り、その中に死体を安置して、信者たちは《オトコンベ》でそれを崇めていた。だからあそこは《奇蹟の間》と呼ばれ、それを此度の《殺生関白》騒ぎに利用したというわけだ」

「織部さんの死体が手足を切り離されていたのは、どういうことなのでございましょう」

と、日魅火が聞いてくる。

「切支丹は特別な力を持つ身体に執着する余り、時にその死体を分けることがあるらしい」

「つまり信者たちへ分け与えるために、織部の手足を切り離したということですか」

「おそらくそうだろう」

「されど右腕があそこにはなかったですね。先にどこかへ分け与えたのでございますか」

「そうなるだろうな」

秀保は、五右衛門を見た。

五右衛門は、相変わらずニヤニヤと笑っていたが、ひょいと立ち上がって部屋の外へ出ると、また戻ってきて、床に丸い物を置いた。

「俺もここまではできた。一世一代の傑作だ」

蠟で作られた織部の首であった。やはり丁寧に色を付け、髪の毛も黒い糸を使い、本物そっくりに見える。

五右衛門は、その首を愛おしげに撫でてから、

「腕はローマへ送ったのさ」

と言った。

「ローマとは切支丹の総本山があるところだな」

「そうだ。本当に腐っていないのなら、そこが奇蹟だと認めてくれる。死体の一部を切って送るのは珍しいことじゃないらしい。だから手足もその時に切った。それで首と胴体は織部の故郷が天草だから小西の殿様が自分の領地である天草へ持って帰り、そこで丁重に祀るって話だ。残りの手足は他の場所で崇められるらしいぜ」

「じゃあ本当ってことなの」

「腐ってなかったのか」

亜夜火と右近は、まだ信じられないという表情である。

「織部は死ぬ時、自分はこれからも信者を守り続けますと言っていた。本人がそういう奇蹟を起こすつもりで死んでいったのかどうかはわからないが、あんたらが名護屋で見た時の姿がずっと変わらなかった」

「やはりそうであったか。今年の初めから姿が見えなくなって、五月に死体が見つかるまで療養していたのだとすれば、もっとやつれているのではないかと思ったのだ」

「ちっ、《奇蹟の間》の謎は絶対見破れねえと思ったんだがなあ」

五右衛門は悔しがり、

「凄いじゃない。あんたの勝ちね」

と、亜夜火が喜んでくれた。

「はい。お見事でございます」

と、日魅火に言われたのが一番嬉しい。

「あああ、これで日魅火にも亜夜火にも言い寄れなくなったか。それだと俺がここにいる理由もなくなったなあ」

「そうよ。だからとっとと出ていきなさい」

亜夜火が、せいせいしたように言う。

「でもあんた、ほんとに切支丹なの。どうせ島左近か音順に命じられたんでしょうけど、切支丹の仲間を、しかも、あたしと変わらない歳の女の子に、あそこまでひどい殺し方をするなんて、どういう心を持っているのよ。腸を出されたり乳房を切り取られたり、あの子たち物凄く苦しんでたでしょう。それを見て、あんたは何の痛みも感じなかったの。切支丹は教祖が味わった痛みや苦しみを我がことのように感じようとするんでしょう。そのための十字架なんでしょう」

「うるさいなあ。俺は楽に楽しく生きたいんだよ。だから痛いのとか苦しいのとかは嫌なの。切支丹がそう思って何が悪い。やっぱりここは長居をするところじゃないな。それに俺、秀吉のところからおかしな物を盗み出してきただろう。あれで目え付けられてんだよ。だからさっさと逃げ出した方がいいんだ」

「されど、あれは石田や大谷が手引きをしたと――」

秀保は、そう言ったが、五右衛門は、自分の顔の前で手を振ってみせた。

「世の中ってえのは甘いもんじゃないんだぜ。用済みになればあっさりと捨てられる。それだけのことだ」

「なんて、ひどいこと」

「そう、ひでえよなあ。でもよ、この世にはそういったことの方が一杯ある。残念だけど、それが現実なのさ。だから秀吉が我が子可愛さの余り、関白を邪魔に思っているのも本当だ。しかも、それは中納言様、あんたに対しても同じなんだぜ」

「なんだって」

「音順と丹波介がどうしてあんたを別邸に連れて来て、今度のことに巻き込んだのか。おかしいと思わなかったか。これはな、あんたに《殺生関白》を見せ、あれは兄だったと証言させれば、ますます間違いがないってことになる。けど兄思いのあんたは、それでも兄をかばっただろう。それで《殺生関白》の味方をするのかってえことにして、あんたも秀吉に成敗してもらおうとした。そういう理由だ。つまりあんたも邪魔なんだよ。まさかここまで見抜かれるとは思ってなかったんだよな」

「余がなにゆえに邪魔なのだ」

「そんなの決まってるだろう。あんたも豊臣の人間だ。今の関白がいなくなったとしても、あんたがいればお拾に取って代わることができる」

「余はそんなつもりなどない」

「あんたがどう思っているかじゃなく、秀吉や三成たちがどう思うかだ」

そこまで言うと、五右衛門は、

「ちょっとこっちへ来な」

と、秀保を部屋の隅まで引っ張っていった。

そこで日魅火たちに聞こえないように声まで潜めてくる。

「あんたも百万石の殿様なら、ちっとは動かせる家臣がいるだろう。右近とこの前連れて来た小姓はいけねえぜ。あいつらには弱みがある。だから他のヤツにするんだ。それで日魅火に気を付けてやってくれ。左近たちは織部を利用して秀次を壊そうとした。これは結構成功してる。そして、この前のことで平城日魅火をどうにかすれば、あんたを壊せるってことに向こうも気付いた。となれば——」

「まさか日魅火を！」

その時であった。

「怪しき風体の一団がこっちへ向かってきます」

と、座員が駆け込んできた。しかも、がくりと膝をついた背中に手裏剣が突き刺さっている。六文銭を模した手裏剣であった。

「ちっ、遅かったか」

五右衛門は、唇を噛んだ。

「余が行く。ここに大和中納言がいるとわかれば——」

秀保は、出ていこうとしたが、

「そんな甘い連中じゃないって、わかってるだろうが——」

と、五右衛門が止め、

「若殿様、こちらへ——」

日魅火が秀保の手を引き、

「あれね。用意してくる」

と、亜夜火が先に行った。

そこは一番奥まった部屋で、床板を亜夜火がめくり上げ、縄梯子を垂らしていた。覗き込むと、その下の地面に穴が開けられている。

「ここを通っていけば竹藪のずっと向こうの古井戸に出られます」

「そなたたちも一緒に――」

秀保は、そう言ったが、二人は首を振った。

「私は座頭として一座の者たちに責を負っております」

「あたしも姉様と一緒にいるわ」

「されどご心配なく。すぐに追いつきますので、若殿様はお先に――。右近様、ヤスケさん、若殿様をお願いします。このようなことに巻き込んでしまい、申し訳ありませんでした」

「いや、そのようなことは――」

秀保は、日魅火の顔を間近に見て、額のところに汗が滲んでいることに気付いた。今まで芸を披露しても息一つ乱していなかったのに――。もしかして日魅火は、自分を安心させようと無理をしているのではないか。

傷は命に別状がないとはいえ、浅くはなかった。それに芸をしようと思えば、修練も欠かせないであろう。本来ならじっと養生するべきところを身体を動かしたりしたら、治りも遅いに違いない。

「日魅火、余は、余は――」

秀保は、日魅火の手を握った。強く握っていた。そして、

「余はそなたと二人で奈良を歩く夢を見た。いつかそなたを絶対奈良へ呼ぶ。その時は一緒に――」

と、これも強く言ってのける。

日魅火は、にっこりと微笑み、

「私も楽しみにしております。されど今はお早く」

秀保の手を優しく離して、そう促してくる。

「あんた、なんて顔してるの。百万石のお殿様なんだから、もっとしっかりしなさいよ」

と、亜夜火にも尻を叩かれて、半ベソ状態になっていた秀保は、右近とヤスケに支えられながら穴の中へ入った。

「すぐに来るんだぞ！　きっとだぞ！」

と、上に向かって叫ぶ。

しかし、下へ降りて、ヤスケの持つ明かりを頼りに横穴を進んでいると、背後で大きな音がした。振り返ると、縦穴との連絡口が塞がれていた。慌てて戻ってみれば、そこには土砂が落とされていて、縄梯子も引き上げられたようである。

「日魅火！　亜夜火！」

秀保は、みっともなく泣き叫んだが、右近とヤスケに引っ張られ、穴の先へと連れて行かれた。

それ以来、平城散座の消息は杳としてわからなくなった。夢が実現することはとうとうなかったのである。

十

この時から二十年後――。

インドのゴアで安置されていたフランシスコ・ザビエルの死体から右腕が切断された。奇蹟を確かめる証拠として、ローマへ送られることになったのである。その後もザビエルの死体からはさまざまな箇所が切り取られ、日本を含む世界各地で保存されているという。

完璧な密室。そのような密室ができるとすれば、それは奇蹟というしかなかったのである。

第四話　十津川に死す

一

十七歳になった豊臣秀保が吉野の十津川へやって来たのは、文禄五年（一五九五）三月の終わり頃であった。

日魅火と別れて数日後に、五右衛門が捕らえられ、釜茹でというむごい方法で処刑されたことを聞いた。五右衛門は、莞爾と笑って、煮えたぎる釜の中へ身を躍らせたという。いったいどういう心境であったのか。

秀保は、ひたすら身体が竦むばかりであった。そして、平城散座の行方がわからなくなり、秀保の落ち込みようはひどかった。

日魅火をあんな目に遭わせたのは自分のせいだと思うのだ。豊臣家の人間である自分と関わったために傷を負い、一座が襲われることになってしまった。

しかも、秀保には、日魅火たちがどうなったかを調べようとしたところで、その術さえなかった。五右衛門は、百万石の殿様なのだから動かせる家臣がいるだろうと言っていたが、そのような者はいなかった。秀保に向ける秀吉の険しい目を誰もが察しているかのようで、最早どこにも味方がいない。これが現実であった。

だから秀保は、ほとんど引き籠りといっていい状態で、鬱々とふさぎ込んでいた。側にいるのは、島右近にヤスケと杉丸ぐらいなのだが、右近は、前回これが最後と言った通り、あの廃寺から戻ってからというもの、すっかりよそよそしくなってしまった。杉丸は、情けない主君を明らかに呆れた目で見ている。変わらないのはヤスケだけであった。

こうして年を越し、暖かくなってきた頃に十津川行きの話が持ち上がったのである。

「ここは一度城を離れ、療養なされた方がよろしいかと存じます」

「おいらは吉野の十津川の生まれでして、そこには里から離れた隠し湯があり、人目を気にすることなく身体を休めることができます」

右近と杉丸が、そう言ってきたのだ。その隠し湯を杉丸の知り合いがやっているらしい。二人が自分のことを気遣うとは珍しいと思わぬでもなかったが、城からは出たいと、秀保は、猛烈に思った。

居所に籠っていても、城中の噂は嫌でも耳に入ってくる。兄秀次の行状も一向に改まらないようで、兄弟揃って世間では不評を買っているらしい。

だから逃げ出したかった。

秀保は、右近、ヤスケ、杉丸を連れ、お忍びで十津川へ行くことにしたのである。

十津川は、山深い吉野の奥まったところにある。大和の中なので秀保の領地の筈だが、かつて大海人皇子（後の天武天皇）の再起を助けたことから都と独自の関係を築き、地侍たちの棟梁による自治が行われていた。従って、国主の権威が余り及んではいない。

秀保一行は、数日をかけて吉野の険阻な地形を進み、十津川の集落までやって来た。一行は旅の武士、案内役の杉丸だけは山の猟師の倅とでもいった格好で、それが小姓姿よりも似合っていた。ヤスケが顔や手を隠しているのはいうまでもない。

その集落にも湯が湧いていて、すでに秘境と呼んでいいところであったが、目的の場所ではなかった。そこからさらに山奥へと分け入っていかなければならないそうで、杉丸でさえ行き方がわからないという。そのため、迎えの者が来ていた。

杉丸が、「峯吉」と、呼んだ同い年だという少年である。

隠し湯をやっている果無一族の当主の息子で、杉丸の幼馴染みだという。果無家も、十津川の自治を担う地侍の棟梁の一人であるらしい。

秀保たちは、峯吉の案内で、また山道を進んだ。最早、道と呼べるものさえなくなり、振り返ってみても戻り方がわからず、秘境の密度ばかりが濃くなっていく。そういう道程であった。

それでも十津川育ちの杉丸は、しっかりと歩を進め、戦場で鍛えた右近や、苛酷な運命で日本へ来たヤスケにも足取りに乱れはない。

しかし、秀保は、途中で音(ね)を上げ、

「遠慮ナク使ッテクダサイ」

と、ヤスケが差し出す背中にすがり付くこととなった。

そうやってどんどん奥へと進み、こんなところに本当に人が住んでいるのかと思われた時、秘境には全く不釣り合いな立派な館に出くわした。

果無家の館だということで、峯吉の父である当主の忠之(ただゆき)をはじめ、一族家人の六十人ほどが出迎えてくれた。敷地はかなり広く、門をくぐった先には彼らの住む本棟があり、その奥には木々が密生している中、別棟と呼ばれるものが建っていた。別棟同士は結構離れていて、それぞれ源泉から湯が引かれているということで、秀保たちは、その一つに滞在することとなったのである。

その日は早く床に入って旅の疲れを癒し、翌日、秀保は、本棟での朝餉(あさげ)に招かれた。

ここがどういう場所なのか、秀保には興味が湧いていた。当主の忠之は、館の由来をこう教えた。

険峻な地形の吉野は、古来、都の政争に敗れた者たちがしばしば身を寄せるところとなっていた。大海人皇子や源義経、吉野で南朝を開いた後醍醐天皇などがそうである。

「ここは吉野の中にさえ身の置き所がなくなるほど足利方に攻め立てられていた南朝の帝を我らの先祖が最後におかくまいしたところでございます」

その際、帝だけでなく、妃や皇子、公家に楠木といった武士までが同行していて、そうした者たちを泊めたところが今の別棟に当たるらしい。

しかも、果無家は、そのことを誇りとし、南北朝が終わった後もここで敗者をかくまってきたという。南北合一により都へ戻った南朝の子孫や、古くから続く都と十津川の縁を活かして、信頼する筋から紹介された人間を迎え入れてきたそうだ。

「歴史は敗者を悪くいうものでございます。されど人と人との争いにおいて、片方が全て良く片方が全て悪いなどということはあり得ません。そうは思われませんか」

「確かに――」

と、秀保も認める。

「されど余には信頼されるような筋からの紹介などなかったと思うが――」

「中納言様は大和の国主。大和にとって大事な方も我らはおかくまいしております。中納言様に何があったかは息子が杉丸から聞きました。私の方でもお拾君が生まれてからの太閤殿下の変わりようを都の筋より聞いております。お身内である中納言様を前にこう申し上げることは心苦しいのですが、私には太閤殿下が恐ろしいお方に思われてなりません」

「恐ろしい？」

「殿下は才覚がおありなだけでなく、軽妙闊達なご気性が信長様をはじめ上役方に気に入られ、軽輩より身を起こされたといわれておりますが、本性は真逆に思われるのです。たとえば信長様の妹お市の方が嫁がれた浅井長政殿が裏切りをした挙げ句に滅ぼされた時、お市の方のお子ではないが、長政殿の嫡男でこの時まだ十歳であった万福丸様を殿下が処刑されておられます。勿論、信長様の命だったのでしょうが、殿下は万福丸様を串刺しにされているのです」

「なんと十歳の子を串刺しにか」

　と、秀保は震える。

「他にも殿下は信長様のご子息信孝様の母親と娘御を磔にしました。山上宗二なる茶人には鼻と耳を削いだうえで首を斬るということもなさっておられます。殿下が軽輩の時はそうした本性を隠し、まわりに気に入られるようひょうげた者を装っておられたのでしょう。信長様がそうであったように、乱世で大をなそうというお人は非情なものなのでございます。されば中納言様、畏れながら殿下の先行きは余り長くはありません。それまでここでゆるりとお過ごしになっては如何でしょう。ここへの道筋がわかるのは我らのみ。殿下もここに手を出すことはできません」

「お前もこのまま十津川へ戻ってこいよ」

忠之の隣にいる峯吉も、そう杉丸に言っていた。

「お前に武士なんて向いてない。だからここで俺を手伝ってくれないか」

と誘っていたが、杉丸は何も言わず、唇を噛み締めているだけであった。

秀保は、朝餉を馳走になった後、峯吉に館の周囲を案内してもらった。すると、山林の中の猫の額のような平地でしきりと土を耕している百姓姿の男に出くわした。近くの木の根元では、武士の格好をした男が腰を下ろしている。共に四十代に見える。

「九右衛門（きゅうえもん）さん、うまくいきそうですか」

と、峯吉が百姓に声を掛け、相手は快活に応じていた。

「ここならなんとかなりそうです。それにしても十津川は田畑にできる場所が本当に少ないですね」

「この百姓は十津川の者ではないのか」

と、秀保は聞いた。

別棟に泊まっている者だと、峯吉は教えてくれた。ここでかくまわれている人間ということだ。百姓のなりをしているが、もとは武士なのだという。

「だからあっちのお侍は小次郎さんといって、九右衛門さんの警固役なんです。この人、ここで暮らすことになった新入りさんです」

「ほう、お若い方ですね。従者も結構いる。そちらは顔に怪我でもされたのですかな。まあ、よろしくお願いします。そのうち私がここで育てた作物などを御膳に進ぜましょう」

九右衛門は、ヤスケにもそれほど警戒心を見せなかった。しかし、小次郎の方は、ジロリと鋭い一瞥をこちらへ向けていた。

「ここには余の他に何人もいるのか」

「いますよ。でもあんまり人前には出てこないですね。互いの行き来もないですし、名前が本当かどうかも俺にはわからない。全ての事情を知っているのは父だけです。若殿様のことは俺もわかってますけど、他の人に知られたくなければ別の名前を考えておいた方がいいですよ。父も私もお客人の事情を他の方へ話したりはしませんから――」

森の中へと入っていくと、今度は行く手で膝をつき、こちらに向かって頭を下げている者と出くわした。

「若殿がここへ来ておられるとは承知せず、このような場で失礼をいたします」

と、謝ってから顔を上げる。

二十代と思しき若者である。

秀保は、見覚えがなかったのだが、

「おぬし、根津甚八ではないか」

と、右近が驚いていた。

「これなるは一年ほど前に六百石をもって召し抱えられし者でござる」

「余の家臣であったか」

百万石の大身なので家臣の数は多い。秀保も、全員を知っているわけではなかった。引き籠りなので、むしろ知らない者の方が多いといえよう。

「どこかで余は会ったか」

「いまだお目通りさせていただいたことはなく、若殿が京へお出かけの際、見送りの列に加わっておりました」

「そうか。して、その方なにゆえここにおる」

これには峯吉が答えた。

「いより、じゃなかった、甚八さんは十二、三年前までここで俺たちと一緒に暮らしていたんです。この場所を知ってたんで、甚八さんだけは誰かの紹介ではなく、自分で十津川の集落まで来て連絡をとってきました」

「若殿がここにおられるとわかったからには、自分だけ素姓を隠すわけにはいきますまい」

若者は、自ら正体を明かした。

「それがし、本当の名を浅井井頼（いより）と申します」

浅井長政の子供で、万福丸の弟に当たるという。お市の方の子ではないため、兄と同様に殺される可能性があったのだが、逃がしてくれる者がいて果無の館へ連れて来られたそうだ。そして、本能寺のことが伝わると、井頼はここを出ていった。

「その後は生きていくためにいろんなことをやっておりました。その際、根津甚八という名を使ったのでございます。それである時、茶々（ちゃちゃ）姉上（淀殿）が太閤殿下の側室になったという話を聞きまして、姉上には可愛がってもらった記憶がありましたので、思いきって訪ねたところ、姉上もよく覚えておられ、それがしを根津甚八の名で殿下の家臣に加えてくれました。ところがお拾君が生まれると、それがしの素姓を殿下に告げ口する者が出まして、なにしろそれがしは兄を串刺しにされていますから、殿下はそのことを今でも怨み、お拾君に復讐するつもりだと思い込まれていると姉上に教えられ、姉上が高虎様に頼んで下さり、若殿の家臣にさせていただいたのです。されどそこへも殿下の手が伸びてきたことを知り、とうとうここへ舞い戻ってきた次第にございます。勿論、それがしに兄の復讐をしようなどという気持ちは露ほどもないのですが――」

「そんなことで――」

「されば姉上に迷惑が掛かってもいけませんので、それがしの本当の名はどうか内密にお願いしとうございます」

秀保は、それを承知した。

二

昨夜は旅の疲れもあって、すぐに寝入ってしまったが、その夜はなかなか眠ることができなかった。

根津甚八の話を聞き、そんな昔のことまで持ち出してお拾に結び付けるのかと、秀吉の妄執の恐ろしさに身震いを覚えたのだ。となれば、今現在、お拾の対抗馬となっている秀次・秀保兄弟をどう思っているかは推して知るべしというところであろう。

（やはり自分は邪魔者なのか）

そう脅えながらも現金なものでいつしかウトウトしていたら、

「ワカトノサマ」

と、揺り起こされた。

「どうした」

寝ぼけ眼(まなこ)で問い返すと、

「賊ガ襲ッテキタソウデス」

との答え。

ヤスケは、寝衣ではなく侍装束に着替えていた。

どういうことなのかわからないまま、秀保も着替えをさせられ、庭に面した廊下に出た。やはり装束を改めている右近がいて、じっと本棟の方角を見ている。そこからは確かに騒がしい音が、悲鳴や怒号のようなものが、聞こえてくるのである。

右近とヤスケが話してくれたところによれば、峯吉が駆け込んできて、本棟が賊に襲われ、今防戦しているが、用心のために逃げる用意をしてほしいと言ったそうである。賊が何者かはわからず、人数も結構多いとしかいえないようだ。その後、峯吉は、杉丸に助力を求め、他の別棟へ知らせにいったらしい。

ほどなくして、杉丸が二人の武士を伴い戻ってきた。一人は、すでに会った根津甚八。

もう一人は頭巾で顔を隠している。

「挟間能次郎殿と申されるそうです」

と、甚八が紹介する。

燃え盛る戦場にいたため顔に火傷を負い、喉もやられてしまったのだという。甚八と能次郎は、それぞれ一人でここに滞在していて、峯吉は、二人のことを杉丸に頼み、自分はさらに奥の別棟へと向かっていったそうだ。

そのうち峯吉も戻ってきて、こちらは五人の人間を連れていた。九右衛門と小次郎に僧形の人物と、親子であろうか、大人と子供の武士。僧形の人物は、これまた頭巾で顔を隠している。

「おお、確かに騒ぎが起こっているようではないか。ここには誰も来ぬと聞いていたになんたることか。山賊でも跳梁しておるのか」

その僧が、居丈高に峯吉をなじっていた。

年配と思われる声であったが、秀保は、おやとそちらへ目をやった。聞き覚えがあるように思われたからだ。向こうも秀保に気付くと、頭巾の中の目がじっとこちらを見ている。

峯吉は、

「ここに山賊などいない筈なのですが――」

と、困っていて、

「起こってしまったことを責めたところでどうにもなりますまい」

と、九右衛門が穏やかにとりなした。それで、

「これが今ここに滞在している全員ですか」

と、峯吉に確認する。

「いえ。あと一番奥の別棟に四人いらっしゃるのですが、出てこられるかどうかは――」

「ならば見たところ私を入れて七人は戦えそうですな」

秀保を含む年少の者と僧は外しているようだ。

「さればここの守りに二人を残し、五人で加勢にまいりましょう。これまで恩義を受けていながら見捨てるわけにはいきません。勿論、私も久し振りに刃を振るいます」

九右衛門は、腰に差した鎌へと手をやっている。それを、

「お客様を危地に立たせるは果無家の名折れ。万一の時は必ずお逃がしするよう父より厳命されております。それに我が一族が山賊ごときに負けるわけはありません」

と、峯吉が止めた、その時――。

本棟の方から怪しき者たちが木々の間を抜けて、姿を現わした。

黒装束に身を包んだ賊だ。

「ほう、ここに集まっていたか、これは好都合」

一人が不敵な声を放つ。

「我らはここに巣食う太閤殿下への謀叛人と、それをかくまう不埒（ふらち）者を成敗せよと命じられし者。この任、首尾よく果たさば我ら風魔（ふうま）一党の再興がかなうことになっている」

「風魔とは関東の北条氏に仕えた忍びではなかったか」

秀保は知っていた。秀吉の小田原征伐により北条氏が滅ぼされると、彼らも敗者として消えていった筈だ。

「左様、その風魔よ。我は棟梁風魔小太郎（こたろう）の倅小四郎（こしろう）。すでに向こうの連中はことごとく討ち果たした」

確かに騒がしい音が聞こえてこない。

「お前たちも観念せい！」

賊の数は三、四十人くらいになっていた。

それでも甚八と能次郎、九右衛門と小次郎が向かっていき、

「頼んだぞ」

僧に言われて、

「承って候」

親子連れらしい二人のうちの大人が悠然と歩き出す。

秀保の方は右近が動こうとしなかったので、ヤスケがこれに続いた。

杉丸と峯吉は固まっていた。勿論、秀保にもできることなどない。そこへ、

「ああ、その者は結構強そうじゃのう。ならば余も守ってくれ」

と、右近を頼りに僧が近付いてくる。

「おいらがいるじゃないか」

子供が言っても、

「子供をアテにできるか」

と、すげなく跳ね除けている。

やはり声に覚えがあった秀保は、

「もしや公方様では――」

と尋ねた。それを、

「違うよ。元公方様ね」

と、子供が訂正している。

秀保よりも身体が小さいので、明らかに年下だ。

一方、僧は、

「やあ久しいのう、中納言殿」

と言って、頭巾の前を外し、顔を出した。

ふっくらとした、やや弛緩気味の顔。やはり知っている人物であった。

足利義昭。

信長に追い出された室町幕府最後の将軍――つまり前将軍だったのである。今は出家し、秀吉から一万石の扶持をもらって、名護屋へも行っていたし、吉野の花見にも参加していた。そこで秀保は会っていたのだ。

「ほう。ここの連中もなかなかにやるのう」

義昭は、蹴鞠見物でもしているかのような呑気さで、目の前の戦いを見ていた。

月明かりを浴びて、戦いの様子が舞台で演じられる能のように浮かび上がっている。それでも、呑気に見ていられる光景ではなかったのだが、こちら側がよく戦っていたのは確かであった。

小次郎は、背中に三尺（約一メートル）以上はあろうかという長刀を差していた。一方、義昭のお付きは腰に二刀を差していて、二人ともそれを抜き放ち、凄まじい腕で賊を斃している。時折、飛んでくる手裏剣も難なく弾き返していた。九右衛門の鎌や、甚八と能次郎の太刀も劣るものではなかった。勿論、ヤスケもだ。だから賊の数はだんだんと減っていき、大見得をきった風魔小四郎も、切歯扼腕のさまを見せた時――。

「木ノ上カラ狙ワレテイマス。アナタ、アブナイ！」

と、ヤスケが能次郎に向かって叫び、
ダーン！

轟音が響き渡った。

その直前、能次郎は、咄嗟に横へ飛び退いたが、太刀を落とし腕を押さえてうずくまっている。

双方の動きが止まり、秀保も木の上を見た。

太い枝のところで、黒装束の賊が一人、鉄砲を持っていた。今撃ったところなので弾込めを始めている。

能次郎は、ヤスケに抱えられて秀保たちのところへ戻ってきた。右腕を負傷している。

「これでは刀を握れそうにないな。されどヤスケの言葉で飛び退いていなかったならば胸板を撃ち抜かれていたであろう」

と、右近が診断していた。

一方、弾込めを終えた賊に、

「あそこに偉そうなのがいる。次はそいつを狙え」

と、風魔小四郎が指示していた。

それで鉄砲の筒先がこちらを向く。

「ワカトノサマ、ワタシガ守リマス」

と、秀保の前にヤスケが立ちはだかり、

「おい。こういう時ぐらいは役に立て——」

義昭は、秀保より身体が小さい子供の後ろに、自分の身体を縮こませて隠れた。

「元公方様、勝手過ぎるよ」

と、子供はぼやいたが、逃げる様子はなく、

「でも大丈夫だよ。鉄砲の弾なんか、おいらが弾き返してやるから——」

子供も腰に二刀を差していて、それを果敢に構えたではないか。

それを見て、

「子供を的にはさせられません」

九右衛門が木の上目掛けて鎌を投げようとした時、
ダーン!

また銃声が響き渡った。

木の上から放たれたのではない。それどころか、鉄砲の賊が呻き声を上げて下へ落ちて

いく。

銃声は秀保の背後から聞こえた。それで振り返ると、そこに新たな人物がいた。武士の格好をした四人の人物。しかし、顔がわからない。この四人も頭巾をかぶり、顔のところには面を付けていたのだ。

一人がすっくと立ち、鉄砲を構えていて、その筒先から煙が出ているので、さっきの銃声はこの人物が放ったようである。すぐ後ろで三人が膝をつき、そのうちの二人が鉄砲を持っていた。鉄砲を持っていない一人に立っている人物が鉄砲を渡すと、新しい鉄砲を受け取り、すぐさま二発目を撃った。

それで地上の賊が一人斃れ、また鉄砲の受け渡しが行われて、三発目が発射され、さらに一人斃れる。そうやって、その人物は次々と鉄砲を受け取り、どんどん撃ってくるのだ。他の三人が弾込めをしていて、込め終わった鉄砲を渡しているのである。

そして、何発目かわからなかったが、風魔小四郎も撃たれて斃れ、それを機に残った賊は泡をくったように退散していった。

秀保は、新たな登場人物に見入っていた。秀保が注目したのは、四人が付けている面だ。

「あれはエウロッパの面ではないのか」

と、ヤスケに聞いた。

しかし、いつもなら打てば響くように返ってくる言葉がなかったため、振り返ると、表情はわからないものの、ヤスケが、あの四人を凝視して、明らかに茫然としている。

秀保は、またそちらへ目をやった。鉄砲を撃っていた者も、ヤスケをじっと見ているようである。

そして、その面――。

以前、ヤスケから話を聞き、絵に描いてもらったことがあった。五右衛門には及ばないが、ヤスケも結構絵が上手いのだ。

エウロッパでは貴族が面を付けて踊りながら宴会をすることがあるらしい。その面として、ヤスケが描いてくれた絵にそっくりのものを、四人は付けていたのである。

三

秀保たちは負傷した能次郎の世話を、エウロッパの仮面を付けた四人の中で、弾込めをしていた一人に任せ、果無家の本棟に駆け付けた。

そこには死体しかなかった。風魔小四郎の言葉は嘘ではなく、当主忠之をはじめ全員がやられていたのである。峯吉は、がっくりと膝をつき、悲嘆に暮れている。

しかし、じっとしているわけにはいかなかった。次の襲撃があるかもしれないのだ。それで十津川の集落へ戻ることを考えたが、ここで十年ほど暮らした根津甚八も、戻り方がわからないという。ならば峯吉がしっかりするのを待つのか。いや、待ち伏せの可能性もあり、やめた方がいいということになった。

それでどうしようと悩んでいた時、例の四人の中で鉄砲を撃っていた者が、

「奥へ来られるのがよろしかろう」

と言ってきた。

彼が吹雪怒庵。他の三人は、従者の盛利・盛隆・盛氏だと、峯吉から教えられていた。

しかも、怒庵の声を聞いた時、ヤスケがビクッと身体を硬直させたのを、秀保は見た。

他に行く当てもないので、秀保たちは、その言葉に従った。夜が白々と明け始める中、密生する木々の間を別棟がある場所の奥へ奥へと歩いていく。

そして、開けた場所に出た。深い空堀が穿たれていて、人一人が通れるほどの小道が設けられ、その先に塀をめぐらせた門がある。

「あの門の中に果無家の先祖が南朝の帝をかくまった奥の院と呼ばれている別棟があり、我らはここへ来る度にそこを使わせてもらっている。そして、奥の院のさらに奥は断崖に

面していて、そこには吊り橋が架かり、その先に我らの城がある。今はそこへ向かう方がよいだろう。但し――」

怒庵は、ここで仮面の向こうからでも鋭いとわかる視線を、秀保の方へ向け、

「島右近と小姓は連れて行くわけにはいかん」

と、二人に指を突き付けた。

「なにゆえか」

秀保は、うろたえながら尋ねた。

「この場所は果無家の者しか道がわからん。なのに賊はここまでやって来た。それも中納言殿がお越しになった次の夜に――」

これに、

「こんな子供が中納言だと――」

小次郎が驚いている。

「こ、この二人が手引きをしたと――」

秀保は、信じられなかったが、怒庵は、容赦なく糾弾した。

「ここへ来る道筋に何か目印を付けていたのであろう。右近は妻子を重臣どもの質としておるし、偉くなりたい小姓は恩賞に目が眩んだのではないか。されば中納言殿を十津川へ

連れて来たのも人目につかぬ場所で害さんとする企てに違いない。ここならば何かあったとて容易には外へ洩れぬ。そして、裏切り者の二人は知らなかったかもしれんが、ここには秀吉に疎まれた者たちが集まっているゆえ、その者たちとそれをかくまう果無一族もまとめて成敗しようとしたのよ」

秀保は、二人に違うと反論してほしかった。だが、二人とも何も言わず、杉丸の顔は明らかに引きつっている。

「本当か、杉丸。お前は父上たちを殺す手引きをしたのか」

峯吉に迫られると、ますます顔が蒼褪めていた。

秀保は、

「このような者などほうっておいて、先へまいりましょう」

と、甚八に促され、右近と杉丸を残したまま、引っ張られるようにして、堀の小道を歩き出す。そこへ能次郎と、手当てをしていた盛氏も加わった。能次郎は、腕を布で吊っている。

二人を除いた全員が門をくぐると、怒庵の三人の従者が門を閉じていった。その向こうに右近と杉丸の立ち尽くしている姿が見え、彼らのいる世界がだんだんと狭められていって、遂にはぴたりと閉ざされてしまう。

秀保の中で、ひとしおの感慨が湧いてきた。

魔空大師から亀甲の曲者、殺生関白と続いた事件で、秀保の側にいた者たちが、これでヤスケだけになったのである。『平家物語』や『太平記』などの軍記物を読んでいて最後の方になってくると、馴染みの登場人物がどんどんいなくなり、いいようのない寂しさを感じさせる。それに似たものを味わっていた。自分の物語も終わりに近付いている。そんな気がするのだ。

門の向こうには秀保たちがいた別棟よりも立派な館が建っていて、その裏側へまわると、二、三百人ぐらいの兵を並べられそうな広場に出た。左右には門からの塀が続き、それがぐるりと裏側正面にまわり込み、途中で途切れている。

そこは断崖に面していて、一本の吊り橋が架かっていた。吊り橋の近くに杉の大木が、これも一本だけ隆々とそびえている。

一行は吊り橋を渡ることになった。

しかし、なんとも心細げな橋であった。長さは三十間足らずといったところか（およそ五〇メートル）。人一人が渡れる幅しかなく、人が乗っても大丈夫だろうかと思わせるほどもろそうに見えるのだ。吹雪怒庵が指を一本だけ立て、一人ずつ渡るようにという意味を示した。

それで一人ずつ渡り出したが、足利義昭が、

「余を一人にするのか。落ちたらどうする」

と、駄々をこね、怒庵が子供を示した。

子供ならいいということだ。それで子供が手を貸し、義昭は吊り橋を渡る。

秀保も、一人で渡る勇気がなく、ためらっていたところ、怒庵が甚八を指し、彼と一緒に渡った。ヤスケでは大き過ぎるが、甚八ぐらいならいいだろうと思われたようだ。

つまり秀保も子供扱いである。確かに十七にもなりながら、やはり歳よりも小さい身体であることに変わりはない。

吊り橋は足を踏み出すごとに盛大に軋（きし）んで揺れ、下を見ると十津川が遥か下を流れていて、身体の震えが止まらなかった。ここから落ちれば、とても助からないであろう。

吊り橋から先は、道なき道の険しい山中をまた進むことになった。当然のごとく秀保が遅れ出し、義昭付きの子供でさえ悠々と歩いているのに一番後ろになった。ヤスケが傍らに寄り添い、甚八と峯吉も近くにいて、吹雪怒庵と盛隆が先頭で案内役をしている。腕を負傷した挟間能次郎には盛氏が付き、盛利の姿だけが見えなかった。吊り橋のところに残って、追っ手が来ないかを確かめているのである。

秀保が遅れるのと、峯吉が憔悴していることもあり、途中で一度休憩をとったのだが、

その時、九右衛門が近付いてきた。

「お若いのに何人も従者を連れておられたので初めてお会いした時からもしやと思っていたのですが、やはり大和中納言様でしたか。お城を出てこられたのですね」

そう、逃げ出してきた。秀保は、その恥ずかしさに顔を伏せてしまったが、九右衛門は、穏やかに笑った。

「気になさることはありませんよ。私は中納言様よりもっと恥ずかしい人間なのですから——。なぜかといえば、私はもとの名を斎藤龍興といいます。ご存知ですか」

知っている。

斎藤龍興は、信長が美濃を攻めた時の美濃の国主だ。美濃攻めで秀吉が出世の糸口を摑んだこともあり、よく話を聞かされていたのである。しかし、龍興は、信長に敗れて美濃を追い出され、越前に逃れて、そこでも信長に敗れ討死したのではなかったか。

九右衛門——いや、龍興の方でも秀保の不審を感じ取ったようだが、やはり穏やかに笑った。

「確かに私は越前で死んだと思われています。それが何の因果かおめおめと生きることになりまして、その後は越中へ逃れ、ひたすら田畑を耕しておりました。されどいつの間にか私の素姓が殿下のお耳に届き、殿下は美濃のことで自分を怨み、お拾君に復讐しようとするに違いないと思い込まれたようです」

「――――」

「私の方では過去のことなどすっかり捨て去っていたのですが、殿下が私を討とうとしていると知らせてくれた者がおりまして、仕方なく美濃時代に昵懇だった公家を頼り、ここへ来ることになってしまいました。つまり逃げ出したのがこれで三度目。どうです、情けないでしょう」

「――――」

「とはいえ、やはり生きたいのですよ。今、私は戦に敗れて行き場を失った武士たちを集め、田畑のことを教えております。ですからまだ死ぬわけにはいかない」

秀保が聞き知っている斎藤龍興は、酒色に溺れて政務を顧みず、そのために竹中半兵衛や美濃三人衆など多くの家臣が去って国を失った暗愚な君主だとされている。なのに、今目の前にいる男は、そのような話がまるで別人のことであるかのように全く印象が違う。

龍興も、秀保の心中を察したようである。

「確かに私は愚かな国主でした。されど越中で百姓を始めて生き甲斐を見つけました。私は乱世の大名に向いていなかったのですよ。戦をし、騙したり騙されたり、裏切ったり裏切られたりして国を奪い合うことが好きになれなかったのです。それで酒や女に逃げていた。他人から見れば一国の主は偉くてうらやましい存在に見えるのでしょうが、私にはとてもそうは思えなかった」

「――――」

「中納言様も、もし国主などという地位が重荷であればどうです。太閤殿下は余り長くないだろうと聞きます。殿下が死に、あらぬ疑いが解ければ越中へ来て、私と一緒に田畑を耕しませんか」

「余に百姓を――。されど余は刀もろくに振るえぬ」

実際は抜いたことさえない。それにこの貧弱な身体では鋤鍬も振るえないであろう。

しかし、龍興は、穏やかな笑みを絶やさなかった。

「心配ご無用。私も身体を鍛え出したのは越前に行ってからですよ。この小次郎殿は朝倉氏に仕えていた中条流剣術の達人富田勢源殿の弟子で、私は勢源殿より家督を譲られた富田景政殿に学びました。そして、鋤鍬を持つ今ではこの通り」

龍興は、袖をまくって力瘤が隆起する腕を見せた。

「人間、その気になればやっていけるものです」

小次郎とは越前時代からの縁で、その後も親交が続き、今回、護衛役を買って出てくれたらしい。

　秀保は、足利義昭のところへ寄っていった。

「公方様」

　秀保が言うと、

「元公方様ね」

　子供がわざわざ訂正する。

「お疲れのように見えませんね」

　秀保は、そう尋ねた。

　義昭は、意外にも健脚であった。ここまでしっかりとした足取りで歩き、休憩している今でも余り疲れの色を見せていないのだ。

「余を侮ってはいかんぞ」

　義昭は、ふんと鼻を鳴らし、

「なにしろ兄（十三代将軍義輝）が討たれた時、余は門跡となっていた興福寺から命からがら逃げ出して越前まで行き、信長に追放された時も京から河内、和泉、紀伊とまわって備後へたどり着いた。御所でぬくぬくと過ごしていたやわな将軍ではないのだ」

　と、逃げまわったことが自慢であるかのように胸を反らしている。

　義昭も随分苦労しているのだ。そんなことを秀保は思い、

「それで此度はなにゆえ十津川へ来られたのですか」

と尋ねた。

すると、義昭は、

「よくぞ聞いてくれた、中納言殿」

と、態度を一変させ、声涙共に下るかのような口調で訴えた。

「実は秀吉がのう、今頃になって、わしが以前あやつから猶子にしてほしいと頼まれながら断わったことをぶり返してきよったのじゃ」

秀吉は天下の覇権を握った時、最初は義昭の猶子にしてもらい将軍になろうとしたのだが、義昭が断わったために、やむなく関白となったのである。

「あやつはお拾を武家の棟梁である将軍にできんのはわしのせいだと言い出し、それゆえわしを成敗するという噂が聞こえてきた。それで逃げてきたのじゃ」

側に付いている二人は親子で、父親の方が将軍時代の義昭に仕えていたことから、今回の護衛をしてもらっているそうだ。

「拙者、播磨赤松氏の支流新免一族の者にて、宮本村に生まれしゆえ今は宮本無二斎と名乗っております。これにおるは十歳になる我が一子武蔵」

と、父親が重々しい口調で息子の紹介までする。

浅井井頼にせよ、龍興、義昭にせよ、秀保よりもひどい、ほとんど言い掛かりのような理由を、秀吉から押し付けられていたのである。

秀保は、狭間能次郎にも十津川へ来た理由を尋ねた。

しかし、能次郎は、

「それがしのことはほうっておいて下され」

と、素っ気なく答えただけであった。但し、火傷の話は嘘ではないようで、声がひどくかすれていた。

一行は再び歩き出し、秀保は、やはり途中でへばってしまい、ここでもヤスケに背負われることとなった。そうして鬱蒼と茂る木々が途切れたところまで来ると、その先に建物が見えていた。

四方を木々が取り囲む中に、四層の建物がそびえていたのである。中へ入れてもらうと、そこは随分と変わっていた。

建物は上から見ると正方形をしていて、一階は外側に部屋が並び、部屋に添って廊下が四角くめぐり、その廊下に囲まれた中央部分にやはり正方形をした中庭があった。畳三、四十畳ほどの大きさで、中庭の上には屋根がなく空が見えていた。建物の真ん中が吹き抜けになっていたのである。その吹き抜けに、二階では廊下の一部が内側へ向かって張り出し、三階には中央を突っ切るように橋が架かっていた。橋というよりは空中廊下といった方がいいかもしれない。

とりあえず怪我をしている能次郎を盛氏が付き添って部屋に入れ、他の者たちは二階へ連れて行かれて、張り出し舞台だというところから、中央の吹き抜けを見た。

「このようなところによくこんなものを建てられましたな」

と、龍興が感心している。

怒庵の話によれば、果無家の者が建ててくれたそうだ。向こうにあった本棟や別棟も、代々の果無家が建ててきたものだという。この辺りは木材には困らず、彼らはこうしたことを得意にしていたのである。

「それにしてもあの吊り橋はどうしてあんなにもろそうなんだ」

小次郎は、それが不満であったようだが、

「何者かがここへ押し寄せようとした時、一気に渡れば下へ落ちるようにするためである」

と、怒庵が答えた。

「それでこの建物には名前でも付いているのですか」

これは龍興が尋ね、

「夢、幻と書いて、夢幻城と呼んでおる」

　ということであるらしい。

　秀保は、珍しげに建物の上下やまわりを見渡し、ふとヤスケの姿が目に入った。ヤスケは、やはり茫然とした様子で建物を見まわしている。それで、

「ヤスケ、どうした」

　と聞いたのだが、ヤスケは、

「イ、イエ。ナンデモ、アリマセン」

　と、取り繕うように言っただけであった。

四

　夢幻城には、怒庵と三人の従者しかおらず、彼らは三階を居室にしているようで、秀保たちは一階を使わせてもらうことになった。

　正方形の四方のうち出入り口があるところには部屋がないため、残りの三方に各人の部屋が割り当てられた。出入り口から見て右側の部屋には、秀保を挟んでヤスケと根津甚八

がそれぞれ一人で入り、左側には、手前が果無峯吉、次は宮本無二斎・武蔵父子で、一番奥には足利義昭が入った。そして、出入り口と対面するところには階段を挟んで、左側に小次郎と斎藤龍興が一人ずつ入り、右側にはすでに狭間能次郎がいる。各側とも三部屋ずつだったので、ちょうど全てが埋まる形となった。一階も二階もきれいに掃除がされていたが、これまで夢幻城に客が来ることなどなかったらしい。ここに隠れ住んでいるのであるから当然というべきであろう。

日暮れ時になると、吊り橋のところに残っていた盛利が戻ってきた。怒庵に報告したところでは追っ手は来なかったようだ。その後、従者たちによって食事がそれぞれの部屋に運ばれ、といっても客人を想定していないから、なんとか人数分を揃えたという感じのささやかなもので、秀保はヤスケ、甚八と一緒に食べ、食べ終えるとすることもなく、蒲団の中へ入った。寝衣の用意がないので昼間の格好のままである。蒲団だけは夢幻城が完成した時、工事をしてくれた果無の者たちを招き、慰労の酒宴を開いたそうで、その時、持ち込まれたものが残っていたのである。

ここまでの険しい道のりのせいもあって、秀保は、やはりあっさりと寝入ってしまった。

そして、どれくらいの時間が経ったか。

「ぎゃあああ！」

という悲鳴が聞こえて、秀保は、目が覚めた。

続けて、人の足音やざわめく声もしている。

昨夜のこともあって、じっと身体を竦めていると、明かりを持ったヤスケが入ってきて、

「オ目覚メニナラレマシタカ。チョット廊下へ出テクダサイ」

と言われ、ヤスケに付いていく。

外はまだ暗かった。それでも明かりを持っている者が他にもいて、まわりの様子はわかる。

それぞれの部屋の前に人が出ていた。みなが中庭の方を見ている。

秀保も、そちらへ目をやり、

「ひいっ！」

引きつった声を上げた。

そこに人がいたのだ。中庭の真ん中辺りで、出入り口の方を向いて立っている姿が、闇の中、禍々しいもののように浮かび上がっていた。秀保の方からは、その人物の左側面が見えている。

覆面をして、右腕を吊っているため、狭間能次郎だとわかった。そして、その身体が突然ぐらりと揺れたかと思うと、くずおれるように背後へ倒れてしまう。

甚八と小次郎が庭へ下り、倒れた能次郎に近付いた。それで、

「胸に深々と小刀が刺さっていて、すでにこときれております。狙いを誤らずひと突きで仕留めており、見事な腕です」

と、甚八が報告する。

すると、その時、

「如何した」

努庵の声が掛かり、三人の従者を連れて、階段のところに姿を現わした。これも昼間と同じ格好で、盛隆が明かりを持っている。

一同はそちらへ集まり、甚八と小次郎もそちら側へやって来て廊下に上がった。

それを見て、秀保は、

「せっかくきれいにしておられるのに汚れてしまう」

と慌てた。

二人は、裸足のまま庭へ下りていたのである。実際、二人の足裏には土が付いていて、上がってきたところの床にもそれが落ちていた。盛氏が廊下の隅にある水桶に走り、布を濡らしてきて、二人にこれで拭けというように差し出している。それで二人も自分の足と汚した床を拭くはめになった。

「なにゆえそれがしがこのようなことを――」

　小次郎が不満を洩らし、

「自分が汚したんだから当然じゃない」

　と、武蔵に言われて、

「なんだと――」

　そう睨み付けたら、

「こんなことでカッカしたらダメだよ。何があろうと心を平静にしておかないと勝負には勝てないって父上がいつも言ってる」

　たしなめられる始末であった。

　一同は、ことの経緯を話し合った。

　誰もが悲鳴で目を覚ましたという。それで真っ先に部屋を飛び出したのは、ヤスケと根津甚八、斎藤龍興と小次郎、それに宮本無二斎の五人であったらしい。その時、中庭ではすでに狭間能次郎があの姿で突っ立っていた。それからヤスケが部屋へ戻って明かりを持ち、秀保を呼びに来た。そして、無二斎が武蔵に声を掛け、明かりを持って義昭を呼びに行かせ、彼らも廊下に出てきた。その間に峯吉もおずおずと姿を現わし、龍興も一旦部屋へ戻って明かりを持ってきたという。

しかし、ここでおかしなことがわかった。小刀の刺さり具合からして、能次郎はほぼ即死と見て間違いないようだ。小刀は悲鳴を上げた時か、その直前に刺さったのである。刺されてから時間をおいて悲鳴を上げたわけではないのだ。しかも、能次郎は利き腕があの状態であったから、見事なひと突きを自分でやったとは思われない。

つまり誰かが能次郎を刺し殺した。

それなのに五人が廊下へ出た時、中庭にいたのは能次郎だけで、庭どころか一階のどこにも怪しい人影を見なかったという。

一同は、念のため出入り口のところを見にいった。そこは中から戸締りがなされていたのだが、それは変わっていなかった。しかも、夢幻城には一階と二階に窓がなく、そこからの出入りもできなかった。外から侵入されるのを警戒して窓を造っていないと、怒庵が言っていた。

三階には窓があり、縄梯子でも引っ掛ければ出入りのできないことはない。だが、そこには努庵主従がいて、侵入者も出ていった者もいないと断言した。階段の側にいた龍興と小次郎も、階段を昇り降りする足音は耳にしていないという。階段は、ぎいぎいと軋んだ音を立てる。これも侵入者が階段を使えばわかるようにしたためであるらしい。だから聞き逃すことはなかったのだ。

では、自分たちがここへ来る前から侵入して床下に潜み、能次郎を刺した後も廊下の下へ入って、そのまま床下に隠れているのではないかという意見が出たが、廊下の床下は板で塞いでいるらしい。

それは今いるところからでも反対側の床下がそうなっているのを見て取れた。これも侵入された時に隠れ場所になるのを防ぐためだと、怒庵が言った。

「吊り橋のことといい、そこまで警戒しているとは、おぬし、いったい何者だ」

小次郎は身構えたが、怒庵は、仮面の奥から鋭い眼差しを向けるだけ。いきり立つ小次郎を龍興がなだめ、一同は目の前の出来事に専念することとした。

外からの出入りができず、中に隠れる場所もないとなると、ここにいる十三人の中の誰かが能次郎を殺したということにならざるを得ない。

「階段を昇り降りする音を聞かなかったのだから、上にいた怒庵殿主従は外れますね」

と、龍興が言った。

すると、甚八が異を唱えた。

「そうとは言いきれませんぞ」

甚八は、秀保の方を向いてきた。

「若殿。それがしがまだご家中にいない時のことでしたが、人伝(ひとづて)に聞きました。若殿は東大寺で魔空大師なるものの正体を見破ったそうではありませんか。あの手を使えば上から襲い掛かることができる筈です」

その仕掛けを、甚八が他の者にも説明した。確かにあのやり方をすれば可能だ。三階には空中廊下があり、それはちょうど能次郎が倒れている中庭中央の真上を通っている。

しかし、

「この場合は無理だ」

と、秀保は言った。

「あれは修練を積んだ散楽芸人であればこそできた。吹雪殿主従はそのような者ではない」

「なにゆえそう言いきれるのでござるか」

と、小次郎が詰め寄ってくる。

秀保は、吹雪怒庵を見つめ、こう言った。

「それは、このお人が織田信長様だから――」

五

一同は――いや、努庵主従とあと二人を除く、その他の者たちは秀保の言葉に啞然となっていた。

無理もない。織田信長は十三年前に本能寺で死んでいる筈なのだ。

しかし、秀保は、そのことに自信を持っていた。だから、

「なにゆえそのように思われたのですか」

龍興に聞かれても、はっきりと答えることができた。

「まずはこの建物だ。中へ入ってきて、真ん中にある庭の上がずっと素通しになっている様子を見て、これに似たものを知っているような気がした。そして思い出した。それは安土城だ」

安土城は、信長が建てた城である。本能寺の変の後に焼失しているので、今はもう存在しない。秀保は、その城へ二、三歳の頃に両親が連れて行ってくれたそうだが、記憶にはなかった。

しかし、歴史好きの秀保は、かつてないほどの壮大壮麗な巨城であったという安土城に興味を持ち、話を聞いたり、書物を読んだりしていた。絵図を見たこともある。

それで知ったところによれば、安土城は地下一階、地上六階の天主を持ち、地下から四

階までの中央部分が吹き抜けになっていて、二階には張り出し舞台が設けられ、三階には空中廊下が架かっていたのである。

「確かに似ておりますな」

と、龍興も頷く。

安土城ができる前に信長に敗れている龍興、義昭や、浅井の子である井頼は、安土城を見たことも中へ入ったこともないのだ。

「ここが安土城に似せてあるとわかれば、いろいろなことが符合する」

と、秀保は続けた。

「怒庵殿はエウロッパの面を付けている。信長様はそういうものに興味をお持ちだった」

南蛮風のマントや甲冑、帽子などを身に着けていたといわれている。

「また信長様はきれい好きだったという話もある。それと果無家の館で賊を相手にした時、三人の従者に鉄砲の弾込めをさせ、次々に撃ち斃していたやり方。あれは長篠の戦の三段撃ちを思い起こさせないであろうか。そして、吹雪怒庵という名前。怒庵という文字は土と安に書き換えても同じ言い方になる。つまり安土を逆さにしたわけだ。だとすれば吹雪の『キ』は城という文字にすることもでき、これで安土城が逆さになっていたのだとわかる。されば残った『フブ』とは何か」

「天下取りに乗り出した信長殿が朱印に記した『天下布武』の『布武』ということですね」

龍興の言葉に、今度は秀保が頷いた。つまり吹雪怒庵は、布武城土安と書き換えることができたのである。

「この城を夢幻城と呼んだのも信長様である証。信長様は幸若舞の『敦盛』を気に入っておられた」

人間五十年、下天のうちをくらぶれば夢幻のごとくなり。

この一節から名付けたのに違いないのである。

「本当に信長殿ですか」

龍興が、怒庵に聞いていた。

しかし、本人が答えるより先に、

「ああ、間違いない」

と、義昭が認めた。

「鉄砲を撃っていた姿を見た時から、もしやと思っておったよ。そして、声を聞いた時に確信した。さすがに少し老けた感じはするが、同じだ。なにしろいろいろとあったからのう。忘れようとしても忘れられぬわ」

　そして、ヤスケも気付いていた。自分が仕えていた主なのだ。安土城のこともよく知っていた筈である。

　義昭とヤスケ、この二人が怒庵の正体を聞いても驚いていなかった。

「信長、久しいのう」

　義昭の呼び掛けに、本人もあっさりと応じた。

「お久しゅうござる。公方様」

　すると、武蔵がすかさず訂正する。

「あっ、元公方様ね」

　二人の会話は、これに関係なく続いた。

「亡骸は見つからなかったと聞いているが、本能寺で死んだのではなかったのか」

「本能寺の地下にあった煙硝蔵（えんしょうぐら）に火をつけ、そのどさくさに紛れて地下道を使い抜け出したのでござる」

　煙硝とは鉄砲に使う火薬のことである。

　信長の言うところによれば、法華宗本門流（ほっけしゅうほんもんりゅう）の大本山である本能寺は、鉄砲が伝来した種子島（たねがしま）と関係が深く、鉄砲を扱っていたそうである。そのため煙硝蔵を持っていて、信長は、本能寺を京での宿にしていたのだという。

「うまく抜け出せたのは幸いだったのでござるが、思いのほか火の勢いが強く、顔に火傷を負ってしまい申した」

　信長は、仮面を少しだけ持ち上げた。火傷の痕が垣間見えた。

「そして、ここにおるは我が家臣の森成利（なりとし）・長隆（ながたか）・長氏（ながうじ）の三兄弟でござる。尤もその名よりも蘭丸（らんまる）・坊丸（ぼうまる）・力丸（りきまる）といった方が知っている者も多かろう」

　その名であれば、秀保も知っている。信長の気に入りであった小姓たちだ。盛利が蘭丸、盛隆が坊丸、盛氏が力丸だったのである。

　三人は、信長の背後で膝をつき、頭を下げていた。十三年が経っているので、四十九歳であった信長は六十二歳になっているということだ。小姓については、確か一番年長の蘭丸が十八歳だったと聞いていたから、三十一歳になるのである。

「彼らもわしと同様、顔に火傷を負ったばかりか、喉もやられてしまった。それでうまく声が出ぬのだ。そして、抜け出した後は昵懇であった公家に果無の館を紹介され、十津川へやって来て、ここにこのようなものを建ててもらったというわけでござる。あの別棟には時々湯に浸かりに行き、果無の者たちには本当によくしてもらった」

　そう言われた峯吉は仰天していた。

「ここに信長様がいたなんて——」

本当に何も知らされていなかったようだ。

信長は、ヤスケにも声を掛けた。

「ヤスケも久しいのう」

「ウエサマ」

ヤスケは、頭巾を取り、信長の前に平伏した。声を詰まらせ、涙を流している。黒い肌をしたヤスケの顔を見て、そのおかしな日本語から異国人と察していたであろう他の者たちも啞然としていた。

「息災のようでなによりだ。今の主殿(あるじ)はよくしてくれているようだな」

「ハイ。トテモイイワカトノサマデス」

ヤスケは、秀保に謝ってきた。

「ナノニ、嘘ヲ言ッテ申シ訳アリマセン」

「よい。俄かには言い出せなかったこと、余にもわかる。されど信長様が生きていたとなれば、あの死仮面はなんだったのだろう」

平戸音順のところで見せられたもののことである。

すると、信長が、

「ほう。あれを見たのか」

と言ってきた。

「わしも中納言殿と同じく珍奇なものが好きでのう。死仮面の話を聞き、ならば生きている者の面も作れるであろうと、セミナリオで面作りを学んだ切支丹にわしの型をとらせた。わしは自分でやらねば気がおさまらぬ性分なのじゃ。それで本能寺の後、わしの亡骸が見つからぬことから秀吉がわしの死を疑っておるという話を聞き、あれを送らせたのだ。目をつぶっておるから死顔からとったように見えるであろうと思うてな」

こうして吹雪怒庵主従の正体が明らかになった。信長が生きていたとは驚天動地の出来事であったが、修練を積んだ散楽芸人でなかったことは事実だ。そうとなれば魔空大師の仕掛けは使えない。では狭間能次郎を殺したのは誰か。

「中納言殿は東大寺だけでなく、名護屋や殺生関白の件でも不思議な出来事を解き明かしてこられたそうですな。今もわしの正体を見抜いた。されば此度の一件、どのように考えておられるのかな」

信長が、興味深げに聞いてくる。

やはり不可思議なことがあれば、確かめずにはいられないようである。

秀保は、自分でしておきながら、吹雪怒庵の正体を見破ったことに驚いていた。いつもなら、近くに助け舟を出してくれる者がいたのだ。しかし、今はいない。それなのに見破っていた。これをどう受け取るべきなのか、戸惑ってしまう。
ただこの中に能次郎を殺した者がいるならば、突き止めなければならないと思った。まだ誰かを狙っているかもしれない。そうであれば、この中の誰かがまたやられる。それは自分かもしれないのである。

秀保は考えた。

信長主従の犯行でないとなれば、一階の誰かがやったことになる。手とすれば、廊下から小刀を投げて殺すやり方がある。しかし、能次郎は出入り口の方を向いていた。あちらの廊下まで走って小刀を投げ、自分の部屋の前まで戻ってくる。発見の様子からして、そのような余裕はなかった。となれば、庭へ下りて能次郎を殺し、その後は廊下へ戻って、自分も悲鳴を聞いてから飛び出したように装ったと考えるべきであろう。

それで秀保は、気になっていたことを確かめた。

「中庭には履き物の用意がありませんね」

だから小次郎と甚八は裸足のままで下り、廊下を汚していたのである。

「庭へ下りることは余りないので、その時だけ持ってくる」

と、信長も答えた。

「されば能次郎殿を殺した者も裸足で下りたか、履き物を用意していたかのいずれかになります」

倒れている能次郎は草履を履いている。自分で用意したのであろう。

「まず裸足であったとすれば、殺した者の足は汚れている筈です」

最初に部屋を飛び出した五人の足裏が調べられたが、汚れている者はいなかった。念のため、秀保を含む残りの者も調べた。

「余がそんなことをすると思うのか」

義昭が文句を言ったが、協力してもらう。全員を調べ、結果は同じ。

「さっきみたいに濡れた布を用意しておいて、拭いたんじゃないの」

と、武蔵が言った。

やはりそのような余裕はなく、最初に飛び出した五人もそうした動きを見ていないと証言したが、これも念のため調べた。誰も布を持っていなかった。

「あっ。でもこの人とこの人はさっき庭へ下りて、足を拭いてたじゃないか」

武蔵は、小次郎と甚八を指差した。

「この小童（こわっぱ）！　わしを疑うか」

また小次郎が睨んでいたが、汚れている足をごまかすためにわざと下りたということは充分に考えられると、秀保も思う。ただ、

「もとから足が汚れていたのであれば、最初に立っていた場所も汚れている筈だ」

甚八も小次郎も最初は自分の部屋の前にいて、そこから庭へ下り、信長主従が降りてきた階段のところへやって来たのである。さっきは最初の場所まで拭いていなかった。だから甚八と小次郎の部屋の前へ行ってみたが、汚れはなかった。

「ということは履き物を用意していたということでござるか。されどさきほど持ち物を検めたところ、隠していた者などおりませんでしたぞ」

と、無二斎が言う。

「庭から戻った時に自分の部屋へ履き物を投げたとすればどうであろう」

と、秀保は考えた。部屋の障子はどこも開いたままだったのである。

「もしくは自分の部屋へ戻った者がそこへ隠すこともできる」

「中納言様って、ほんといろいろ考えるよね。凄い」

武蔵に感心される。

そうなのか。自分ではなんとかしようと必死に考えただけなのだが――。

とにかく念のため全員の部屋を調べた。能次郎の部屋まで調べてみたのだが、履き物も濡れた布も出てこない。

「なんだ、残念」

武蔵が、がっかりする。

「これでは誰にもできぬということになったではござらぬか。いったいどうするのだ」

小次郎が詰め寄り、

「それならオジサンも考えなよ」

と、武蔵にあしらわれ、また二人は険悪になって、龍興とヤスケでなだめた。

息子の危難にも、無二斎は、泰然としたままである。

「さすがに手詰まりか」

信長に言われ、

「されば別のところから考えましょう」

と、秀保は返す。

「あの狭間能次郎というのがいったい何者なのか。殺された者がわかれば、その関わりから殺した者もわかってくるのではないでしょうか」

峯吉に聞いてみたが、やはり父の忠之しか知らなかったようだ。能次郎の部屋からも、わかるようなものは何も出てこなかった。

そこで中庭へ下りてみることにした。みなが履き物を持ってきて庭へ下り、死体に近付いていった。秀保は、やはり死体が怖かったが、我慢をして、なんとか見た。

胸に深々と小刀が刺さり、傍らに手燭(てしょく)が落ちている。それに明かりを灯し、ここまでやって来たようだ。甚八が頭巾を剝がすと、火傷を負った顔が現われた。これではもとの顔がわからない。秀保も、正視できなかった。

秀保は、能次郎の下にあるものが気になった。そこには板があった。畳二畳分ほどの大きさである。

「これはなんですか」

と、信長に聞いた。

「安土城のことを知っていたのだから察しがつくのではないか」

「地下ですか」

安土城の天主は地下一階、地上六階。つまり地下があり、そこには宝塔が置かれていたと記憶している。

「左様。これは地下への入り口よ」

甚八、小次郎、無二斎の三人で死体をどかせ、ヤスケが板に手を掛けると、それは上に開いた。その下にぽっかりと穴が開いていて、塔のようなものが見えた。安土城のものには比ぶべくもないであろうが、小さな宝塔が置かれていたのである。塔のまわりには箱がいくつも積み上げられているようだ。はっきりと見えないので、明かりを差し入れようとしたところ、信長に止められ、板は閉じられる。

秀保は、なにかしら引っ掛かるものを覚えていた。

能次郎は顔に火傷を負い、声もかすれていた。そして、安土城の地下に模した場所への入り口となる板の上で倒れていた。

秀保は、能次郎もこの板が気になっていて、それでここへ呼び出されたのではないかと思ったのだ。つまりこの城が安土城を模していると疑っていた。

「あっ」

と、秀保は気付く。

秀保は、庭の土に木の枝を折って文字を書いた。

　狭間能次郎と。

「この者は名をこう書くと峯吉から聞いた。この挟間という文字。これは桶狭間（おけはざま）と同じ字だ。そして、能は本能寺の能。だとすれば、この者は桶狭間と本能寺に関わりのあった者だと考えられないだろうか。ヤスケ、本能寺にいた者にそういう者はいなかったか。それも由緒ある家の者だ」

果無家の館に来ていたのは、足利義昭、斎藤龍興、浅井井頼といった元将軍や大名、もしくは大名の息子であった。だからこそ紹介してくれる者がいたのであろう。信長の元小姓たちのように主人と一緒に来たならばともかく、能次郎は一人で来ていたのである。やはりしかるべき家の出身ではないかと思ったのだ。

「アッ」

ヤスケも、思い当たったようである。

「今川孫二郎サンガイマシタ」

今川孫二郎氏明。

桶狭間で討死した今川義元の末弟氏豊の子だという。そのような人物が信長の近習となり、本能寺にも同行していたのである。

「ソウイエバ、ナントナク顔ガ似テイルヨウニオモイマス」

「それに違いない。名前が『じろう』となっているところも同じだ」

名家今川の血筋であれば、都のしかるべき筋に伝手があったとしてもおかしくはない。

狭間能次郎は、今川孫二郎であった。信長の元近習である。その人物が殺されているということは——。

「この者を殺したのはやはり信長様ですね」

と、秀保は言った。

その時、能次郎が、いや、今川孫二郎がどのように殺されたのか。その方法も浮かんできたのである。

六

一同は、三階にある広間に集まっていた。

そこで秀保は、孫二郎の死を説明し、それを信長も認めた。

「左様、わしがやった。ヤスケからそのやり方を聞いて以来、一度やってみたくて仕方がなくてのう、使わせてもらった。なかなかに痛快であったぞ」

どこか楽しげでさえあった。

今川孫二郎は、本能寺で信長たちと一緒に脱出しようとしていたそうだ。しかし、煙硝蔵の爆発が思いもよらず大きくなり、信長自身も大火傷を余儀なくされたが、孫二郎も同じ目に遭い、しかも、信長たちに遅れ、そのまま置き去りにされてしまった。

信長は、孫二郎が死んだと思っていたのだが、生きのびていたのである。そして、この夢幻城に着き、各人がそれぞれの部屋に落ち着くと、三階へ上がってきて怒庵に会い、自分の正体を明かして信長ではないかと尋ねたという。

孫二郎は、本能寺を辛くも抜け出した後、家康の庇護でなんとか暮らしていた今川氏真（義元の息子）を頼ったらしい。しかし、氏真に従い、京へ来たところ、その話が秀吉の耳に入り、信長の近習であったなら織田家の天下を奪った秀吉を怨み、お拾に害をなさんと企んでいる筈と思われてしまい、氏真が紹介してくれた公家の計らいによって十津川へ逃げてきたと話した。そして、怒庵が信長であるならば自分もここへ置いてほしいと頼んできたそうである。

「されどわしにはそれが虚言であるとわかった」

と、信長は言った。

「かつてはわしが身近で使っていた者。その心底を見抜くはたやすきことよ。おそらくあやつは本能寺で捨て置かれたことと、今川が落ちぶれた様を見て、わしに怨みを抱くようになった。今川が落ちぶれたのは、わしが桶狭間で義元を討ち取ったゆえだからのう。そして、そこを秀吉の身近にいる者に付け込まれ、わしが十津川にいるらしいという話を聞かされ探りに来たのよ。どうやらあの死仮面が裏目に出て、秀吉はわしが生きていると思い、ずっと探っていたようだ。それでわしだとわかり、討ち取る手引きをすれば孫二郎はたんまりと恩賞がもらえることになっていたに違いない。本能寺の後、苦労したのであろうが、元の近習の裏切りを、わしは許すことができん。よってわしは信長かどうか、あやつにはっきりと言わなかった。その代わり夜あの場所へ呼び出した。あの板の下にわしが信長かどうかわかるものがあると言ってやったら、のこのことやって来おったわ」

しかし、秀保には事件の謎よりも、もっと知りたいことがあった。

「信長様は太閤殿下が信長様を討ち取ると考えておられるのですか。この城が外からの侵入に対し、とても気を遣っておられるのもそれを懸念されてのことと思われるのですが、このようなことをなされず、信長様がここにいるとお伝えになれば殿下はきっとお喜びになると思うのです。それよりも本能寺を無事に抜け出されたのであれば、死仮面まで送って死を装うことなどせず、生きていることをはっきりと示されればよかったのではないでしょうか」

「ふふ」

信長は、仮面の奥で笑った。

「不思議な出来事の謎は解けても、人のありようについてはわかっておられぬようだな。本能寺でわしを襲った明智光秀は、あの時わしが最も信頼していた家臣であった。それがこともあろうにわしを裏切りおった。そうとわかって、これまでと同じように秀吉や柴田、丹羽などを使うことができようか。こやつらもいつまた裏切るかもしれんと思うて、これまで通りに接していられるわけがない。なにしろわしはそれまでにも松永弾正（まつながだんじょう）や荒木村重（あらきむらしげ）

など、それぞれに頼りとしていた者に裏切られ続けてきた。お市をやった浅井にもな。よってわしは世に出ることを諦め、ここへ逃げてきたのじゃ。家臣を恐れて姿が出せぬような者はもう信長ではない」

その声には、自嘲めいたものを感じさせる。

「実際、秀吉は我が孫の三法師が幼かったことに付け込み、織田家から天下を奪った。そのあやつが今更旧主の生きていることを知って喜ぶと思われるか。喜ぶわけがない。されば中納言殿。わしがこのように生き恥をさらし、おめおめと生き永らえているのは秀吉の行く末を見てやろうと思ったからだ。大名にまで取り立ててもらった恩を忘れ、織田家から天下を奪ったあやつがどういう末路を迎えるか、見てみたくて仕方がなかったのだ。すると、どうだ。あやつ自身に幼い跡取りが生まれ、その赤子になんとか天下を譲りたいと、なりふりかまわず狂奔しておるではないか。自分は幼子（おさなご）から天下を奪いながら勝手なものよ。いや、自分がやったからこそ、あやつも怖くて怖くて仕方がないのだ。中納言殿、人の上に立つということはそういうことなのでござるよ。やるかやられるかという中に身を置き、勝ち続けなければ生き抜くことができぬものなのでござる」

「――――」

「ヤスケに対する態度を見ても、中納言殿はお優しい方のようだ。そのような中納言殿に果たして、このような修羅を生き抜いていけようかな」

秀保は、顔が強張るのを覚えた。

無理だ、無理だという心の声が、秀保の中で響き続けている。魔王と恐れられた信長でさえ、裏切りに遭った挙げ句、このような秘境に逼塞（ひっそく）しているのである。自分にそんな世の中を生き抜いていけるわけがない。

秀保は、がくりと肩を落とし、ふと思った。自分もこの場所に置いてもらえないだろうかと――。ヤスケもいるのだからなんとかなるのではないかと考えた、その時――。

坊丸が何かを感じたようで、窓の障子を少し開け、外を見つめてから信長のところへ行って何事かを囁いた。そして、

「正面に二百ほどの兵が来ているらしい」

と、信長が言う。

他の者たちも窓に寄って、同じように外を見た。秀保も、ヤスケと一緒に覗いた。正面の森を出たところに兵の姿があり、しかも、その先頭にいるのは、島左近ではないか。

坊丸と力丸は広間の外へ出ていき、少しして戻ってくると、また信長に囁き、他の三方に兵の姿がないことを、信長が告げる。

「どうしてここがわかったのでしょう」

と、斎藤龍興が疑問を呈した。

「孫二郎殿が何らかの方法で知らせたのでしょうか」

「忠之殿から狭間能次郎という名を聞いた時、わしにはそれが何者かわかった。それゆえ、あやつが怪我をした時から力丸を側に付け注意をさせていた。それでここへ来るまでの間、あやつにおかしな動きがなかったとわかっている」

「――となると、他にそちのことを怨んでいたヤツがいたということか。尤も、ここにいるのはそういうヤツばかりだがな」

義昭が、のほほんと笑った。確かに義昭といい龍興といい、信長に敗れた者ばかりだ。

そして、

「あっ」

秀保は、根津甚八を見た。

信長もそっちを見ている。

「その方、果無の者とは以前から見知りのようであったから余り気に留めなかったが、いったい何者だ。根津甚八というのもどうせ仮の名であろう。どうやらその方に気を配らなかったこと、この信長、ぬかったようだな。老いたものよ」

そう。秀保も甚八に言われた通り黙っていたから、ヤスケを除き、ここにいる者は彼の本当の名を知らないのだ。

根津甚八の本当の名は浅井井頼。信長に滅ぼされた浅井長政の息子である。しかも、兄万福丸は串刺しにされている。

「ふふふふ」

甚八、いや、井頼は、不気味に笑い、自分で名乗った。

「外の連中をここまで呼んだのは俺だ」

と、そのことも認める。

がらりと態度が変わり、ふてぶてしいまでの面構えを見せていた。

「秀吉のことは気に食わぬが、お拾君の世を無事に迎えるためには信長などという過去の亡霊に生きていてもらっては面倒。よってもし信長が生きているならば討ち取れという石田治部に手を貸してやることとした。よもや本当に生きていようとはな」

「風魔もその方が呼んだのか」

と、龍興が聞く。

「俺と高虎が組んで呼んだ。俺は十津川に信長がいるかどうかが知りたい。高虎は領国の中にある十津川で敗者をかくまい続ける者がいるなど目障り千万。しかも、中納言殿を人目のない十津川へ来させればいかようにも始末できる。利害が一致したというわけだ。それに右近と小姓を利用させてもらった。よって果無一族が殺されるとは、あの小姓も思っていなかったぞ」

その言葉に、峯吉は、唇を嚙み締めている。

「しかし、おぬしは風魔と戦っていたではないか」

と、また龍興。

「風魔に手柄を立てさせるつもりなど最初からない。あれは信長をおびき出すためと、俺や孫二郎があくまでもお前たちの仲間だと思わせるための囮だ。孫二郎も風魔のことは知らなかった」

「その孫二郎をここへ来させたのもお前か」

これは信長である。

「信長の顔を知っているので左近殿が利をもって釣った。だからあいつは俺のことも知らなかった。中納言殿の側には信長に仕えていた黒奴もいるので、そいつに確かめさせてもよかったのだろうが、黒奴をどこまで信じていいのか俺たちにはわからん。それであいつも使わせてもらったのだ」

「左近たちをどうやってここまで呼んだ」

「果無の館を出た後、忍びの中にいたことがあってな。俺たちの仲間だけにわかる印をそっと付けておいたのさ」

「そなた、太閤殿下を気に食わないと言いながら、なにゆえその子であるお拾君を盛り立てんとする」

秀保は、聞かずにいられなかった。

「お拾君は茶々姉上の子だ。浅井の血が流れている。織田と豊臣の血も流れているが、お拾君に俺の姫でもめあわせれば浅井の血はもっと濃くなる。信長と秀吉によって滅ぼされた浅井の血が織田と豊臣に代わって天下を制するなんて、これほど痛快なことがあろうか。俺と姉上はこれを実現すべく石田や大谷と手を組んだのよ。さ、これから外へ行って、ここに大和中納言と本物の信長がいることを教えてきてやろう」

井頼は、悠々と出ていこうとした。

しかし、

「かくまってもらった恩を忘れ、あんなことをするなんて――。一族の怨みだ。許さん！」

峯吉が太刀を抜き、挑み掛かろうとした。

これに井頼が懐へ手を入れ、

「危ない！」

近くにいた龍興が、峯吉の前に立ちはだかる。

すると、井頼のところから何かが飛んでいき、龍興が一つ目を鎌で払ったが、二つ目は払いきれずに苦鳴を上げて倒れた。

それを見て、力丸も太刀を抜いたが、また手裏剣が飛んでいき、なんとか払ったものの、角度が変わり仮面に当たった。仮面が割れ、力丸は、それを手で必死に押さえている。

「運のいいヤツよ。手裏剣が今ので尽きた。だからお前の喉はもう狙えぬ」

と、井頼が嘲笑う。

秀保は、ヤスケと共に龍興のところへ駆け付けた。喉に深々と手裏剣が刺さり、息をしていない。そして、畳の上に落ちたものを見ると、見覚えがある。六文銭を模した手裏剣ではないか。

「そなた、真田の忍びか」

「ああ、そこで忍びの技を教わった。根津甚八はそこでの名前だ」

「もしかして平戸音順の別邸で日魅火に刺さったのは──」

「あの腕のいい散楽芸人か。あんたをかばってやられたんだよな。そう、あの手裏剣も俺が投げたヤツだ。尤もあの時は本気であんたを仕留めるつもりがなかったから、あれですんだ。本気を出せばこうなっていたぞ」

日魅火を傷付けたのはこいつだったのか。なのに秀保は今まで彼を怪しまなかった。なんというお人よしであったことか。

「でも、あの人の身体も部屋もさっき検めたのに手裏剣なんか全然なかったよね」

そう聞いたのは武蔵である。

「最初に庭へ下りた時にこっそり草の中へ隠しておいたのさ。それで二度目にみんなで下りた時、またこっそりと手に入れておいた」

井頼は、唇を歪めて笑っていた。

「くそっ。龍興殿をこんな目に遭わせおって！」

今度は小次郎が三尺余の長刀を振るったが、忍者の身ごなしでかわされ、井頼は、脱兎のごとく階段を駆け降りていく。

秀保たちは、これからどうするかを話し合った。すると、信長が城の裏手からも山を下り、他の場所へ行くことができると言った。果無家の者が南朝の帝をかくまっていた時、万が一の時は当時もあった吊り橋を使ってこちら側へ逃れ、その後、橋を落として敵の進路を断ち、別の場所へ落ちのびる手筈になっていたらしい。信長たちは、その道を忠之から聞いていたのである。それで坊丸と力丸を道案内に付けてくれた。

信長自身は、これ以上生き恥をさらすつもりがないようであった。信長と蘭丸は、最後の秘策を用いて敵を食い止めるという。だから蘭丸が自分の仮面を、ずっと手で顔を押さえている力丸に渡してやっていた。現われ出た蘭丸の顔は、信長に劣らずひどい有様であった。

こうして秀保たちは、左近たちのいる城の正面へ出ていったのである。

七

外へ出ると、森の出口のところに並んでいる兵たちが鉄砲の筒先を一斉にこちらへ向けてきた。

彼らの前に島左近がいて、その左右に浅井井頼ともう一人、黒い忍び装束をまとった小柄な男がいた。

「これは真田の忍び仲間にて佐助(さすけ)という者だ」

と、井頼が告げる。

その男が井頼の印をたどって左近たちをここまで連れて来たという。

一方、秀保の側では信長が鉄砲を構えていた。左右には坊丸と力丸だけがいて、蘭丸はどこかへ行っていた。

「あれだ。面を付け鉄砲を構えているヤツが信長だ」

と、井頬が他の者たちに教える。

秀保の前にはヤスケが立ちはだかっていた。

義昭の前には無二斎と武蔵。

秀保は、秘策を教えてもらったが、怖くて仕方がない。ヤスケにしがみついている。一方、義昭も二人の背後で身体を竦ませていたが、それでも、

「お前たち、余はさきの征夷大将軍、今は准三后の義昭であるぞ。それを討とうとするのか。そんなことをすれば帝がどれほどお怒りになるか。秀吉がなんと言おうと、お前たちは朝敵として成敗されることになろうぞ」

必死に声を上げていた。

すると、

「おお、准三后様がそこにおられましたか」

島左近が、どことなく楽しげな声を掛けてきた。

「いやあ太閤殿下も一時の勢いで何かを仰せになったようですが、淀の御方様が帝に近しい方にそのようなことをしてはお拾君の将来によろしからずととりなされまして、今では

前言をお取り消しになっておられます。さればなんのご懸念もなく、こちらへお越し下さりませ」

准三后とは天皇の祖母・母・正室（太皇太后・皇太后・皇后）の三后に准じるという称号で、天皇の親族に擬せられる。

それを聞いて、義昭は、

「そうかそうか、そうでなくてはのぅ」

と、満足げに応じ、無二斎と武蔵を押し退け、堂々と胸を張りながら歩き出す。

これに、

「じゃあ、おいらたちも――」

武蔵が続こうとしたが、

「但しお付きの者はその限りにあらず。信長のことを知られて生かしておくわけにはいかんのでな」

左近が、一転して冷ややかに言ってのけた。

義昭は、かまわずに歩き続け、左近のところまでやって来ると、二人の方へ振り返り、手を振っていた。

「そういうことのようじゃ。今日までの働き大儀であったぞ」

「ひってぇーの」

武蔵は、思いっきり頬を膨らませ、小次郎に大笑いされていた。

「それ見たことか。朝倉を見捨てた裏切り公方なんぞに仕えるからこうなるのだ。あやつに関わると本当にロクなことがない。此度も龍興殿をむざむざと死なせてしまった。小僧、貴様もこのように人の見る目のない父親に付いていては大成できんぞ」

しかし、武蔵は、

「何を言うか。父上は立派な方だ」

と、いきり立ち、太刀を抜こうとしたが、

「これしきのことでうろたえるな。騙し騙されは戦場の倣い。過ぎたことにはこだわらず、これから何をなすかに集中するのだ。これこそが生きのびる道ぞ」

無二斎は、動じる様子もなく、息子を諭している。

秀保も、武蔵の耳元で言ってやった。

「それに公方様も悪いお人ではないようだ」

「元公方様ね。でもそうなの。あの人、おいらたちを見捨てて行っちゃったのに？」

「こちらに逃げる策があることを言っておられぬではないか」

そこへ無二斎が、無言でぬうっと紙片を突き出してきた。広げてみると、書状である。

「これ、元公方様の字だよ」

と、武蔵が指摘する。

無二斎父子の仕官を推挙する義昭の書状であった。

「これをいつ――」

秀保が聞くと、さっき無二斎を押し退けていった時、懐に滑り込ませたのだという。

「ほんとだ。悪い人じゃないんだ」

武蔵が手を振ると、

「達者でのう」

義昭は、振り返してくる。

「生き抜くぞ、武蔵」

「はいよ、父上」

父子は誓い合い、

「この巌流（がんりゅう）小次郎もいまだ天下に名を馳せぬまま、かようなところで死ぬわけにはいかん」

小次郎も力んでいた。

この間、鉄砲の筒先はずっと信長に狙いを定めていたが、信長は、余裕と思われるような笑みまで浮かべていた。

「この信長、雑兵ごときの鉄砲に撃たれ、首をとられるわけにはいかん。わしが死ぬ時はこの世に髪の毛一本たりとも残さぬ所存。そこなる島左近。そちの武名はわしも聞き及んでおる。さればこの鉄砲から本物の弾が出ることは、そこの浅井の子倅も見ておる。そして、弾が出るということは、ここに煙硝がある証。その煙硝がどれほどのものか、それも浅井の子倅が見ているから聞いてみるがよい」

「煙硝だと――」

井頼は、首を傾げていた。

しかし、

「本能寺の煙硝蔵がどこにあったか思い出すがよい」

そう言われると、俄かに顔色を変え、

「すると、あの地下にあった箱が煙硝！」

愕然としている。

「これよりそれに蘭丸が火をつける。さればその火の手がどれほどになるか、あの量からしてわかるのではないか」

だから火を近付けようとした秀保を止めたのだ。

井頼は、左近にそのことを教え、左近も顔色を変えている。

信長は、かかと笑っていた。

「雑兵ども、左近が驚いておるぞ。はようここから離れねば、うぬらも信長と一緒に吹っ飛ばされることとなる。まあ信長と一緒であれば果報というべきであろうがのう」

信長は、自分の鉄砲を撃ち、それは木の枝を弾けさせただけであったが、

「みな下がれ、下がれ！」

左近の言葉に森の中へと戻り出した。義昭は、とっくに逃げ出している。

信長の目配せで、秀保たちは、城の裏手へ走り出す。あの鉄砲から五十を数えた時点で、蘭丸が火をつけることになっているのだ。裏手まで行くと、そこの斜面を駆け下りていく。

「今いくつだ」

小次郎の言葉に、坊丸が二十一だと指で示し、

「ゴ無礼ヲオ許シ――」

秀保は、ヤスケに抱え上げられた。

そして、後を振り返らずに一心に駆け下り、

「四十八、四十九、五十だよ！」

と、武蔵が叫んだ時、

ババババーン！

ババババババーン！

耳をつんざくような轟音が轟き、大地が揺れた。それに続いて、何かがパラパラと落ちてくる気配と熱気を感じる。

秀保は、地面に下ろされ、その上にヤスケが覆いかぶさった。秀保も頭を抱えて、地面にうずくまる。

爆発は何度も起き、この世の終わりかと思ってしまったが、なんとかおさまると、ヤスケの身体が離れ、秀保も、顔を上げて後方を見た。

夢幻城の姿が見えなくなっていた。その代わり激しい炎が舞い上がり、まわりの木々にも燃え移っている。城の残骸も飛んできていた。ただまわりを見ると、一行は全員が無事であった。

「ぐずぐずしている場合ではござらぬぞ」

無二斎に促され、一行はまた走り出した。

今度は秀保も自分で走る。しかし、行く手で武者の一団に出くわしてしまった。数は百くらい。

「これまでにござります」

と、先頭に出てきたのは、川路丹波介ではないか。

殺生関白事件の時は秀次の近臣であったが、その後、三成のもとへ移った筈だ。石田の家臣として、左近と一緒にやって来たようだ。

「中納言様。城を攻めるのに一方だけということはあり得ませんぞ。我らはあの建物から見えぬよう大きく迂回していたのでござる。それも片方からではなく、もう片方からもまわり込ませております」

その言葉に、別の方向からも姿を現わした一団があった。こちらも百ほどで、

「若殿」

と出てきたのは、藤堂高虎である。

「まことに不憫ながら太閤殿下のご意思とあっては、お覚悟していただくの他なし。されば悪あがきをおやめ下さりませ。さもなくば亡き大納言様がお始めになった大和の豊臣家が重大なことになり申す。若殿がおとなしく従って下されば、殿下より仙丸に跡を継がせてもよいとのお許しを得ているのでござる」

と、高虎は言う。

「余を、な、なんとするつもりだ」

これには、

「太閤殿下は関白様の処断を眼目とお考えですが、それを遅滞なく行うために、まずは関白様に与することが確実な中納言様を取り除かんと決意なされてござる」

と、丹波介が答え、高虎も頷いていた。

「されど生きのびていた信長と同じ日に同じ場所で死んだと、もし殿下のお耳に入ったりすれば、仙丸の跡目に障りとなり申す。されば果無の館があったところへ戻り、しばらく生きていただいて、その後、武士らしくご自害のほどを――」

はっきりと現実を告げられ、秀保の顔から血の気が引いていく。それでも、必死に言葉を続けた。

「こ、この者たちはいかにする」

ヤスケたちのことだ。

また丹波介が応じた。

「信長が生きていると知った者どもを生かしておくことはできぬと、左近殿が言わなかったでしょうか。されば他の者どもも一旦は中納言様と一緒に連れ戻し、果無の館へ来た子細を質して、その手引きをした都の者も突き止めよというのが治部少殿のお指図。そうした輩にも鉄槌（てっつい）を下さねばなりませんので――」

これに対し、

「俺はなんにも知らない。知らないんだよ」

峯吉が抗い、

「ワカトノサマヲ守リマス」

ヤスケがまた立ちはだかる。

「あくまでも手向かいなさるとあれば致し方なし。ここでぐずぐずしているわけにはいきませんのでな。火の手も上がっておるし、あの橋を渡るにはちと時がかかるゆえ、早く戻らねば日が暮れてしまいかねない。さればここにてカタを付けてしまいましょうぞ、高虎殿」

丹波介の合図で、相手が鉄砲を向けてきた。その数だけでも数十。風魔の時とは違う。それに百以上の武者がいるのだ。

秀保は、高虎の配下にも目をやった。切り抜けられるとは思われない。そちらも鉄砲を構えている。しかし、その一人を見ると、鉄砲が震え、顔が引きつっているではないか。口は、

「お許しを――。お許しを――」

と言っているように見えた。

秀保は、彼を覚えていた。名護屋で亀甲の曲者が襲ってきた時、秀保を守るために戦ってくれた家臣の一人だったのである。もしかしたら他にもそうした者がいるかもしれない。

彼らも望んでこんなことをやっているのではなかったのだ。上からの命令、それも秀吉の命だというから逆らうことができないのである。主として、家臣たちに誇れるようなことをやった覚えがない秀保だが、それでも自分を討つことにためらいを覚える者がいる。

秀保は、背の高いヤスケの肩に、自分の低い背を伸ばして手を掛けた。

「もうよい。戻ろう」

「えー！　諦めるの」

武蔵は、不満一杯であったが、

「まだ生きていられるのだ。生きてさえいれば何かがあろう」

と、無二斎に諭され、矛をおさめる。

秀保たちは刀を取り上げられ、一同は来た道を戻った。いや、正確にいえば、秀保だけはそのままであった。刀を差していても害はないと思われたのだ。途中、左近たちとも出会い、彼らの方も被害はなかったようだ。そして、吊り橋のところまで戻ってくる。

すると、そこには、島右近と杉丸がいた。対岸にも二、三百ほどの兵の姿が見えている。

左近と高虎たちもさすがに大勢で吊り橋を渡ることにはためらいを覚えたようで、行きは二、三人ずつで渡ってきたらしい。帰りもそれでいくことになった。まず左近と高虎が、彼らは体格もいいので一人で渡り、次いで義昭が一人の武者に付き添われて渡り、その次が秀保の番となった。

秀保には右近と杉丸が付いた。三人とも何も言わず、そろりそろりと足を踏み出した。

そして、橋の半ばまで来た時、

「余は、そなたたちを恨んではおらぬ」

秀保は、囁くような声で、そんなことを言っていた。三人の足が自然と止まってしまう。

「右近は妻子を質にとられていたのに、これまで余の頼みを何度も聞いてくれた。興福寺へ連れて行ってくれたこと、東大寺で魔空大師の仕掛けを再現する段取りをしてくれたこと、最後に三条河原で興行していた平城散座のところへ連れて行ってくれたこと。

「あれでもう逆らえなくなったのではないか。つらいことをさせてしまった。すまぬ。杉丸も母を楽にさせんとしたのであろう。余が立派な主であれば、余のもとで手柄を立てさせてやることもできたのに、すまぬ」

返ってくる言葉はなく、

「何をしておられる。はよう来られませ。後ろがつかえておりますぞ」

高虎に促され、秀保たちはまた歩き出す。

橋を渡り終えると、秀保は、近くにそびえている杉の大木の根元に一人で座り込んだ。こらえきれずに涙があふれ出てくる。自分が望んだわけではないのに百万石の領主になり、自分が何かをしたわけではないのにお拾の邪魔者として消されようとしている。いったい自分の人生とはなんだったのか。

本当に何もしなかった。好きなことをしていただけだ。それでいくらかの知識ができ、それを活かして不思議な事件を何度か解き明かしたかもしれない。しかし、それで何かが変わることなどなかった。日魅火たちも助けられなかった。

本当に何もしていない。何も、何も、何も——。

騒がしい声がしたので、ふと顔を上げると、こちら側には井頼や佐助をはじめ大方の者が渡り終えていた。すでに日が暮れかけている。対岸に目をやると、夢幻城にいた者たちと、川路丹波介の他、二十人ほどの兵が残っているだけであった。

いつ落ちてもおかしくないような危なっかしい橋なので、左近や高虎の配下ばかりが我勝ちにと渡ってしまったようだ。しかし、これ以上ヤスケたちと数が接近することは避けたいようで、まずは武蔵が兵の一人に橋の手前まで連れて来られたのだが、それに武蔵が、

「なにすんだよ」

と、ごねているのだ。

それを見て、秀保は、ふと立ち上がり、歩き出した。他の者たちは秀保に何ができるかと思っていたのであろう。制止する者も咎める者もおらず、すんなりと橋の前まで行くこ

とできた。そこでようやく、

「如何なされた」

誰かが聞いてきたのだが、秀保は、かまわずに刀を抜いた。初めて抜いたのである。それで吊り橋を支える縄に叩き付けた。しかし、技量がともなっていないので、何も起こらない。それでも、

「あっ、何をなさる！」

両岸で慌てた声が上がる。

秀保は、それを逃さなかった。

「武蔵！　橋の縄を切って落としてしまえ！」

と、叫んだのである。

武蔵は、呑み込みが早い。

「わかったよ。百万石の若殿さん」

と応じ、傍らの兵から刀を易々と奪い取る。こっちに気を取られていたので、隙だらけだったのだ。そして、こちらはさすがというべきか、縄の一本が一太刀で切れ、橋がぐらりと傾く。

動揺がさらに広がった。それでヤスケ、無二斎、小次郎も次々と刀を奪い取り、

「なにをするか！」

丹波介が血相を変えて斬り掛かったが、無二斎に呆気なくやられ、断崖の下へと落ちていった。他の兵たちもヤスケと小次郎に斬られ、鉄砲を持っている者がまだ何人かいて、彼らが筒先を向けてきたのだが、それには坊丸と力丸が地面の石を拾って投げ付け、あらぬ方向に向かって暴発し、鉄砲を落としてしまう始末となった。

その間に、落ちた刀を奪った峯吉も武蔵のところへ駆け付け、橋はとうとう向こう側が崖下へ落ちていったのである。

秀保は、左近に取り押さえられていた。それでも対岸の光景に見入り、複雑な思いに駆られている。

自分は何もしてこなかった。だから最後はせめて何かをして、彼らを助けたいと思ったのだが、そのせいで左近や高虎の配下が何人も命を落としている。その中には、さっき秀保に鉄砲を向け、震えていた者がいたかもしれない。彼でなくとも、みな上の命を受けてきた者たちだ。このようなことを望んでいなかった者もいたであろう。

昨日の風魔の襲撃も、今日のこの惨劇も自分がいたから起こったことである。日魅火たちをあんな目に遭わせたうえ、ここでも多くの者を死なせる。自分など本当にいなければよかった。もう生きているべきではないのだと思う。

その時、

「若殿さまああ！　みんなやっつけたからね。助かったよ、ありがとう。若殿様も元気でいるんだよお。生きていればきっと何かあるから諦めたらいけないよお」

と、武蔵の明るい声が聞こえてきた。

ヤスケはどうしたのであろうと、押さえ込まれながらも対岸へ目をやったが、涙と濃くなっていく日暮れで、向こうの光景がもう見えなくなっていたのである。

八

その日から秀保は、信長主従が滞在していた奥の院で過ごした。

過ごしたといっても実質は幽閉で、側にいて身のまわりの世話をするのは、小姓の格好に戻った杉丸だけ。外には監視の者たちもいるようだが、秀保にはわからなかった。それに秀保は、すっかり自分の殻に閉じ籠っていた。一日中部屋の中でぼんやりしていて、杉丸とも言葉を交わさず、いるのかどうかさえ意識していない。

そうして何日が経ったのか。

ある日、武者が何人か中へ入ってきて、外へ連れ出された。奥の院の裏手であった。広場に大勢の武者がいて、島左近と藤堂高虎が進み出てくる。

「とうに四月となり、それも今日は十六日。そろそろご観念いただこう」

と、左近が冷ややかに言う。

「されど若殿にお腹を召して下されと言うのは無理でござろう。それゆえここから飛び込んでいただくことになり申した」

「えっ」

と、秀保は、惚けたような顔をしていたことであろう。

「ここからとは？」

何のことかよくわからなかったのだ。

左近は、顎をしゃくった。

「あの崖から下の十津川へ飛び下りていただくのよ。我らも太閤殿下のお身内を手に掛けるのはやはり気が引けますし、高虎殿も僅かな間だったとはいえ、ご主君であった方を我が手で害すのは耐え難いと言われるのでな」

二人の表情はそんなことを気にしているようには見えなかったが、そう言ってくる。

「飛び下りるだけなら、いくらなんでもできましょう。さればご最期はお見苦しきことのなきよう」

それで右近が呼ばれた。右近も、この場にいたのだ。

秀保は、右近によって崖際へ連れて行かれた。そこは吊り橋が架かっていた場所である。橋は向こう側から切り落とされたが、今はこちら側も切られ、落ちていった後は川に流されてしまったという。

しかし、秀保は、あれほど生きているべきではないと思いながら、いざとなると身体が竦んで一歩を踏み出すことができなかった。

「これさえもできんのか。仕方ありませんな」

と、左近が呆れ、

「されば右近、杉丸。二人して若殿を落としまいらせよ」

高虎が、いまいましげに命じる。

「さすれば妻子を戻した右近には左近殿の旧領も与えて、彦丸が継いだ暁には家老に列しよう。杉丸にもさらなる褒賞を与え、彦丸の近習筆頭にいたす」

秀保が杉丸はどこかと見まわせば、小姓の姿は杉の大木の根元にあった。片膝と手をつき、平伏している。

秀保の近くにいるのは、この二人だけであった。左近も高虎も配下と共に遠巻きにして、三人を見ている。

　そして、

「さあ」

　高虎がさらに促した時、小姓が動き、こちらへ駆けてきた。それで、その勢いのまま秀保に抱き付き、あっと思う間もなく、秀保は、崖際から押し出されて、そこから落ちていく。

　物凄い速さで真っ逆さまに落ちていき、

「す、杉丸――。わあああああ！」

　秀保は、たまらず絶叫し、恐怖に耐えきれず目を瞑った。

　そして、もうすぐ水面に激突する。

　そう思った瞬間――。

　止まった。

　そればかりか、

「比礼返し！」

　という威勢のいい声が聞こえたかと思うと、風を切るような音もして、秀保は、何かの上に落ちた。なんだかとてもやわらかい。

そこへ、

「あんた、大丈夫」

女の声がして、

「大丈夫デスカ」

おかしな日本語も聞こえる。

目を開けると、秀保は、ヤスケに抱き止められていた。顔も手も出したヤスケの丸太のような両腕が、秀保を受けとめていたのである。ヤスケの隣には、天平装束の神戸亜夜火もいた。

秀保は、自分の身体の下へ目を向けた。ヤスケの腕と秀保の間にやわらかいものが挟まっているのだ。それは小姓であった。しかし、杉丸ではない。

「若殿様、ご無事でなにより――」

そう言って微笑んだ顔は、平城日魅火ではないか。小姓の格好をしているが、見間違えるわけがない。

「これはいったい――」

秀保は、ヤスケの腕から下ろしてもらった。

そこは舟の上であった。せいぜい十人が一杯という小舟である。崖の岩に縄を結んで、舟を停めていたのだ。目を上げると、ヤスケの顔の近くまで縄が垂れていて、小姓姿の日魅火に目を移せば、彼女の片足にも縄が括り付けられ、それはすぐにぷつりと切れている。

「あの大木に縄を括り付け、その縄を自分にも括り付けていたのでございます」

　と、日魅火は言った。それで秀保に抱き付き、そのまま舟の真上まで落下して、

「あたしが縄を切ったのよ」

　と、亜夜火が、赤い比礼を自慢げに見せびらかす。

「これは信長様が夢幻城で今川孫二郎を殺した――」

「そう。あんたが見抜いた、そのやり方を姉様が使わせてもらったのよ」

「ヤスケに教えてもらったのか」

「違う、違う。あたしも姉様もあそこでちゃんと聞いてたのよ。だってあたしたちは――

――」

　そう言って、亜夜火は、懐から何かを取り出してきた。エウロッパの仮面ではないか。

「それは蘭丸が付けていて、力丸に渡した――」

「そうよ。だから坊丸に扮していたのが姉様、力丸はあたしだったのよ。井頼のおかげでもうちょっとでばれそうになったけどね」

「どういうことなのだ」

何がなんだか、秀保にはわからない。

しかし、なおも問い質そうとした言葉は、日魅火に遮られた。

「それよりも早くここから立ち退かねばなりません。船頭さん、お願いします」

それに、

「あいよ」

という声が返ってくる。

舟の前後に棹を持っている人物が一人ずついた。後ろにいる方が岩に結んでいる縄を切ると、舟は流れに乗って川を下っていき、それを棹で巧みに操っている。しかも、二人の顔に秀保は見覚えがあった。

「その方たち名護屋で――」

堀秀治の陣所で亀甲の曲者に襲われた後、声を掛けた下働きの小者たちであった。

「なにゆえここに――」

「若殿様の一大事だというんで、ひと肌脱がせていただきました」

「それにこの人には名護屋で助けてもらいましたし――」

と、亜夜火を指差している。

秀保の陣所へ曲者が襲ってきた時のことを言っているのだ。

「へへん」

亜夜火は、どうよといわんばかりに鼻高々である。

「あっしら吉野の生まれでして——。まあ十津川のこんな奥まで来たことはねえんですが、吉野の川には慣れております。任せて下せえ」

秀保は、日魅火たちから話を聞いた。

京でのネグラにしていた廃寺が襲われた時、平城散座はなんとか逃れることができた。襲撃を巧みにかわしながら、まわりの竹藪を利用して逃走したという。

その後、日魅火は、座頭として国中の散楽芸人たちが身を潜められるように手配をしてから、亜夜火と二人で果無家の館へやって来たそうである。

日魅火は、女帝の末裔といわれ、奈良だけでなく大和の国の者たちから崇められていた。だから独自の伝手を持っていたのだ。忠之も、大和にとって大事な方もかくまっていると言っていたではないか。

そして、果無家の館で信長を紹介された。日魅火たちも信長が生きているとは夢にも思わず驚いたそうである。なにしろ亜夜火にとっては祖父に当たるのだ。しかも、亜夜火は、覚えていなかったのだが、信長は、幼かった頃の亜夜火に会ったことがあるらしい。

それで夢幻城へ連れて行かれ、仮面を使って坊丸と力丸になりすまして暮らしていたという。信長が森家の三兄弟とやって来たのは事実であったが、坊丸と力丸は、日魅火たちが行く少し前に相次いで病死したそうである。

坊丸と力丸が日魅火と亜夜火であったとは、秀保も全く気付かなかった。

「デモ今カラオモエバオカシナコト、アリマシタネ」

と、ヤスケが言う。

「孫二郎サンガ、ウエサマダト気付カズ、アノ場所へ呼ビ出サレタコトデス」

言われてみれば思い当たる。

今川孫二郎は、秀保たちが部屋に落ち着いた後、三階へ行き、信長に会っていたそうだ。ならば信長と話をして、その正体に気付いていないとおかしい。ヤスケも足利義昭も、吹雪怒庵の声を聞いて信長だとわかったのである。しかし、孫二郎は気付くことができず、中庭に呼び出されてしまった。

「そうか。孫二郎は信長様の声を聞いていなかったのだ」

果無の館で負傷した時、孫二郎は腕の治療をしてもらっていて、信長が声を出した場所にはいなかった。夢幻城へ向かう道のりでは、信長は言葉を出していない。孫二郎のことに気付いていたそうだから、わざと出さなかったのであろう。夢幻城に着いた時も孫二郎はすぐ部屋へ入り、二階で信長が話していた時にはいなかった。

だから孫二郎が信長と会った時、話し相手は信長ではなかったということになる。この時、吊り橋のところに残っていた蘭丸はまだ戻っていなかったから、側にいたのは坊丸と力丸であったに違いない。

「そうよ。あたしと姉様が相手をしたの。女の声だから坊丸と力丸は明らかに偽者。であれば吹雪怒庵もお爺様ではなく偽者じゃないかと、あいつは疑ったのよ」

他にもおかしなことはある。

次の襲撃を避けようと奥の院へ向かった時のことだ。信長は、秀保と右近と杉丸のことを知っていた。杉丸は猟師の倅のような格好をしていたのに小姓だと見破ったのだ。あの時点で秀保はまだ名乗っていない。それに果無忠之や峯吉は客人の正体を他の者には告げなかった。だからあの時、秀保の正体を知って、小次郎が驚いていたのである。その前に足利義昭が秀保に気付いていたが、その時、怒庵はまだ現われていない。小次郎も龍興と一緒に風魔と戦っていて、それを知ることができなかったのだ。だから龍興も怒庵の言葉で知り、吊り橋を渡ってから秀保のところへ話に来たのである。

しかも、信長は、右近と杉丸の事情を知っていて、それで同行を拒んだではないか。さらには秀保がこれまでに事件の謎を解き明かしたことまで知っていた。そんなことをいったいどこで知ったのか。側に日魅火と亜夜火がいたのであれば、それもわかる。

「されどそれならば余かヤスケには正体を教えてくれてもよかったであろうに——」

どんなに心配したか、それを思うと、つい恨みがましい口調になる。

「申し訳ございません」

と、日魅火が頭を下げた。

「孫二郎殿をはじめ、あそこに集まった方々がどういう思惑を持っていたのか、わかりかねるところがありましたので、若殿様にも隠しておくことにしたのでございます」

「ごめんね。あたしも謝るから——」

亜夜火にまで頭を下げられ、秀保は、却って慌てた。

「いや、よいのだ。二人とも無事ならそれでよかった」

本心である。

「それにしても、あんた、吹雪怒庵の正体を見破ったばかりか、お爺様がやったことまでよく見抜いたわね。魔空大師の仕掛けは散楽芸人にしかできないと大見得を切った時はさすがにダメかと思ったけど、姉様の助けもなしにやるなんて立派だったわ」

「はい。お見事でございました」

あの仕掛けを見破るきっかけは、以前、ヤスケから聞いた話を思い出したからであった。南蛮人が進出していった遠い遠い南の島の話である。その島では男が大人になる時、足に木の蔓を巻き付けて、高い木の上に作った櫓から飛び降りるという儀式をするらしい。

これをナゴール（バンジージャンプの祖型）というそうだ。修練を積んだ芸人がやっているのではない。普通の島民がやっているのである。

秀保は、このやり方であれば散楽芸人でなくともできることに気付いたのだ。

信長は、魔空大師の時のように縄を伝い下りるのではなく、飛び下りてきたのだ。三階の空中廊下に縄の一端を括り付け、もう一端を自分の足――この時は両足だったらしい――に括り付けて、真下にいる今川孫二郎目掛け、彼が持っていた手燭の明かりを目印に飛び下りたのである。そして、逆さまになって孫二郎の目の前に現われ、胸に小刀を刺して、上にいる者たちが一気に引き上げ、姿を消した。

縄を引き上げる役を蘭丸と一緒に、日魅火と亜夜火もやっていたそうだ。信長にしてみれば、これを一度自分でやってみたかったのと、元近臣の成敗を他人に委ねたくないという思いもあったらしい

「それで此度のことはいかにしてできたのだ。日魅火はいつ杉丸と入れ替わった」

「昨日でございます。右近様が手引きをして下さいました」

「あんたには何もできないと監視の者たちもすっかり気を抜いていたから簡単だったわ」

最初は秀保と同じくらい小柄であった杉丸は、その後順調に成長して、殺生関白事件の

時は日魅火に近付き、さらに成長した今では日魅火と変わらないほどになっていた。だから背格好を似せることはできる。しかも、杉丸は頭頂部を剃っていなかった。

しかし、日魅火が小姓になりすますには、長くてきれいだった黒髪を切らなければならない。実際、今の日魅火は髪が短くなっていた。

「すまぬ。大事な髪を切らせてしまった」

秀保の心は痛む。

「吊り橋の向こう側にいた時、私たちは若殿様のおかげで生きのびることができました。これぐらいなにほどのこともありません」

「いや、吊り橋を切ったのは武蔵だ。余はやはり何もできなかった」

「いえ。若殿様の勇気があったればこそのことでございます」

「そうよ。あれも立派だったわ」

「それゆえ私たちはなんとか若殿様をお助けしたいものと右近様に近付き、此度の運びとなったのでございます。二人の船頭さんも右近様が連れて来て下さいました」

舟をあの断崖の下に着け、杉丸に扮した日魅火は縄を括り付け、杉の木の下で待機。そして、秀保に抱き付き、舟の上まで落ちてきたのである。あの崖は夢幻城の空中廊下よりも高いところにあり、断崖の絶壁も身近にまで迫っている。しかし、秀でた散楽芸人である平城日魅火なればこそ、秀保を連れてやり遂げることができたのである。

「して、杉丸はどうしたのだ」

「今頃は母親とこの広い吉野の山のどこかに向かっているでしょうね。峯吉って子も一緒に――」

「杉丸さんには利用されているだけのことをお教えしたのでございます。誰も主殺しの汚名を着たくはないから、それを右近様と杉丸さんに押し付けた。もしうまくやったとしても恩賞をいただけるどころか、罰せられることになっていたでしょう」

そうであろうと、秀保も思う。この世は甘くないのだ。

一族の者が殺される手引きをした杉丸へのわだかまりは容易には溶けないであろうが、二人がいつかは仲直りすることを、秀保は願う。

しかし、そこでハッと気付いた。

「されど右近はどうなる。右近はあの場にいた。妻子は返されたと言っていたが――」

秀保は、後方に目をやった。

しかし、川をかなり下ってきて、さっきの断崖が見えるわけもない。

時間は、秀保が川へ落ちていった直後に遡る。

崖の上では引っ張り上げられた縄を手に取り、島左近が、ぷっつりと断ち切られた箇所をいまいましげに睨み付けていた。

「あの小姓はいったい何者だ。いつもの者ではあるまい」

その隣では、藤堂高虎が崖下の川をやはりいまいましげに睨んでいる。

「おそらく若殿が贔屓(ひいき)にしていた散楽芸人の女でござろう」

左近も、川へ目をやった。

「おお、舟が下っていくではないか。逃がしては面倒なことになる。彦丸跡目の件もどうなるかわからんぞ」

「すぐに追い、下流で待ち伏せいたそう」

高虎と左近は兵たちを連れ、奥の院から出ていこうとした。

しかし、門のところで立ちはだかる者がいた。

「右近！」

高虎と左近が同時に叫ぶ。

島右近であった。崖際にいた右近が、いつの間にかそこへ移動していたのである。

「そうか。おぬしが散楽芸人の手引きをしたのか。そのようなことをしてただですむと思っているのか」

「家に戻した妻子もどうなるかわからんぞ」

　左近と高虎がこもごも威嚇したが、右近は、平静であった。

「どうせ主殺しの罪を着せるつもりだったのでござろう」

　言われた二人はバツの悪そうな顔をしている。

「妻と娘はどこまでもそれがしに付いていきたいと申したゆえ、不憫ながら我が手に掛けて先に逝ってもらった。この詫びはあの世で果たす所存。されば、この島右近、主を害さんとする企みに加担することはできぬ。一時（いっとき）の気の迷いからそちらに与したが、最期は立派な武人でありたい。ご主君には忠を尽くさせてもらう」

　右近が刀を抜く。

「なんとまあ、どこまでも生きるのが下手な男よ」

　と、左近は呆れたように言い、高虎をけしかける。

「小僧を逃がすことになれば、ここで川へ落ち死んだことにするのだ。亡骸はよく似た身体付きのヤツの顔を潰して用意しろ。彦丸を跡目とするには最早それしかない。わしも小僧を逃がしたなどと言えば咎めを受けるから口裏を合わせてやる。すでに坊丸、力丸や黒奴どもを逃がしたことは伏せてあるのだ。ここまで来れば一蓮托生じゃ。なあに生きのびたとしても小僧に名乗り出る度胸などあるわけがない。姿を現わした途端に偽者として成敗されるわ。それは坊丸どもも同じ。黒奴の言うことは誰も信じぬ。これで我らは安泰ぞ」

「それでも若殿の始末、諦めるわけにはいかん。者ども、右近を討ち取れ！」

これに、

「されば島右近の最期の働き、とくと見よ」

右近は、薄っすらと笑った。

秀保は、舟の中でがくりと肩を落とし、その肩を震わせて涙を流していた。

「右近は余とは比べ物にならぬ立派な武人だ。そのような者を死なせ、余が生きのびてなんとする」

「そのようなことはありません。右近様の志を無にしないためにもしっかりと生きられませ」

と、日魅火が言う。

「されどこれからなんとする。余は弱くて何もできん情けない男なのだ」

「さようなことはなかったではありませんか。今までのことを思い返して下さりませ。奈良で私たちが僧兵にからまれていた時のこと、魔空大師や亀甲の曲者、殺生関白の謎を解き明かされたこと。しかも、此度はご自分の力だけで吹雪怒庵の正体を見抜かれ、狭間能次郎が殺された謎もお解きになられた。若殿様が吊り橋を切ろうとなされたおかげで、私たちばかりか、宮本父子や小次郎殿も助かっているのでございます。若殿様にはできることがこんなにあったではありませんか」

「されどこれからどうやって生きていけばいいのかわからぬ」

「それをお探しになればよろしいのです。若殿様は十津川でいろんな生き方をご覧になった。たとえ一時は天下人、将軍、大名であったとしても、それが永劫に続くわけではない。信長様のような生き方、義昭様のような生き方、斎藤龍興様のような生き方があるのでございます。浅井井頼殿や今川孫二郎殿も大名の家に生まれながら、あのような生き方をなさった」

「そうよ。あたしだって天下人の孫なのよ。それが今は散楽芸人。人間、その気になればどうとでも生きていけるわ」

「されば若殿様――いえ、これからは秀保様とお呼びさせていただきます。秀保様がなさりたい生き方をお探しなされませ。焦らず、ゆっくりと――。この平城日魅火がどこまでもお供いたします」

日魅火が、澄みきった目で秀保を真っ直ぐに見つめていた。

「こんな余に、いや、わ、私に付いてきてくれるのか」

「はい。我が平城散座も平城京の御世以来八百年、みなが相和す世の中を願いながら、何も成してはおりません。そして、私もその八百年のうちの何年かを担った情けない座頭でございますれば――」

日魅火は、涼やかに微笑み、秀保は、心が癒されるのを感じた。しかも、

「この前、穴の中からあたしの名前も呼んでくれたでしょう。だからあたしもお供するわ。姉様と奈良を歩きたいんだって――。勿論それにも付いていくわよ」

と、亜夜火も笑い掛け、

「ワタシモ、モウ離レマセン」

ヤスケは胸を叩く。

嬉しくはあったのだが、

「あっ、いや」

秀保は、困惑していた。

それだと、日魅火と二人で奈良を歩く夢がかなわなくなってしまうではないか。

それを悩んでいたら、

「なに考えてるの」

と、亜夜火が覗き込んでくる。

秀保は、その顔を見て思ったことをそのまま口にしていた。

「そなた、またきれいになったな」

「な、な、な、な、な、な、なに言ってるの。あ、あ、あんた、十七になって女遊びを覚え、く、く、口がうまくなったんでしょう」

亜夜火は、顔を真っ赤にして激しく狼狽している。

それを、

「亜夜火。秀保様がそのようなことをなさっていないのはあなたも知っているでしょう」

と、日魅火がたしなめていた。

「で、で、でも、姉様。あ、あ、あんなことを言うようになったのよ」

秀保は、また後方へ目をやって、

「右近」

と呟き、今回、十津川で死んでいった敵味方の多くの者たちに手を合わせた。

著者あとがき

自由奔放に書いた物語でありますが、参考にした事柄について、いくつか説明させていただきます。真相に触れている箇所もありますので、本篇の読後に目を通していただくことをお願いします。

【第一話：来たれ、魔空大師】

頭塔は奈良市内に現存し、「墨絵弾弓図」も正倉院に秘蔵され、時には公開されています。ネットで見ることもできますので、日本最古のサーカス絵やノリノリのダンサー、演奏者などをご覧いただければと思います。

永禄に焼けた大仏の再建が成ったのは、江戸期元禄のことで、仮の大仏殿は強風によって早くに倒壊し、頭部が焼け落ちた大仏は長く吹きさらしの状態でありました。

本作の仮頭部、仮大仏殿は山田道安（やまだどうあん）によって造られたものを参考にしていますが、詳細は不明で大部分は作者の想像によるものです。

【第二話：亀甲怪人、襲来】

堀秀治の陣所跡は、名護屋でも屈指の規模を誇るようです。秀治は朝鮮へ渡海しなかったにも拘わらず、越後春日山三十万石に加増されます。それでも、秀吉の死後は家康に与し、父より早い三十一歳で亡くなりました。秀吉に複雑な感情があったのでしょうか。

【第三話：夜歩く関白】

信長のデスマスクについては、真偽不詳ながら信長の子孫に伝わっているものがあり、材質は安土桃山時代のものになるそうです。

フランシスコ・ザビエルの死体は、今はミイラ化した状態になっています。ただ世界には生前と同じ姿をとどめた不朽体がいくつも存在し、その多くはなんらかの防腐措置が施されているようですが、十三世紀に死んだ聖ツィータのように、現代の検査によっても防腐措置の発見できない不朽体があるそうです。

マダム・タッソーが全身の精巧な蠟人形を造るようになるのは、この物語から二百年近く後のことになります。

【第四話：十津川に死す】

斎藤龍興には九右衛門と称し、越中で百姓をしたという生存伝説があり、浅井井頼は秀保に仕えた後、大坂の陣では豊臣方として戦いました。討死したとも戦後は淀殿の妹である常高院（じょうこういん）の庇護を受けたともいわれ、真田十勇士の一人根津甚八のモデルとされています。
佐々木小次郎についても、越前朝倉氏に仕え、巌流島の決闘時には七十を超えていたとする説があります。
ナゴールは、オーストラリアの東にあるバヌアツの成人儀式で、千年以上前から行われていたといいます。バヌアツが記録に現われるのは十七世紀初頭ですが、ヨーロッパ人は一五六〇年代から南太平洋に現われており、記録にはなくともバヌアツのことを知った可能性は充分にあると解釈しました。ナゴールはバンジージャンプの起源といわれ、バンジージャンプは素人でもできるものです。

本作を最後までお読みいただいたことに厚くお礼申し上げます。それと共に上梓に尽力いただいた担当編集者の吉田智宏氏、表紙に素晴らしい絵を描いてくださったアオジマイコ氏にお礼を申し上げます。

令和三年五月

獅子宮敏彦

本書は、書き下ろし作品です。

著者略歴　奈良県生，作家　著書『砂楼に登りし者たち』『神国崩壊　探偵府と四つの綺譚』『上海殺人人形』他多数

HM=Hayakawa Mystery
SF=Science Fiction
JA=Japanese Author
NV=Novel
NF=Nonfiction
FT=Fantasy

豊臣探偵奇譚

〈JA1486〉

二〇二一年五月二十日　印刷
二〇二一年五月二十五日　発行

（定価はカバーに表示してあります）

著者　獅子宮敏彦
発行者　早川浩
印刷者　大柴正明
発行所　株式会社早川書房

郵便番号　一〇一 - 〇〇四六
東京都千代田区神田多町二ノ二
電話　〇三 - 三二五二 - 三一一一
振替　〇〇一六〇 - 三 - 四七七九九
https://www.hayakawa-online.co.jp

乱丁・落丁本は小社制作部宛お送り下さい。
送料小社負担にてお取りかえいたします。

印刷・株式会社亨有堂印刷所　製本・株式会社フォーネット社

ISBN978-4-15-031486-6 C0193

本書は活字が大きく読みやすい〈トールサイズ〉です。